泪梦无痕

钦志新/著

百花文艺出版社
BAIHUA LITERATURE AND ART PUBLISHING HOUSE

图书在版编目（CIP）数据

泪梦无痕 / 钦志新著. -- 天津 ：百花文艺出版社，2011.1
ISBN 978-7-5306-5727-0

Ⅰ. ①泪… Ⅱ. ①钦… Ⅲ. ①长篇小说—中国—当代 Ⅳ. ①I247.5

中国版本图书馆CIP数据核字(2010)第212211号

百花文艺出版社出版发行
地址:天津市和平区西康路35号
邮编:300051
e-mail:bhpubl@public.tpt.tj.cn
http://www.bhpubl.com.cn
发行部电话:(022)23332651 邮购部电话:(022)23332478
全国新华书店经销
天津午阳印刷有限公司印刷
*
开本787×1092毫米 1/16 印张12 插页2 字数178千字
2011年1月第1版 2011年1月第1次印刷
印数：1-5000 册 定价：24.00元

一

陈丽莉刚与卢天敏照面就明白，小骚公鸡必将成为自己的又一条尾巴。她总是把那些死气白赖追她的男孩子讥为尾巴。陈丽莉在念初中、在后来的三年卫校生活中，都是公认的校花，如今多得是追花族，她有许多条尾巴就不足为奇了。对此她有时候也觉得累赘，但内心更多的还是自豪，女人的最大资本是什么？美貌。这个结论早被古今中外的无数实例验证过了。因此她尽管每学期的考试成绩都排在倒数几位，心里却始终无忧无虑，活得像个公主似的。

这天上午，陈丽莉抱着试试看的念头，独自打的来到位于城西的江中大学。她从未去过那里，没想到这座江南名校的校门既狭窄又陈旧，与卫校富丽堂皇的铝合金移动门比不知差了几个等级。但卫校只有那些中考成绩蹩脚的学生才会去，准备将来做给病人吸痰排粪便的护士。江中大学却有一百年的历史，国家的部长、科学院的院士都出了好几个，佩戴着江大校徽的男孩女孩在大街小巷上行走总是很引人瞩目，因此它不怕校门简陋。当然，靠出三万块钱买进卫校的陈丽莉站在校门外，心里想得没有那么复杂，只是害怕被照例都是凶神恶煞的门卫拦住。然而这里的门卫只管在电风扇下喝茶，连正眼都没有瞧一瞧她。陈丽莉为自己不须动用眉眼功夫就能蒙混过关略感遗憾。

一个穿T恤衫的小白脸男生看见陈丽莉走进校门立即跑过来，笑嘻嘻地说："你是来报名的吗？"两只眼睛同时定格在陈丽莉漂亮的脸蛋上。

陈丽莉见怪不怪地冲他一笑，说："我想报自考班。"

"你打算读什么专业？"

"中文系，嗯，就是汉语言文学专业。"

男生听了高兴地说："那好，我就是文学院的，大二，你跟我走就是了。"他舍不得地在陈丽莉脸上多看一眼才移开日光，迈开脚步，然后很快放慢半拍，与陈丽莉并排行走。

陈丽莉瞅着这条可怜的尾巴暗自发笑。她边走边问：“真的像招生简章上说的，每年只要交一万块学费，每学期三千块住宿费，就可以像统招生一样读书？”

男生说：“我们这里是名牌大学，能像那些野鸡学校一样骗人吗？嘿嘿，今后我们就是同学了，我叫卢天敏，请问同学贵姓？”

陈丽莉报出了自己的姓名。那个卢天敏就伸出手来与她握手，不过他不像有的老色鬼那样趁机捏住她的白嫩嫩的手不放，而是很快松开，于是陈丽莉断定他是只嫩公鸡。不过她还是对自己能轻易走进大学门槛，特别是这座百年名校的高门槛有点不踏实，说：“今年统招生不是都招满了，现在又招我们自考生，能有那么多教室吗？还有宿舍，真能安排我们住下吗？”

卢天敏说：“这个你不用操心，我们去年又建了几幢教学楼和宿舍楼，学生再多都不怕。”

陈丽莉算是明白了。如今都追求经济效益，学校多招些学生进来能多一些创收，何乐而不为呢。她有点儿责怪，国家为什么把高考录取线定得那么高，放低一点让人进来不是更好吗。但她很快悟到这事与自己不搭界，她只是个卫校生，而且，即使国家把高考录取线再降低两百分，她也过不了那个门槛。谢天谢地，幸亏有这个自考班，真是老天有眼呀。

时令才进九月，天气仍很热，陈丽莉看看卢天敏脸颊上的细汗，说：“你给我指一个方向，我自己过去吧。”

卢天敏说：“我带你去，我带你去。到了报名处，我跟他们说你是我介绍来的。”

“嗯？”

“我是学生会的干部，又是文学院办的报纸的编辑部主任，他们知道你是我介绍来的，会把宿舍安排得好一点。”卢天敏解释。

陈丽莉以为自己又明白了，感激地说了声谢谢。

陈丽莉入学后住进了308宿舍，308宿舍很快成为文学院一道亮丽的风景。文学院从大一到大四，统招生中，女孩子不谓不多，可她们虽都有一颗聪明脑袋，脸架子却不尽人意，男孩子给她们打分，及格的不到一半，即便那个最招人看的《朝阳》报的副主编李玉兰，也才勉强得了个八十分。可是308宿舍那四个自考生，却没有一个不在九十分以上。其中比较一致的意见是：陈丽莉，九十五分；朱晓倩，九十三分；陆筱曼，九十二分；周前，九十分。于是就有许多男生猛追其中的三颗亮星(周前是三十岁的已婚少妇，不作目标)。中饭晚饭，总有那么一些人想方设法请陈丽莉、朱晓倩、陆筱曼吃饭，往往弄得只有周前一个人上食堂，吃完了一个人去图书馆用功。

这天晚上陈丽莉七点半进宿舍时，陆筱曼正坐在床沿上，一手拿着小镜子照面孔，一手往脸上打粉底。这个来自扬州乡下的二十岁的美人坯子之所以被男生们排在第三位，吃亏就吃在鹅蛋脸上的几颗雀斑。其实只要抹上粉底及遮瑕膏，是看不出来的。怪就怪那天早上她不小心头没梳脸没洗就匆匆提了暖瓶去楼下打水，使这几颗瑕疵暴露无遗。有了这个教训，从此人们再也看不到一个未经化妆就走出宿舍区的陆筱曼了。

陈丽莉看着陆筱曼精心打扮，说："怎么，晚上要出去？"

陆筱曼神情专注地望着小镜子里的自己，说："嗯，有可能。今天谁请你吃晚饭啦？"

陈丽莉说："还不是那个寿头。"

陆筱曼说："他中午请你吃了晚上又请你，这么多钱？"

陈丽莉说："你知道吗，学校里拿了我们自考生的学费，他(她)如果是被介绍来的，那个介绍的人就能拿到四百块劳务费。我算是他介绍来的，他拿到了钱，就又请我吃。"

陆筱曼听了把小镜子丢到床上，狠狠地骂道："校领导这帮混蛋，把我们当肥鸭子宰啦。"

陈丽莉说："宰就宰吧，只怪我们没有本事正正经经考进来。哎，你刚才和谁吃饭的？"

陆筱曼对着镜子画眼线，说："法学院的一只小公鸡。"

陈丽莉说："法学院的人都认识你了？"

陆筱曼说："我去小店里买暖瓶塞子时碰到的，他涎着脸皮说，你是陆筱曼同学吧，可以请你吃顿饭吗？我说可以，就跟他走了。哼，不吃白不吃，吃也是白吃。"

陈丽莉说："才几天，他们连你的姓名都打听到了，这帮骚公鸡真厉

害。”

陆筱曼说:“不光我,还有你,还有朱晓倩、周前,不仅知道我们姓啥叫啥,还知道我们是哪里人。”

陈丽莉说:“哟,他们比特务还厉害。”

陆筱曼说:“厉害什么,这帮穷小子,想请几顿饭就搞定我？做他们的白日梦去吧!”

陈丽莉想到了卢天敏的死皮赖脸,也得意地说:“是啊,他们也不打听打听我们是谁!”

我们是谁呢？陈丽莉意识到自己失言,脸红了。她偷偷窥了陆筱曼一眼,见对方正忙于审视自己的面容,根本没有在意。

朱晓倩走了进来,山东姑娘一米八的高挑个子,头差点儿就要碰到门楣上。她白净净的前额沁着细汗。

陈丽莉、陆筱曼差不多同时问:“跟谁吃到这么晚？”

朱晓倩把麂皮小坤包往自己床上一丢,说:“我先去买卡,后来就给老公打电话,在电话里聊了一个多小时,饿坏了,把三两鳝丝面吃得一口汤都不剩。”她虚龄才十八岁,却张口闭口称自己的男朋友为老公,脸上见不到半点害臊。

她和她“老公”都是上海某时装模特队的队员,这是既挣钱又能出风头、让人羡慕死的好活。陈丽莉、陆筱曼摸不透她为什么还要跑到这里来做自考生受罪。

朱晓倩把剥下的裙子丢到床上，全身只剩一个胸罩和一条半透明的裤衩,日光灯下分明可见里面的一团黑毛。她朝两位室友说:“你们还不去洗澡啊,我可要去了。”之后优雅地走了几个猫步进盥洗室拿上毛巾、沐浴露之类,扭着腰肢往浴室走去。

陈丽莉佩服朱晓倩的大胆。在上海大地方呆过又在模特队里见过世面的人就是不一样。她本人也算新潮了,过去卫校的女生们也算新潮了,可都不敢这样半裸着走出去,要知道,对面一幢是男生宿舍,从这里到浴室要经过楼梯间,男生们淫邪的目光透过楼梯间的大墙玻璃,这里飞过一只苍蝇都能看见。她有点儿担忧地把这个想法告诉陆筱曼。陆筱曼说:“怕什么呢,以后我去洗澡也不打算穿衣服了,臭男生们要看就让他们看清楚当初是从什么地方钻出来的。”

陆筱曼本来还想进一步发挥，枕边手机响了，她拿起手机看清楚来电号码眉眼笑成一条线说：“我马上过来，一会儿见。”

“我到同学那儿去一趟。”她换上一条短裙，拿上坤包迅速出去。

陈丽莉望着陆筱曼的背影略一凝思后，把精美的三星手机拿到手上，利索地发出一条短信：老公，今天我们能见面吗？接着，她一边翻时装杂志一边等待。很快有了回答，她从手机里听到了熟悉的声音：“丽莉，今天我多想和你在一起，可是我在参加一个非常重要的同行们的聚会，改在明天吧。啊，我的小心肝，今天真是抱歉了……”

陈丽莉嗲嗲地说：“都两天没见了，想死我啦。老公，今天我一定要和你在一起。”

手机里的“老公”说：“我比你还想呢，可是今天实在不行。心肝宝贝，你就忍一忍吧，好了，我挂了，拜拜。”

陈丽莉只得把手机丢到铺上，快快的去拿洗澡的东西。

朱晓倩一丝不挂地像条湿漉漉的白鱼似的冲进来了，嚷道：“太舒服了，太舒服了。”

她拿毛巾擦着脸，擦着脖子，擦着两个打足了气的球似的又大又白的奶子，问：“陆筱曼呢？”

陈丽莉欣赏着模特儿曲线优美的胴体，说：“她接到了同学的电话，出去了。”

朱晓倩跷起修长的左腿揩拭着说：“都八点多了，还见什么同学，怕是去找老公吧。”

陈丽莉说：“她跟我讲是去看同学。”

朱晓倩说：“你就相信啦。嗨，她奶子都那么大，我就不信没被男人干过。”

陈丽莉盯着朱晓倩的大奶子笑谑：“那你呢？”

朱晓倩大言不惭地说：“我十四岁就和男同学上床了，现在的他已经是我的第五任老公了。”

“真的？”

“为什么要骗你。你呢，几岁和男人睡觉的？”

“你别胡说,我可是处女。”

“我可不信,长着这么漂亮的狐媚脸,会没有男人碰你?”

“追我的男生是有的,可我不干。”陈丽莉一脸认真,“不信你去卫校了解,我和哪个男生好了。”

朱晓倩望着陈丽莉衬衫内两只小粽子似的乳房,有点信了,说:“那太亏待自己了吧,男人的滋味可是妙不可言啊。”

陈丽莉说:“你别蛊惑我哟。像你这样,我父母知道了会打死我的。”

“哟,你父母是干什么的?”

“在镇上开小饭店,我爸爸可是最要面子的人。”

“女儿和男人睡觉就没面子啦?那当初他们怎么生你出来的?”陈丽莉不吱声。

朱晓倩开始往脸上抹滋润霜,说:“哎,那个姓卢的小骚公鸡不是在追你吗,我看蛮不错的,就和他好吧。”

陈丽莉说:“我才不稀罕他。”

朱晓倩说:“可他稀罕你啊,你哪,总有一天会被他追得晕头转向,然后——”她做了个公鸡扑母鸡的动作。

陈丽莉赶紧闪开,心里为自己的蒙骗成功而得意。她一手拿上放有毛巾、洗发水、沐浴露的脸盆,另一手拿上一条睡裙往外走去。

朱晓倩说:“看你多累啊,像我那样赤条条出去赤条条回来多简单。”

陈丽莉说:“我可没你那么思想解放。”

她洗好澡回来时吓了一跳,朱晓倩一丝不挂地躺在灯光贼亮贼亮的床上看画报,朝南原来关着的窗子连同窗帘都被拉开了。她叫起来:“你呀你,被对面那些男生看见了多不好。”

朱晓倩说:“屋里这样闷热,打开窗子吹点夜风进来有什么不好。”

“可是你起码得先关电灯!”

“你以为关上电灯别人就看不见了?现在有夜视眼镜,还有数码望远镜,再黑暗的地方也看得清楚。”

“那么我去把窗户关上。”

“你想热死我呀。”

“嗯,”陈丽莉想到屋子里确实闷热,“那么,那么我只把窗帘拉上。”

“好吧，谁叫你是贞洁的处女哪。”朱晓倩叹口气侧起光滑滑的上身看着陈丽莉拉窗帘。

但铝合金门窗后来还是被从图书馆看书回来的不是处女的周前给拉上了，她以老大姐的口吻说：“你们哪，难道不知道前面宿舍里的男生有多坏，哪怕只有一条缝隙，他们的贼眼也会窥进来。”

朱晓倩与她耍嘴皮子，说：“求求你开窗吧，我关灯就是了。”

事实上学校规定的熄灯时间也快到了，周前就把关严的窗子又拉开(她没想到先进的窥视工具)，接着也上浴室去冲凉。

熄灯时间同时又是宿舍关大门时间。陆筱曼仍没有回来，陈丽莉心里想，这个女人真像朱晓倩说的在与“老公”睡觉吗？她躺在床上想起了自己的“老公”。

卢天敏一如既往追陈丽莉，这个女孩身上没有一处地方不使他着迷。那丰腴的脸蛋，那浅浅的小酒窝，那明澈如水的眸子，每当在眼前浮起就使他心旌摇动。他知道追女孩子得下本钱，就从并不宽裕的生活费里抠出钱来请她吃请她喝，还特意跑到市中心的大商场去买了一支八十八块钱的国产口红。上午上写作课，他听到一半就溜了出来，守在自考生上课的教学楼下面。等人本来就难熬，何况天气又热，为此他就背唐诗、背英语单词、背“陈丽莉我爱你、我爱你。”终于盼到这批自考生出来。男的女的，年纪大的年纪小的，他们像一群苍蝇似的“嗡嗡”拥下楼。才一个汉语言文学班自考生，却招了一百多号人，大学文凭真是这样好混的吗？卢天敏对这帮“弱智群体”嗤之以鼻，但一旦发现陈丽莉迷人的身影，他马上庄重起来，迅速逆人流而上，大声地喊：“丽莉，丽莉！”

陈丽莉正与朱晓倩并排走下楼梯，在刚才的美学课上，那个戴眼镜的瘦嶙嶙的青年男教师发起了神经病，挥着教鞭骂自考生弱智，激起了公愤，几个男生当场与他辩论，那男教师讲不过，喊了声“老子这课不上了！”怒冲冲走了出去。于是提前半小时下课，于是自考生们情绪激昂地边走边议论着，要不是卢天敏声音大，这两个女人还听不到哩。朱晓倩捅捅陈丽莉说：“寿头又来找你啦。”

陈丽莉看了看满头大汗硬挤进来的卢天敏，停下脚步问：“你找我有事？”

“是、是，我们找个地方谈谈。”

“看人家多么关心你，去吧。”朱晓倩推推陈丽莉。

陈丽莉就把书和笔记本让朱晓倩带回宿舍，随着卢天敏在校园里走。

那是一条宽阔的水泥路，路的一侧为教学楼，另一侧为大操场，几个穿着汗背心的男生正在投篮球，行道树上知了懒懒地鸣叫着，似乎在悲哀夏天的离去。

卢天敏说：“你们在谈什么呀？”

陈丽莉说：“那个神经病老师在课堂上骂我们自考生是弱智群体，你说气人不气人！”

卢天敏做出愤愤的样子说：“岂有此理，谁弱智得由医生来做鉴定，我看你的智商就很高嘛，如果不是念卫校，读高中的话，北大清华都能录取。”

陈丽莉说：“是吗？可是刚才那个神经病说，自考毕业的门槛很高，你们这些笨猪想跨过去？那等于鳑鲏鱼想跳龙门。”

卢天敏说：“胡说八道，别相信他。”

陈丽莉说：“可我心里也真有点不踏实，这十几门功课都很难的，只要一门考不及格就拿不到毕业证书。”

卢天敏说：“放心，我可以帮你温课。”

陈丽莉想听的就是这句话。她知道自己在什么水平线上，很想求人帮忙，所以卢天敏每请必到。她对他飞了个媚眼，柔声说：“以后你不能赖账的呀。”

卢天敏把这道目光甜甜地吃在心里，说：“我可以对天发誓。哎，到时我还可以帮你偷考题。”

陈丽莉听了就更高兴。

漫谈间两人走进荷园。这是江大最骄人的地方。园子里有个三亩大的、狭长的池塘。池塘上架着九曲平桥，周围点缀着湖石假山奇花异树亭榭长廊。一汪池水被绿荷覆盖着，一朵朵洁白的荷花仍在怒放，美丽极了。陈丽莉、卢天敏乍入园门就看到一对拥抱着的情侣，还听见了两人咂咂咂接吻的声音。卢天敏乘机捏住了陈丽莉的手，这样走了几步，他又把嘴向陈丽莉白嫩嫩的脸颊凑去。

陈丽莉偏开头,甩开卢天敏的手,说:“我们到桥上走走。”

卢天敏贼忒嘻嘻地说:“你看他们多亲热,我们也亲热亲热嘛。”

陈丽莉说:“我们才认识几天,还不到那个程度。”

“我们大学里的人都是今天认识,明天就要好的,司空见惯。”

“他们是他们,我是我,我可不像有的人那样随便。”

陈丽莉走上了桥。

卢天敏只得跟在后面。

桥上铺的石板很窄,卢天敏几次想跨到陈丽莉旁边都无法办到。他嗅着陈丽莉身上散发出来的香水味心里很是懊恼,偶尔回过头看,那对情侣仍脸贴脸抱在一起,嗯,什么时候也能把走在前面的小美人抱住呢?他咽了口唾沫。

陈丽莉听到了卢天敏的鼻翼翕动声。她不想太扫他的兴,立停下来,指着池塘说:“想不到立秋过去一个月了,这里的荷花还开得这样旺,改日我去弄架相机,你给我拍几张照好吗?”

卢天敏说:“一定效劳。嗨,我送你一件东西。”他乘机掏出那支口红,情意绵绵地递给陈丽莉。

陈丽莉拿到手上看了看牌子,思忖一下,说:“谢谢你,但这种口红我不用的。”

“为什么?”

“我只用法国CD口红。”

“可店里人说,这是国内名牌,我花一百多块钱买的呢。”

“是吗,可是我真的不用国产化妆品的。好在没动,你去把它退掉吧——你的心意我领了。”她斜睨了卢天敏一眼,把口红递过去。

卢天敏悻悻地将口红接到手上,心里一时有点不是滋味。

“做朋友只要真心相待就好,送不送东西无所谓的。以后只要你肯帮助我,我就非常感激了。”陈丽莉安慰地一笑。她拿出一张香水纸巾,“看你脸上的汗,擦擦。”

卢天敏擦过脸后,两人继续往前走。他们默默地走过九曲石桥,登上临水的长廊。陈丽莉瞅着卢大敏的脸主动温柔地说:“别为这事生我的气哟,我真的不用国内的劣质口红的。”

卢天敏想到自己可能操之过急了,那么漂亮的女孩,能轻易追到手吗?逼急了把她吓跑反而不好,得慢慢泡才行啊。他在高中时就追过女孩子,大一时也俘虏过一个同班女生,可惜都好景不长,不过总算积累了经验。他清楚眼前这女孩不像初涉情场的人,但仍充满了把她拿下的信心。

他换一副面孔笑着说:“原来漂亮小姐用化妆品也这么讲究,那是我不领市面了。以后再也不会犯这样的错误。哎,已经十一点多了,我们到学校外面找家饭馆吃点东西好吗?”

陈丽莉说:“行,不过今天得我请客。”

卢天敏说:“哪有女士买单的。”

“怎么,你连新社会男女都一样的道理都不懂?你掏腰包的话我就去学校食堂了。”

卢天敏也想省钱,乘机落坡说:“好,好,今天就破费你。”

两个人沿着长廊往园外走去。他们看到假山边的那对男女仍抱在一起,到了校外,在附近的四川火锅城落座。热天吃火锅如今也成了这个地处东南沿海城市的一大时髦,其中年轻人居多,火锅宴终究便宜一些是一个缘由。

吃火锅的时候陈丽莉谈出了一个深思熟虑过的想法:“你们《朝阳》报能登我一篇文章吗?”

作为文学院学生会宣传部副部长的卢天敏同时又是该会所办的《朝阳》报编辑部主任,他不假思索地说:“可以,但字数不能太多。”

“最多多少字呢?”

“不要超过一千字。嗯,你打算写什么大作?”

“一篇散文,早就写好了,不到一千字。我在读卫校的时候就喜欢写作,所以毕业后不想当护士,跑到这里来了,争取以后当记者。”

卢天敏说:“我毕业后也打算上报社去工作,希望我们成为同行。”他端起了啤酒杯。

稿子回学校后陈丽莉就交到了卢天敏手上。他看了看题目《茉莉花赞》称赞:“好,好,我马上把它编进去,争取在下一期发。”

陈丽莉脸上绽开了笑靥,她倒要让那个神经病老师看看自考生是不是弱智群体。

陈丽莉走进宿舍的时候朱晓倩和周前还在睡午觉，倒是陆筱曼坐在床上低着头呆呆地想着什么。陈丽莉刚才进宿舍拿稿子时还没看见她的人影，可能是才回来的吧？本来可以问问的，想到朱晓倩昨晚上的“老公”一说，就不便启齿了，只是客气地搭讪：“你在思考什么大事情？”

“嗯，我在想一首顺口溜。”

“能念给我听听吗？”

陆筱曼就朗声念道：“窗外阳光明媚/床上阿哥阿妹/阿哥为何劳累/阿妹姿势不对……”

“你别毒害丽莉！”朱晓倩忽然从床上坐起来，原来她早醒了。

陆筱曼说：“去去去，我能毒害她吗？”

朱晓倩说：“人家可是贞洁的处女，你说阿哥为何劳累是什么意思，阿妹姿势不对又是什么意思？”

陆筱曼笑了，说：“你倒都懂啊，看来你是老于此道啰。”

朱晓倩跳到地上，说：“没错，我就是情场老手。我看你也差不多。”

陆筱曼盯着模特儿几乎全裸的胴体，说：“我可比不上你，男人还没有碰过我呢。”

朱晓倩说：“呸，凭你这两颗大奶子还说没被男人碰过，我看不止一百次哩。”

陈丽莉以为陆筱曼听了会生气，对方却笑嘻嘻地说：“这就是你的证据啊，照你这样说，奶子小的就没被男人碰过，我们四人中周前的奶子最小了，她可早就是有夫之妇啦。”

这话使周前从床上坐了起来，说：“你们吵架扯上我干什么！”

陆筱曼说：“真对不起，我只是想证明，奶子的大小和有没有与男人睡过觉没有关系。”

朱晓倩说：“怎么没关系，肯定有关系。”

周前想了想说：“关系应该有一点的，不过，谁奶子大不等于谁不是处女。丽莉你是卫校毕业的，你说对不对？”

陈丽莉本来可以点头同意，但她不想使自己也卷进这个敏感问题，就含糊地淡淡一笑。

朱晓倩对着陈丽莉说:“我刚才可是保护你哪，难道你不承认自己奶子小是处女吗?”

陈丽莉只得说:“行了行了,我们不谈这个问题好吗?”

恰巧陆筱曼的手机响了,她就去接电话。

朱晓倩走进盥洗室拿了条毛巾,又是只穿着半透明的裤衩和胸罩,大屁股一扭一扭上浴室去了。

二

卢天敏没想到陈丽莉的文章比预期的好，他本来打算为她操刀，现在只须改动一下就行了。他把它编在第四版——原创文学版上，晚上连同其他稿子，一齐交给副主编李玉兰审查。

《朝阳》报虽说只是每周一期的学生内部小报，倒也弄得像模像样，在文学院的行政楼上有两间办公地方，一间主编室，由主编江旭东、副主编李玉兰合用，另一间为编辑部办公室，由卢天敏及一帮编辑占领。这些大学生也真把它当回事，认真劲一点不比社会上的职业记者差。

卢天敏走出自己的办公室踅到主编室时，见门虚掩着，几缕电灯光从缝隙中漏出来，没敢贸然推门，轻轻咳了几声。院学生会副主席兼《朝阳》报主编江旭东与学生会宣传部长兼《朝阳》报副主编李玉兰如今黏糊在一起，两人几乎每天晚上都要来到主编室卿卿我我，他这样咳一下就递去了一个信息，如果两人正在亲热的话可以立即停止。

"进来！"屋里传来李玉兰的声音。

卢天敏推门而入，见只有李玉兰一个人坐在办公桌后面看书，打了声招呼。这里两张办公桌拼在一起，江旭东、李玉兰面对面地坐。大学生青春勃动，即使原来没有一点儿意思的两个男女，长时间眉目相对、鼻息相通，也会生出感情来，何况江旭东本来就对李玉兰抱有好感。他刚进入大二的时候，作为学生会的宣传部长，在迎接新生的联欢会上他当主持人，当时的新生李玉兰朗诵了一首诗，声音很甜，灯光映照下的脸蛋也很妩媚，他一下看上了她，先把她弄到学生会里当宣传干事，后来让她编报纸。李玉兰也挺能干，随着江旭东升迁她也升迁，大二时担任了现在的职务。她高中里就敲定了男朋友，对方考入上海的一所大学念哲学，大一时两人鸿雁不断，短信息一天内互相要发好几条，海誓山盟地打算毕业后一找到工作就结婚，但经不起江旭东接连不断的持续而有耐性的进攻，半年前她终于忍痛与高中同学崩了，和江旭东做成一对。南京女孩倒也真心想将来嫁给那个前途无量的学生会领导。

李玉兰一本正经地问卢天敏："稿子编好了？"

"编好了，我忙了一个下午，你审吧。"卢天敏把一沓稿子摆到办公桌上，目光瞥了一眼李玉兰迅速移开。大一时他也曾追过这个在校园里算是长得最好的女生，给她写过一封文采沛然的情书，李玉兰把信退了回来，上面批了七个字：麻雀想吃天鹅肉。他只得罢此念头。

李玉兰正经八百地翻着一篇篇稿子，看到那篇《茉莉花赞》，说："陈丽莉，哪个班级的？这个作者不熟悉呀。"

卢天敏凑近一点说："是个刚招进来的自考生。"

"自考生也来投稿了……稿子怎么到你手里的？"

"是她给我的，我看写得不错，就把它编进去了。"

李玉兰没有吱声，认真看完了稿子，说："太肤浅了，都是些华丽句子，一点内涵都没有。"

卢天敏也知道文章一般，带点央求说："你就帮帮忙吧。"

李玉兰一脸淡漠地将眼睛移到别的稿子上。

卢天敏只得从裤袋里掏出那支口红，笑嘻嘻地递给她："我从大商场里买的，送给你，嘿嘿嘿。"

李玉兰拿到手里看了看，瞟了一眼卢天敏，说："你很舍得花本钱呀。是在追她吧？"

卢天敏不置可否地干笑笑。

自考生308宿舍里有四颗耀眼的亮星的事李玉兰还不清楚，这也得怪她自己，她要么上课，要么跑到这里来。当然，除开与江旭东耳鬓厮磨，主编室里的空调环境也是吸引她的一个因素。她与同宿舍的同学都很少接触，怎么会去注意那些自考生呢？这使她铸成一个大错。李玉兰掂着口红说："好吧，我不把稿子抽掉了。"

卢天敏说："谢谢，谢谢。"

李玉兰心里鄙夷他追不到统招生去追自考生，嘴上说："客气话少讲，什么时候去请我们吃肯德基？"

"一句话，一句话，时间你与旭东定。"卢天敏点头如捣蒜。

李玉兰就又向卢天敏瞟了一眼。

卢天敏最怕李玉兰这种从眼角射出的勾人的目光，那会使他心旌动摇，马上说："那我走了，再见再见。"

"跟我还这样客气哪。"李玉兰破例站起来把卢天敏送到门口。

卢天敏跑到楼下立即给陈丽莉发短信：莉，你的大作下期就能见报，该怎么谢我啊？

陈丽莉收到短信时正与尉均在香巢里温存。

尉均是一个伟岸的中年男子，本市著名的江中医院麻醉科主任。去年这个季节，陈丽莉去江中医院实习，分配在尉均手下，她很快被他的气质吸引住了。尉均也被陈丽莉的美丽所吸引，他想尽办法安排单独与陈丽莉在一起的机会，最后终于与她上了床。为了长相厮守，他特意在梦天堂花园搞了一套两室一厅的房子筑成爱巢。陈丽莉初以为尉均只是与自己搞性游戏，当得知他的妻子患有脑萎缩，将不久于人世，就有了实实在在做他妻子的愿望。当然，尉均比她大整整二十岁，但现在不仅这样的婚姻多得是，连老妻少夫也屡见不鲜。

尉均对陈丽莉说，出于他是全市闻名的中青年麻醉专家，由于他的妻子还在人寰，目前两人的关系只能处于地下，因此他们每次到梦天堂来幽会都是事先约定。陈丽莉对此十分理解，一年间始终遵守这一游戏规则。刚才，通过手机联系，陈丽莉知道尉均在五点五十分到了梦天堂，她也在六点十分赶到这里。菜都是尉均带来的，啤酒冰箱里还有。两个人在凉爽的空调下相对而坐，温情脉脉地吃着聊着，完了，尉均先去淋浴，接着由洗好碗筷的陈丽莉冲凉。然后两人穿着浴衣，手携手坐在沙发上看碟片。当渐渐地觉得都非常需要对方的身体时，两人就走进卧室做爱，在阵阵的呻吟中进入无限快乐的境界，完事后精赤条条地抱在一起，无休止地谈着体贴温柔的话语。

尉均见陈丽莉看着短信发笑，问："谁发给你的？"

陈丽莉说："还不是那个寿头，我的那篇散文下一期的《朝阳》要登出来啦。"

尉均说："他倒是挺卖力啊。"

陈丽莉说:“就让他单相思吧，他要知道我和你在这里，准会气得发晕。”

尉均说:“未必,这种小骚公鸡总是看见母鸡就追,追上干一场最好,追不上也没啥损失。”

陈丽莉娇嗔地拧着尉均的鼻子:“你坏,骂我是母鸡！”

尉均报复似的双手抓住陈丽莉的两只奶子，说:“你是母鸡，我是公鸡,行了吧。”

陈丽莉惬意地由着尉均揉捏，眨着好看的睫毛说:“在宿舍里，小扬州、模特儿的乳房都比我大,我想去做隆胸手术,你说行吗？”

尉均松开手仔细地欣赏着陈丽莉那两颗鼓胀胀的玲珑小巧的乳房，说:“这样最好,我最喜欢。”

“真的？”

“真的最喜欢。”尉均低下头,在那两个鲜红的乳头上轻轻吻了一下。

两人这样取闹了一会儿,陈丽莉觉得口渴了,光着身子去厨房拿来一杯橙汁,还问尉均要不要喝。尉均说不渴。陈丽莉就站在他面前喝橙汁。尉均就睁着眼睛读陈丽莉的裸体,一个细微处都不放过。陈丽莉索性凸着下身凑到他眼前。尉均双手抱住了陈丽莉的臀部,把嘴凑了上去,弄得陈丽莉又难受起来,把玻璃杯往床头柜上一放,两只手摸住了尉均的脸用力揉搓。

他们再次滚到床上做爱。

这期《朝阳》报出来的当天下午,江旭东走进编辑部办公室,朝着正在爬格子的卢天敏说:“写什么呀？”

卢天敏连忙搁笔,习惯性地想掩稿笺纸,意识到不妥缩住手,说:“瞎写写的。”他在写一个短篇小说,想投到《人民文学》上登出来一鸣惊人。

江旭东了解他的脾气,没有追问下去,随随便便拉把椅子坐下。这个徐州来的大三学生才二十三岁年纪,看上去却有二十六七岁了,显出一股与年龄并不相称的老成、持重和干练。

卢天敏殷勤地泡了一杯茶摆到江旭东旁边。他乍进校门就瞄准了当时的学生会宣传部长拍高级马屁,成为一条忠实的跟屁虫,因此学生会添干部时，江旭东就提他的名，后来又把他拉进《朝阳》报。

江旭东喝了口茶，随随便便拿起摊在桌上的《朝阳》报，说："我刚才碰到了几个老师，他们都很欣赏那篇《茉莉花赞》。"

卢天敏装出眉飞色舞的样子说："真的吗？哪几个老师说的？"

江旭东淡淡地说："教写作的、教现代文学的都有。哎，那个陈丽莉怎么会是自考生而不是统招生呢，看她的文章，人应该不笨啊。"

卢天敏说："她是卫校毕业的，毕业后不想当护士，就跑到这里来了。"

"你和她认识？"

"嗯。嘿嘿，她就是308宿舍四颗星中最亮的一颗。人家给她打了九十五分哩。你难道没有见过她？"

江旭东说："事情这么多，我哪会去注意那些小女生。"

"以后见到了我指给你看。皮肤特别白，脸架子特别漂亮，有两个浅浅的小酒窝的就是她。"

江旭东笑了："你把她夸成杨贵妃啦。"

卢天敏说："杨贵妃是胖美人，我看她与那个那个陈好不分伯仲吧。"

江旭东说："那她可以去当电影明星了，还读什么中文系呢。"

卢天敏说："好像她很想当新闻记者，所以一进学校马上向我们投稿。"

江旭东双手抚摸着茶杯，说："既然这样，我们可以把她吸收进《朝阳》报来——反正这学期在新生中要招人的。"

卢天敏这下真的眉飞色舞了，说："英明决策，要不要我马上通知她？"

江旭东说："慢一点，我们先开个编委会，统一一下在新生中招编辑记者的事，然后我再向主席和书记汇报。不过编委会上先不要提出陈丽莉，也不应只招一个人。"

卢天敏说："有数，有数。"

江旭东站起来劲抖抖地说："那今天晚上我们就开会研究！"

卢天敏屁颠屁颠地把江旭东送到门外。

卢天敏坐回原处后，捏着笔再也写不下去。陈丽莉能进《朝阳》报与他朝夕相处可是喜出望外之事，他要想方设法给她弄张办公桌与自己的拼起来，也像江旭东、李玉兰那样眼睛对眼睛鼻子对鼻子，这是一件多么美好的事情啊。他高兴得连连咂嘴。江旭东要他暂时保密,但该不该向陈丽莉透个风呢?他踌躇了一会儿,最后决定还是该邀功买好,陈丽莉知道是他的提议而最终当上了《朝阳报》的编辑记者,这比请她吃十顿饭,送十瓶外国化妆品都强。捅个消息碍什么,如今在人事问题上能保多少密啊,半年前文学院原来的党委书记还没退休哩,连一般学生都已经知道,校党委开会,决定由谁谁谁接班了,现在果然是谁谁谁当上了党委书记。于是他就开始考虑傍晚如何约见陈丽莉。

时间快到五点了,卢天敏怕陈丽莉被别的男生拉走,迅速向她发了一条短信,过了五分钟没有回音,他索性打她的手机。

陈丽莉在电话里高高兴兴地说:“下课后我刚回到宿舍, 正想答复你呢。哎,我们全体宿友要我向你致敬。”

卢天敏说:“她们也会高兴?”

“那当然。我能登文章不仅我光荣,也给我们自考生争了脸,它给了‘神经病’一记耳光——他不是骂我们自考生弱智吗?”

卢天敏说:“哟,原来里面还有这么大的意义,那你更得感谢我啦。嗨,我还有一件好事情要告诉你,让你更加高兴呢。”

“喔,你讲啊!”

“这事暂时还是保密的,电话里不能讲。”

“哟,你是美国中央情报局了。”

“不是这个意思,不过电话里确实不能讲,我们马上见一面好吗?”

“今天不行,姐妹们要为我祝贺,出去吃饭。”

“嘻嘻,能带上我这个有功之臣吗?”

“这……让我征求大家的意见。”

很快,手机里又响起陈丽莉悦耳的声音:“大家欢迎你参加。五点半你在女生宿舍外面等我们好吗?”

“好啊!”卢天敏高兴得差点飞起来。

每当傍晚来临,江大女生宿舍围墙外都会站满多情兮兮的小男生,他们翘首踮足,朝着围墙内叫喊、呼唤、迎接自己的公主出来。卢天敏也在这时候走了过来,挤在人群中做出等候情侣的样子。

女大学生们在陆陆续续地走出来。她们手里大都拿个小坤包,脸上大都轻施粉黛,身上大都穿着轻盈的短裙,到了门外,就有所谓的老公相拥而去。她们中不少人卢天敏认识,其中一个女同窗他分明记得在此之前已谈过了五任、六任甚至更多的“老公”。

陈丽莉、朱晓倩、陆筱曼三颗亮星姗姗来迟。周前本来非上课时间就大多蹲图书馆,前几天被一百多号自考生推上班长的位置后,泡在宿舍的时候更少了,那三个人没能等到她,打她的手机又不通,只得留下一张条子出来。这时已是五点四十分,她们估计寿头一定会等急了。

卢天敏正望眼欲穿,见到这些亮星立即一边往前挤一边喊:“丽莉,丽莉!”

朱晓倩睨着他说:“大部长,你眼睛里只有陈丽莉,没有我和筱曼呀。”

“也有,也有。”卢天敏有点发窘。

陆筱曼电他一眼说:“这是讨来的,不值钱的。”

朱晓倩说:“对,今天罚你请客!”

卢天敏胸一拍说:“一句话。”

陈丽莉笑笑说:“别打嘴仗了,我们走吧。”

卢天敏问:“还有周班长呢?”

朱晓倩说:“哟,你把我们宿舍里住几个人的底细都摸清楚啦。嗨,有什么目的?”

卢天敏说:“随你怎么说吧,嘿嘿嘿嘿。”

陈丽莉怕模特儿又讲难听话,连忙说:“不知她到哪里去了,就我们四个人吧。”说着移动脚步。

卢天敏本想紧挨陈丽莉,怕又招来朱晓倩的揶揄,只得缩在最后。

四个人走到了开在学校生活区里面的一爿叫做梦巴黎的小饭店。这是本校工学院的一对男女大学生开的夫妻店。如今在江大这样开小店的在校生已经很多,振振有词地称之为“勤工俭学”。那个矮胖的男生看到他们后马上走出来迎接。把四个人领进包间。陈丽莉坐了主人位置,朱、陆两位分坐左右,卢天敏坐到了陈丽莉对面。服务员很快送来了菜单。卢天敏平常就爱在女孩子面前逞能,何况坐着的又是三颗艳星,他更要显示自己,迅速把菜单接到手上,以主人的口吻询问:“你们想吃什么?”

朱晓倩说:“你报出来啊。”

卢天敏就挨着次序念菜名,三个女孩子听到自己喜欢的菜就讲要,很快点了十几个菜。好在这种专供大学生享受的小饭店菜都不贵,即使全点了,也不及高级饭店里一盘大鲍鱼的价钱。服务小姐问到饮料时,由于是为祝贺陈丽莉发表作品而聚会的,就都要了啤酒。大学生们多善吃而不善饮,这四个人也不例外,他们不敢把酒倒得太满,第一次集体举杯,祝陈丽莉在报上发表大作,第二次一齐举杯,感谢大部长、大编辑肯参加小老百姓的饭局,第三次陈丽莉举杯感谢卢大主任刊登她的稿子。卢天敏与陈丽莉碰杯后一口喝光,说文学院的许多老师看了《茉莉花赞》后都赞不绝口。这三个女孩本来都不通文道, 以为能把文章白纸黑字登出来就非常了不起,听卢天敏夸大其辞地一捧,不仅陈丽莉心里像吃到了蜜糖,连朱晓倩、陆筱曼也一齐欢呼起来,四个人就又嘻嘻哈哈地碰杯。这小包间是用三合板隔的,三个女孩子的声音又尖又响,因此就有隔壁用餐的男生走到门口来探头探脑,见是卢天敏被这么三朵鲜花簇拥着,羡慕得简直要死了。

朱晓倩本来性子野,加上酒喝多了,就冲着他们喊:“看什么看,看你妈啊!”这句话是从某大明星嘴里学来的,很有力地把那些涉世不深的男生训走了。朱晓倩放肆地大笑。

陆筱曼几杯啤酒下肚脸若桃花, 目光迷离地望着卢天敏说:“以后我也写一篇给你行吗?”

卢天敏大脑被酒精灌亢奋了,接着陆筱曼的目光说:“你、你拿来,我保证登!”

朱晓倩也赶热闹,说:“我也要写文章给你,你登吗?”

卢天敏又大包大揽说:“没问题,给你——登!”全忘了自己几斤几两。

于是陆筱曼、朱晓倩一齐向卢天敏敬酒。然后又有陈丽莉单独向卢天敏敬酒。这时卢天敏的眼前只有美人影子,人家给他倒多少他就喝多少。

卢天敏口袋里的手机响了。接通后,他听到江旭东不愉快地说:“你在哪里鬼混,不知道晚上要开会吗!”

“我、我这就来。”卢天敏大着舌头,话刚说完,一股黄水从嘴里喷了出来,接着如长江决堤,想控制也控制不住。这一吐倒也好,他不用打肿脸充胖子,由陈丽莉掏出一百五十块钱买了单。

卢天敏赶火场似的赶到了主编室。江旭东见他酒气熏天立即一顿臭骂。卢天敏不敢吭声，乖乖地拉把椅子，在双人办公桌的侧面坐下来，李玉兰大概是感谢他前天给了她口红，对江旭东说："你又不请他吃饭，人家才迟到几分钟，凶什么呢。"江旭东脸上就好看了些。李玉兰又主动给卢天敏泡了一杯茶。卢天敏简直受宠若惊了。

编委会就只江、卢、李三人。会上扯了几件小事后，开始研究在大一新生中招两名编辑记者的事。李玉兰不知道那两人已策划过了，傻乎乎地首先表示同意。于是很快成为定论。第二天江旭东就把这件事情向学生会主席汇报。该主席已念大四，满脑子开始毕业后寻找工作的事，乐得让江旭东多做工作，自然一口答应。江旭东再去找文学院团委书记，团委书记是个三十多岁的男教师，喜欢贪小利，江旭东有当处长的父亲、当科长的母亲，生活费充足，父母又鼓励他只要能在政治上进步可以不惜一切代价，所以他就经常向书记送东西，书记就一手把他提起来。对《朝阳》报在新生中招两个编辑记者这样的小事情，团委书记当然一口答应。于是立即张榜招聘，凡大一新生均可报名，但需交一篇本人已发表或未发表的文章。

陈丽莉那天晚上回到宿舍就被开完编委会的卢天敏打手机约到操场上。这里的操场到了晚上即使寒冬腊月也有许多亲嘴拥抱的人，何况如今气候宜人。卢天敏、陈丽莉肩并肩走路时，别人也以为他们在卿卿我我。卢天敏把《朝阳》报编辑部的招人秘密告诉了陈丽莉。陈丽莉听到后真是太高兴了，卢天敏乘机在她脸上亲了一口，但他进而动作时被陈丽莉推开了。卢天敏暂时也算满足，两人赶在熄灯前分手，各自回宿舍睡觉。陈丽莉遵嘱没有跟三位宿友讲，心里却像吃了兴奋剂似的亢奋。

张榜招聘时，胸有成竹的陈丽莉第一个到编辑部报名，作品就是那篇《茉莉花赞》，接着坐等佳音。

又开编委会了。江、李、卢三人态度都很认真。所有应聘人员的材料都早已看过，现在到了一锤定音的时候。江旭东望着两人说："为了今后便于工作，男生女生各招一名吧。"李玉兰马上表示同意，卢天敏跟着表示同意。

江旭东问："你们看哪个男生比较好？"

李玉兰说："郭超然怎么样？"

卢天敏说:“好啊,我同意。”

江旭东说:“我也同意。那么男编辑就这样定了。女的呢?”

卢天敏笑嘻嘻地说:“我先提行不行?”

李玉兰开心地说:“谁封你的嘴啦。”

江旭东说:“你提谁呢?”

卢天敏说:“陈丽莉。她有中专文凭,上期登的《茉莉花赞》又很有文采。”

“什么?”李玉兰向卢天敏瞪眼睛了,“你提她?同志,她可是个自考生!”

卢天敏依旧笑着说:“自考生也是我们文学院的新生嘛。”

李玉兰眉眼一轩说:“不对,他们是学员,不是学生!请问,他们有校徽吗?他们有学生证吗?”

卢天敏说:“就算他们只是学员吧,今后只要各门功课都考及格,国家也承认他们的学历,也可以以大学毕业生的资格找工作,也可以考研考公务员。”

李玉兰鼻孔一声哼:“这我也懂,我拉进来的自考生比你还多呢,那只是为了每位四百块钱的介绍费。我看校领导也是看在孔方兄的份儿上,为创收才把阿猫阿狗都招进来的。他们都是些什么人?就算那些应届高中毕业生,高考总分没有不离统招录取线一大截的,考三百分、两百分的都有,甚至还有连初中都没毕业的人也来读书,说不定还有假初中真小学的人呢。”

卢天敏看了江旭东一眼后笑嘻嘻地说:“他们成绩是差一些,可不等于不能来《朝阳》报当编辑记者,马克·吐温学历也不高,高尔基学历也不高,他们不都成了大作家?”

李玉兰大声说:“可他们是高智商,这些自考生是吗?智商高了就不会分数那么低。我看有的教师骂他们弱智硬是不错!”

江旭东咳嗽了一下:“这话到外面不能讲,那个教师院领导已经不让他去上课了。”

李玉兰意识到一时激动嘴巴走火,心气不顺地暂时低下头。她拿起茶杯喝了一口,思索接下去怎么办。她万万没想到寿头会提出陈丽莉这个自考生，更没想到他会如此顽固。看来这只小骚猫追女人已经追昏了头，跟他再费口舌也没用，她只得动用“老公”的力量，对江旭东说：“你是主编，你看，要不要让那个女自考生到报社里来。”

江旭东将圆珠笔屁股敲着办公桌做出思考的样子说：“照理不应该吸收自考生来当编辑记者的。可是，可是有几个老师很欣赏陈丽莉那篇《茉莉花赞》，她本人又有这个愿望，考虑到自考生们客观上已是我们文学院的一支力量，由我们来否定不大好，让我去请示领导吧。”

李玉兰辨着这番话的核心意思是，要否定，但得由领导出面否定。领导是谁？文学院团委书记。那还用担心吗？她马上说：“好的，我同意。”乜了卢天敏一眼。

“我没意见。”卢天敏心里暗暗发笑。

当天下午，江旭东就走进主编室煞有介事地对李玉兰说：“原来书记已经知道这件事了，好像这个陈丽莉很有点儿背景，有人给书记捎话了，书记说，让她进《朝阳》报算了，免得使我为难。”

李玉兰信以为真。她此时已经知道308宿舍四颗星之说，也见到过陈丽莉本人。这种女护士社会上什么人不认识呢？她叹了口气，说：“胳膊扭不过大腿啊，就让她先赢这一回吧。”话语中埋下了秋后算账的种子。

三

夕阳给百年名校江中大学抹上了一层金光，天气比刚入秋时凉快多了，校园里到处活跃着投入各项文体娱乐的莘莘学子，欢声笑语随处可闻。

308宿舍里，朱晓倩、陆筱曼没精打采的，她们一个躺在床上，一个坐在小书桌前双眼发呆。

朱晓倩长叹了一口气挺坐起来，说："这么厚的书，糟老头讲些什么听都听不懂，更别谈记了，到时怎么考得及格呢！"

陆筱曼离开凳子伸了个懒腰，说："都说念文科省力，到了我身上怎么不灵了呢，古代汉语听说还不是最难的呢，哲学、文学概论更是些硬骨头，我怎么啃得动呀。"

朱晓倩说："我只念了一年初中。你可是高中毕业生。你都觉得难，我更没信心了。"

陆筱曼苦笑着说："你知道我高考考了多少？跟这个宿舍的编号一样。"

朱晓倩说："三百零八分，不少啦，换上我一分也考不到。"

"别赤练蛇炖酱——恶赞(蘸)了。"陆筱曼少气没力地坐到床沿上，掏出手机，揿着键钮发起了短信。

朱晓倩也把手机取到手上，与陆筱曼一样发送短信。

两人脸上渐渐活络起来。

陈丽莉像快乐鸟似的飞了进来，高声说："姐妹们，告诉你们一个好消息，本姑娘当上《朝阳》报的编辑记者啦。"

朱、陆两位本已多云转晴，听了同时叫起来："哇，西天出太阳啦。"

陈丽莉报名应聘《朝阳》报编辑记者后三人耳朵里都曾钻进过统招生的冷言冷语，对此陈丽莉由于吃到了定心丸，只是报以冷笑。朱、陆两位却有点儿沉不住气，朱晓倩甚至还与那个脸蛋扁扁平平的大一走读女生吵了一架,此刻听到这样的好消息,就如同当年听到小日本投降一样的高兴了。都说女人心胸狭窄、小肚鸡肠,容易嫉妒,308宿舍包括周前在内的三位女性,起码在对待陈丽莉进《朝阳》报这件事上透心透肺地态度一致。朱晓倩一拍双手说:“今天我请客,好好地庆祝庆祝,气死那些统招生。”

陆筱曼说:“好！明天我来,非让他们看看我们的厉害。”

陈丽莉说:“那么后天我做东,答谢各位。”

“好咪！”

“好咪！”

这三个女孩平常手面就阔绰得很,碰到了高兴事自然争着花钱。

朱晓倩说:“周班长呢,马上把她叫回来。”

陆筱曼说:“把寿头也叫来,他是有功之臣嘛。”

陈丽莉想了想说:“他就算了。我们别使事情太露眼。”她内心是怕眼前这两位又向他送稿子，弄得寿头难处理——她们肚里有多少墨水她清楚得很。

朱晓倩就给周前打手机。

周前就很快回到宿舍。

四个人就很快走出女生宿舍楼。

她们又在路上拉到了别的几个自考生。

就在上次卢天敏呕吐过秽物的梦巴黎，这些巾帼英雄们在大堂里坐满了一桌。她们举杯痛饮,她们高谈阔论,她们唱着流行歌曲,把其他桌子上吃饭的大学生们的目光都吸引了过来。这次朱晓倩没有骂人,而是放浪地笑。

陆筱曼在桌上的菜吃到一半时手机响了,她走到外面去通话,进来后说:“抱歉,我有点事情,先走一步了。”说罢拿上自己的坤包出去了。

余下的人继续大快朵颐,尽兴而散。

回宿舍的路上,周前对陈、朱两位说:“离熄灯还早,我到图书馆去看一会儿书。”

朱晓倩说:“好啦好啦,别太用功了……”

陈丽莉说:“你扯什么后腿,班长要看书就让她去看。”

“一会儿见。”周前一甩短发扬长而去。

暮霭中朱晓倩望着周前高挑的背影说：“这个周女人，结婚都三年了，大商场的部门经理也当得好好的，还来读什么自考。”

陈丽莉说：“你也模特儿当得好好的，收入高高的，还来读什么自考！”

朱晓倩说：“我是为了混文凭嫁老公。”说着她皱了皱眉头，“唉，难以混到手了，课堂上老师讲的听都听不懂呀。你呢？”

陈丽莉说：“我们硬硬头皮读吧，管它懂不懂，考场上或许可以偷看的。”

朱晓倩真以为她巴望的是这个，说：“也只有这么想了。”

两人进了宿舍。陈丽莉开亮灯，见朱晓倩正脱短衫，连忙去把窗帘拉上。

大概是喝多了酒身体发热，朱晓倩脱掉衣服脱掉裤子后，又解下胸罩丢到床上，于是全身上下只剩一条能看得见私处的裤衩。她对着挂在墙壁上的镜子凝视着自己光溜溜的上身，不由得双手抚摸起那两个白白的大奶子，感喟地说：“来江大后一直没锻炼，身体发胖了，连它们也大了许多。”

陈丽莉羡慕地说：“大了好，我还嫌自己的小呢。”她下意识地摸了摸自己的粽子奶。

朱晓倩说：“你可以去隆胸啊，每只奶子注射300cc，保证比我的还大。”

陈丽莉不能告以实情，说：“我希望它们能自然变大。”

朱晓倩说：“你都几岁啦，除非有助长剂。哎，你真的是处女吗？”

陈丽莉揍她一拳以攻为守：“我跟你说过几回了，你患了健忘症吗？”

朱晓倩说：“行，就算你是处女，不过陆筱曼肯定不是，我看她今天又不会回来了。”

陈丽莉遇上如此喜事也真想与尉均睡觉，可惜他说今天没理由不在家陪脑萎缩的老婆，听了这句话勾起心事，快快地说：“她能住在外面是她的福气，我们也早点睡觉吧。我上浴室去了。”

朱晓倩说：“我们一起去。”

陈丽莉看着她那两颗雪白的大奶子说：“秋凉了，你先穿件衣服吧。”

朱晓倩说:“没有老公发泄,我全身火烫呢。还穿衣服,我真巴不得有人来强奸。”

陈丽莉说:“到时先奸后杀,你就惨啦。”说完去拿毛巾之类。

在浴室里,陈丽莉也脱光了衣服揩身子。

朱晓倩欣赏着她的胴体说:“你的皮肤真好,嫩得像水,白得像雪,男人抱着不知会多么欢喜。”

尉均真是这样夸奖的,陈丽莉淡然一笑说:“你身体这么滑,这么有弹性,男人抱着你一定痴迷死啦。”

“那当然。”朱晓倩得意地昂起头,接着叹口气:“可是不能再胖下去了。哎,从明天开始我大清早要去长跑了。你也去吧。”

陈丽莉说:“我最怕长跑,不奉陪了。”

“去嘛去嘛。”朱晓倩又鼓动了几次,见陈丽莉始终不答应,只得说:“那老娘只有孤军奋战啰。”

第二天朱晓倩大清早就在校园内那片绿茵茵的草场上,孤独地用身体写起一个个巨大的0字。

第三天她又坚持大清早就起床,穿着乔丹牌运动鞋、红色的田径裤、红色的运动衫,像片红霞似的在操场上昂首疾跑。

她忽然发觉后面有人,回头看到一个瘦长长的男生。哼,老娘减肥,你秋丝瓜一条也减肥哪?她受到挑战,尽力快跑,两条优美的、白润润的大腿像两支玉簪似的有节奏地划动。但女生毕竟比男生体力差些,她听到了背后粗重的喘气声,以为很快会被秋丝瓜超过。然而那粗重的声音却始终像粘在她脊梁后面似的,她不由得边跑边扭头用眼梢侧窥,发觉这个男生的目光总是投在她的腿上。她明白了,立停下来,气鼓鼓地训斥:“谁让你一直跟在后面的?”

秋丝瓜也刹住步子,目光盯着朱晓倩红扑扑的脸蛋,毫不知羞地说:“你跑你的步,我跑我的步嘛。”

“哼,谁不知道你在动什么脑筋!”

“我做什么坏事啦?”

“你一直在看我的大腿!”

朱晓倩以为罪恶一旦揭露对方要么抵赖要么溜走，秋丝瓜却冲她一笑说："嗨，被你发现啦。过去我虽然看过好几场女模特儿表演，对她们的大腿非常欣赏，可都距离远，现在有了近看的机会，我能不抓紧利用吗？"

"你臭不要脸！"

"不，这很高尚，爱美之心人皆有之嘛。"

朱晓倩目光狠狠地隼着他的脸，想以此威慑、吓退他。

秋丝瓜却乘机接住她的目光。

朱晓倩愤愤地说："老娘不跑了，你看什么看，看你妈啊！"扭头往操场外走。

秋丝瓜却一点没有自责之意，饶有兴趣地望着她走远。

朱晓倩憋着一肚子气回到308宿舍时除了周前不见踪影，另外两位仍赖在床上。她脱光了身子用干毛巾揩拭着，又要去开窗。

难得住在宿舍里的陆筱曼睁开了眼睛。她警告："要被对过的小公鸡们看到的。"

"他们要看就让他们看个够，看得发花痴。"朱晓倩动手开窗。手突然凝止，她看到了对面三楼玻璃窗上的异物——照相机镜头。她还没有大胆到让人家出示她的裸照，连忙抓件衣服穿上，拉开塑钢窗破口大骂："臭流氓，偷拍女人的照片，脸皮比水泥板还厚哪！"

对面那扇塑钢窗迅速关上。

模特儿又大骂了几声，使女宿舍所有同胞都听到了她的高八度的声音。上上下下、左左右右，一些拖着长头发的脑袋探出窗框，纷纷尖声向她发问："哪个臭男生偷拍照片呀？"

"喏，就是对过三楼宿舍里的小子。"

"你被他们拍进去啦，是光身子的吗？"

朱晓倩气得差点被噎住，反骂她们："你们身上凸出来的凹进去的才让臭流氓们拍了进去。"说罢呼地关上窗子。

陆筱曼笑起来："你这叫偷鸡不成蚀把米。"

朱晓倩笑起来说："我又不是嫖客，要鸡干什么。"

陆筱曼马上不吱声，身子侧了过去。

陈丽莉猛地坐了起来，埋怨朱晓倩："你才跑了多少时间啊，还减肥呢。”她正在做与尉均幽会的梦，活生生被模特儿给搅黄了。

朱晓倩气鼓鼓地说：“知道吗，刚才我跑步，有个臭男生跟在后面看我的大腿。”

陈丽莉很新奇：“真有这种事情？”

朱晓倩说：“我骗你我吃饱了没事干，这只小公鸡脸皮比猪八戒还厚，我骂他他还贼忒嘻嘻地说、说是爱美之心。”

陈丽莉问：“你知道他是哪个班级的吗？”

“好像不是文学院的，我过去从来没有见过他。”

“别是社会上的流氓，或者是在学校里打工的民工。”

“嗯，有可能。”

“你以后当心点，前天外语学院有个女生不是遭民工强奸了吗？”

“去去去，谁会来强奸我，要么强奸你这只骚狐狸。”朱晓倩嘴巴很硬，心却有点虚。过去在上海，她有一回真差点被流氓强奸，幸亏同一模特队的男模“老公”及时出现，她和他也正是这样才互相接近，成为情侣的。

在上午的课堂上，朱晓倩因为晨跑时被扰乱了心，加上戴眼镜的糟老头讲的乱七八糟的东西又听不懂，思想就开到了“老公”身上。掏出手机正想悄悄给他发短信解闷，手机却在他手掌间“嘀——”一声响了，她以为是“老公”发来的呢，一看却是：朱小姐，早晨打扰了你，在此赔礼道歉。一个善良的人。朱晓倩迅速回复，恶狠狠地骂：臭流氓，滚你妈的王八蛋去吧！对方很快又回信：火气不要大，我是真心向你赔礼道歉的。朱晓倩又回敬：滚！滚！滚！臭咸鸭蛋！对方又发来了短信：我不是臭咸鸭蛋，我是香格里拉的王子。朱晓倩又想骂他，手在键钮上滞住，这个小流氓恰要跟你缠，那正中了他的圈套。为了免受干扰，她索性关机。就这样，其后男模“老公”从上海发来的一条短信她就没有收到，真正误了大事。

朱晓倩浑然不觉中随着陈丽莉、陆筱曼等下课的人流走出教学楼。周班长在下课后总要滞留一会儿，向老师请教没有听懂的地方。面对着风流少妇一个，无论年老的年轻的教师都乐意损失宝贵的时间向她解释。

秋丝瓜特意守在大楼口，他看见朱晓倩后走过来鞠了一躬，说：“同学，我深深地向你表示歉意。”

朱晓倩见他如此死皮赖脸，生气地侧过脸蛋，一旁等候陈丽莉的卢天

敏说:“怎么,石班长你得罪她啦。”

那个石班长说:“早晨我跟这位朱晓倩同学开开玩笑的,她把我当成了臭流氓。”

卢天敏说:“那你可要赔礼道歉。”

石班长说:“我向她鞠躬,就是表示赔礼道歉的。”

这时陈丽莉、陆筱曼等人就都认真看他。

卢天敏环顾陈丽莉而对着朱晓倩说:“他叫石韬,财经学院大二的班长,我的好朋友。”

308宿舍的三颗亮星这才明白秋丝瓜不是民工而是学生班长,开始另眼相看。

卢天敏乘机说:“小姐们,我们另找地方聊聊吧。”

石韬说:“我去把车子开过来,请各位吃饭。”他快速转身而去。

朱晓倩觉得自己不能太跌份儿,低下头往食堂方向走,卢天敏追上去说:“别走别走,今天你是主角啊。”

朱晓倩嘴上说:“我不想跟这种人啰嗦。”脚步却没再移动。

卢天敏见状就去向陈丽莉献殷勤。

陆筱曼说:“我那篇文章能在报上登吗?”

卢天敏说:“可以可以。”

这时一辆乳白色的宝马开了过来,石韬打开车门招呼。

三个女孩子本以为他是去开自己的摩托车,想不到会是一辆新款轿车,她们怀着惊奇之心钻进车子,在后排坐下。

卢天敏坐到了副驾位置上。

石韬缓缓地驶动了宝马。陈丽莉想到还有一个周前,见车子里已坐不下人,话到嘴边没有出口。

宝马在平坦的水泥道上缓缓开着,不时地擦过那些男生女生,也不时地擦过那些夹着教材的老师,后来驶出了学校大门。几个平日一脸凶相的门卫此刻都微笑地行注目礼。

轿车一直开到豪华的古都饭店,五人一进自动门,迎伺小姐马上向石韬报以熟悉的微笑,告诉他安排在暗香厅。石韬就堂而皇之行走在前。

308宿舍三颗亮星都是见过场面的开放女孩,却没想到一个大二学子会有如此气派。她们猜想，石韬既然有向朱晓倩赔礼道歉的意思，这酒菜不会太差的。结果恰是豪华宴，龙虾、大王蛇、佛跳墙、阳澄湖大闸蟹等名贵菜肴摆满一桌，喝的虽是啤酒，却是美国牌子的原装货。坐在石韬边上的朱晓倩见状遂真的消了气。五个脾胃甚佳的男女学子大快朵颐自不在话下。

当然，别人都看得出，石班长分明对朱晓倩有意思，那么从早晨到现在他是自导自演啰？

周前在食堂里吃了中饭后立即上图书馆去了。那天下午她也是这样才吃完饭就急匆匆去图书馆的。江大图书馆的藏书之丰在全国都有名气。但她捷足先登的是那里的阅览室。阅览室从社会科学、自然科学到文艺类杂志应有尽有。她喜欢看小说，对登在大型文学杂志上的长篇小说特别着迷。当天看过后，为了第二天能继续阅读，她总是抢先到阅览室去，因为杂志不比图书，是不能外借的。

周前本以为自己是第一个到阅览室的，却见里面已有人在看杂志了。她立即走到那个熟悉的书架边，见原来放有《大河》大型文学杂志的地方空荡荡的，脸上红了红。

先来的中年男子走了过来，他衣着考究，扬着手里的杂志问："你找它吧？"

周前瞥了一眼，说："嗯，我昨天刚看了一小半。"

中年男子说："我是随便翻翻的，你拿去吧。"

周前迅速扫了一眼中年男子的脸，说："不，不，我可以看别的杂志。"

中年男子说："你真的不用客气，我翻杂志只是了解行情，本来就没有准备认真读。"

周前见他态度诚恳，就接过了杂志。她感激地又瞥了对方一眼，再次看到了那张睿智的脸，她想他可能是这个大学的老师，说不定还是文学院的呢。但她没有多问，她有着女人家的矜持。

她找个地方坐下，把杂志摊在桌上，翻到做了记号的那一页阅读起来，然而不知怎么的没能像往日那样专心，几次斜望那个中年教师，见他翻过这本杂志又翻那本杂志，像女人家在摊头上挑衣服似的。看来他真的是来了解行情的。

中年教师浏览一会儿后走了。

周前在上课前几分钟才离开。

第二天下午她继续赶到阅览室去读《大河》上的长篇小说时又看到了那个中年教师。对方在她取杂志时对她笑笑。她也回以一笑。接着她看她的小说他翻他的杂志。她仍不能自已地屡屡斜眼观察他的行动。

第三天中年教师没来。周前想,他大概掌握了情况写他的文章去了。这天她又看了好几万字,只剩下结尾一章了,她打算明天把它看完。

此刻周前走进阅览室,恰又看到了那个中等偏高体态匀称的身形。他回头也看到了她,冲她一笑。她也冲他一笑,走过去把《大河》拿到手上。

中年教师走了过来,主动搭讪:“那个长篇看完了吗？感觉怎么样？”

周前白嫩嫩的脸蛋一红,说:“还有结尾一章。感觉嘛,蛮好看的。”

中年教师说:“你好像很喜欢文学。”

周前笑笑。

中年教师说:“自己写东西吗？”

周前说:“想写,嗯,写不好。”

“你是这学期调来的？”

“我、我是来读书的。读、读中文。”

“唔……是自考生吧？”

“是的。”周前脸上又红了一下。做自考生总不是高人一头的事。

中年教师说:“自考很好,那也是人才成长的一条路,国家对此很重视的。怎么样,我们有机会交流交流。这是我的名片,打手机、打电话都行。”

周前从中年教师手上接过名片,不便马上细看,把它捏在手心上。

“你看书吧。”中年教师潇洒地向书架走去。

这时已经有好几个人在注视他们两人。

周前坐到了老位置上。她偷偷地看着手里的名片:曾于青,文学院教授,省作协创作指导委员会副主任。原来他就是那个赫赫有名的青年文艺理论家！她的心再也无法平静下来,杂志上的字一个也进不了脑子。

周前在念高中时就做着文学梦,因为偏科当年才没考上大学,去了杭州一家大商场工作,凭着工作实绩当上部门经理。老板对她很器重,不用多久,她有望提为副总甚至总经理。但她内心一点不爱这份工作,她想当作家,退而求其次当记者。当得知江中大学文学院招自考生,她毅然报名,辞去了原来的工作。为此丈夫跟她狠狠地吵了一架,她不改初衷,一个人背着行李走进了江大。

想不到能在这个阅览室里巧遇大名鼎鼎的曾于青，他还是省作协主管创作的头头哩。他主动与她搭讪,给她送名片,那起码对她有好感。她很清楚自己的长相在什么份儿上,也清楚自打长成靓丽少女后,有多少的异性追求过她。这个曾于青今天主动接近她本不足奇,她要不要与他继续接触呢?她又偷偷斜视他,看到他很潇洒地走出了阅览室。她猜想,这个人可能就是为了接近她才到阅览室来的,那给这张名片就是藏有深意啰。这种男人她过去也不是没有碰到过。譬如,有一阵她晚上总爱去家门附近的城中公园溜达。没几天,有个跟他差不多年纪的男子也天天晚上来这个公园散步,先是搭讪,后来邀她去吃夜宵,弄得她从此晚上再也不敢到城中公园去。

这次怎么办呢?

周前赶在下午上课前还掉了那本本应看完的杂志，课堂上老师讲的啥,她一个字都没听进耳朵。这在读书勤奋的她是从来没有过的事情。她始终在想,要不要与那个曾于青接触。

上午李玉兰有课,江旭东却没事。卢天敏打听清楚后就抓住机会,约陈丽莉到《朝阳》报报到,由主编接见、谈话。路上他见陈丽莉有点紧张,安慰她道:“江旭东是我最好的哥们儿,也知道你是我的好朋友,否则不会把你吸收进报社的。见到他你随便什么话都可以讲,他绝不会为难你的。”

陈丽莉说:“我不是怕他,而是担心,万一到时候李玉兰也在,我怎么跟她讲?”

卢天敏摇摇头说:“不会的,她这时正在上课。她从来不缺课的。”

陈丽莉说:“那我就放心了。”她当时没意识到,寿头提供的这一信息后来恰是帮了她的大忙。

卢天敏与陈丽莉进主编室时江旭东已正襟危坐等候在那里。

卢天敏笑嘻嘻地对他说:“旭东,这就是小陈,她来向你报到。”

江旭东站了起来，陈丽莉以为他会跟自己握手，主动走了上去。对方却手指墙边的沙发，说：“坐，坐。”陈丽莉只得走过去在沙发上坐下。

卢天敏殷勤地给陈丽莉倒了杯纯净水，放到茶几上后，在她旁边的沙发上陪坐。

陈丽莉目光迅速向四周打量了一下。她没想到学生会内部小报的办公条件会那么好，电脑、电话、空调、纯净水罐及文件橱等应有尽有，一时倒也因自己能是其中的一员有点兴奋。

卢天敏望着她说：“我们这里的条件可以吧。许多东西都是主编赞助来的。”

“噢。”陈丽莉朝着江旭东一笑，神情中流露出佩服之意。

江旭东对着陈丽莉看了一眼，说：“以后你就是我们报社的人了，希望你多作贡献啊。”

陈丽莉说：“我水平低，请主编多帮助。”

“我们互相帮助。”江旭东笑着说，又问卢天敏，“你说是不是？”

“对，对，互相帮助。不过，我们首先是在主编的领导下开展工作。”

江旭东听到恭维话心里很满意，望着陈丽莉说：“我这是破例把你吸收进来的。看到你在《朝阳》报上发表的作品，觉得水平不错，就跟卢天敏讲了。当然这是内部机密，你自己掌握就可以了，嘿嘿嘿。”

陈丽莉说：“卢主任给我讲过了，谢谢你的关心。”抬起头把目光投到江旭东脸上。

江旭东觉得这两道目光太迷人了，但脸上摆出毫不在意的样子，拿起茶杯喝了口茶。他其实在陈丽莉到江大的第二天就发现了这个有着惊人美貌的姑娘，也打听到她是文学院新办的自考生班的学生，只是没有与卢天敏实说罢了。

卢天敏站起来拿过江旭东的茶杯给他添上水。

江旭东对卢天敏说：“你要不要也泡杯茶？”

卢天敏说：“我不渴，渴的话可以去拿自己的茶杯。怎么样，你要不要给小陈作点具体指示。”

江旭东笑笑说：“我能作什么指示呢。今后大家都是一个报社的人了，我还是那句话，互相帮助吧。”

陈丽莉淡淡一笑说："主编你太谦虚了。今后你不管要我做什么事情，我只要能做到，一定会去做的。"

卢天敏说："是啊，这次小陈能来报社，她心里非常感谢你呢。"口气好像是陈丽莉的男朋友似的。江旭东因此笑了笑。

这样又聊了一会儿后，陈丽莉知趣地向卢天敏使个眼色，说："主编你事情多，没别的指示，我走了。"

江旭东说："好，好，你今后干什么事情，等研究过后再跟你谈吧。"站起来作出送客的姿态。

陈丽莉就和卢天敏离开沙发往外走。

江旭东并没有送他们，而有的男人，这时会乘机与陈丽莉握手的，因此陈丽莉走出行政楼后对卢天敏说："江旭东好像很有点硬派小生的味道。"

卢天敏说："是吗？他和李玉兰谈恋爱可是谈得昏天黑地呢。"

"真的？"

"那还有假，以后你会看到的。嘿嘿，他们两个人在办公室里关着门的时候，你可不能冒冒失失进去啊。"

"是吗？"陈丽莉笑了，脸颊荡起的两个笑靥非常好看。

寿头真想往那里亲一口。

四

江旭东又召开编委会，研究对陈丽莉、郭超然的工作安排。李玉兰提议由郭超然协助编副刊，对此江旭东表示同意。她接着又不歇气地说，原来负责校对的那个大四学生不想干了，可以由陈丽莉接手。

卢天敏一听急了，说："陈丽莉应该当编辑，校对由老同志负责才对。"

李玉兰抢白："哪个老同志肯干校对，要么你干！"

卢天敏说："我是编辑部主任，怎么去干校对。"

李玉兰说："你这个老同志不愿干，别的老同志更不愿意干了！"

卢天敏见她完全是一副吵架面孔，不想再与她烦，就求助地望着江旭东，说："你是头，你决定吧。"

江旭东沉默了一下说："让陈丽莉干校对也好，锻炼锻炼嘛。"

"可是、可是我们还不清楚她、她的文字功底如何。"卢天敏没想到江旭东会这样答复，说话都结巴了。

"你不了解她怎么提名她到这里来？难道我们《朝阳》报是垃圾回收站？"李玉兰刺他。

卢天敏想顶嘴，想到这两天李玉兰总是板了脸对着他，涌到嘴边的话咽了下去。

江旭东望着卢天敏说："校对不难的，有字典当老师嘛，随时可以请教。"

卢天敏少气没力地说："我服从。"

于是陈丽莉再去《朝阳》报时，江旭东把她喊到主编室说："编委会研究过了，由你接替大四的老同学，负责报纸校对。"

陈丽莉说："我、我有的字怎么写都弄不大清楚，怎么干得了。"

江旭东说："慢慢来嘛，到时可以翻字典，也可以请教老同志。"

陈丽莉还想推辞，见李玉兰没有表情地走进来旁若无人地坐到椅子上嗑瓜子,她不能在她面前露怯,说:“我明白了,可以。你还有什么要吩咐吗?”

江旭东说:“没有了。以后你有事也可以向李主编请示。”

陈丽莉勉强说:“知道。”

李玉兰仍不睬她,只顾嗑她的瓜子,脸上浮着矜持的笑容。

陈丽莉立即出去。

她走进编辑部办公室还没跟卢天敏讲上话,李玉兰进来了。她指着靠窗的那张写字台对卢天敏说:“陈丽莉坐原来负责校对的同学的地方,我再安排一张桌子,让郭超然坐在你对面。”

卢天敏尚在做好梦,一听急了,说:“你连我这里的事情也要插手?”

李玉兰说:“我当副主编的难道不可以管吗?哼,你还没当上《朝阳》报的领导呢!”说时斜眼看了看陈丽莉。

卢天敏本来在女人面前就爱逞能,何况又是个陈丽莉,涨红了脸冲着李玉兰说:“你充什么老大,你上面也有人管呢!”

李玉兰说:“对此本人有自知之明。这样的安排我是征得主编同意的。现在你没什么话可以说了吧?”

“我找主编去!”卢天敏愤然站起来。

他闯进主编室朝正在看报纸的江旭东说:“为什么要这样安排办公桌?”

“有什么不对?”江旭东抬起头盯着卢天敏。

卢天敏打了个噎,说:“难道,难道我这个编辑部主任连这点权力都没有,非要她李玉兰来指手画脚。”

“那照你的想法怎么安排?”

卢天敏愣了一下,说:“让郭超然坐到窗边,陈丽莉坐我对面。”

“为什么?”

“这样比较顺!”

“顺在哪里?”

“陈丽莉校对中碰到难处我可以随时帮忙。”

“郭超然初当编辑也有难处,你就不应该随时帮忙?”

“嗯……”

江旭东倒也不想使卢天敏难堪，说："你的好心我理解，可是别人不一定能理解。你呢，已经是学生会的中层干部，做事情不能再毛毛躁躁。你前几天有些做法，已经遭人议论了。"

"我做错什么事情了？"

"那天晚上，你让308宿舍的所谓三颗星陪着，在学校小饭店的包间里海喝山吃，有这回事吗？"

"那是、那是她们请我的。"

"没人讲你敲诈勒索，可是你老弟艳福不浅啊。我们文学院别的男生，想请其中一颗星吃顿夜宵都如登天梯，你却三星围绕，同志们能不产生意见？"

"她们不肯关我什么事？"

"可那篇散文是你帮她发在报上的，人家说你这是利用职权。"

"随他们怎么说吧，我反正是优质录用，而且经过你们审稿的。"

江旭东见他使黄牛劲，想了想耐心地说："这个我和编辑部的其他一些人是清楚的。可不见得人人都理解，加上你在编委会上又极力推荐陈丽莉，因此个别同志产生想法是很正常的，是完全可以理解的。现在如果照你的想法重新安排他们两人的办公桌，你说又会产生什么误解？我明白你找我的意图。但只要我们是弟兄，只要我为你好，我就不能不帮这个倒忙。"

卢天敏低下了头。

江旭东指着沙发让他坐下，走过去说："你也清楚，再过一学期，我也不再有时间忙社会工作，学生会和这里的人事还会有变动，你即使当不上学生会副主席，《朝阳》报的副主编由我提议总能安排吧？这对今后分配工作可有好处的，你要往远处看嘛。"

卢天敏说："我明白了。"

江旭东说："那你回去吧，照李玉兰的话痛痛快快摆桌子。"

"我听你的。"卢天敏站起来往外走去。

江旭东像打赢了一场战争似的得意地坐回原处。

经过一番运筹帷幄，这天上午李玉兰拿着印刷厂交来的样稿走进编辑部办公室，一本正经地递给陈丽莉："今天晚上七点前交给我。"然后转身望了一眼郭超然，腆着胸脯出去了。这时编辑部里除开陈丽莉、郭超然，还有两个大二的学生，这些学生也喜欢呆在编辑部里。时近中秋，他们不再用空调，而是图这里清静，适宜读书、打电话（免费使用市内电话）。这两个男生看见副主编出去，对视一眼后也夹着书本出去了。

屋子里就剩陈丽莉、郭超然。

陈丽莉把一本厚厚的《现代汉语词典》放到临窗的办公桌左首，摊开散发着油墨香的校稿先校第一版。头条新闻的标题就使她卡了壳：我校综合"冶"理脏乱差。她想这个"冶"可能写错了，该是治理，但这么简单一个字，电脑上怎么会出错呢？她就去看原稿。原稿上竟也是"冶"字。她只得请教"老师"。由于不熟练，费了很大的劲才查到。确实错了，她纠正为"治"。接着校内容，几乎每一行都有使她疑惑的地方，都要笨手笨脚查字典。结果，区区三百字的新闻竟花了一个小时才校完，整张报纸有三四万字，要校到何年何月啊？她心里发毛，企求接下去的文章会容易校些，然而也都像破锯子锯湿树似的，根本快不了。她硬着头皮干到吃中饭时才校了两三千字。

郭超然轻松地上食堂去了，还要陈丽莉一起去。陈丽莉说："你给我带一份盒饭来吧。我要抓紧时间忙手头的事。"郭超然回来后，她只吃了几口饭，一个鸡腿，又继续战斗，但眼见得晚上无论如何交不了差，就想求人帮忙。她先找郭超然。郭超然说，李主编叫我写的这份学生会宣传材料也要今天交上去的，我还想请人帮忙哩。其间有几个当编辑的大二、大三学生进来。陈丽莉与他们还不熟悉，厚着脸皮请他们帮忙，他们都说，不行不行，我们有事情，匆匆溜走。其实是李玉兰关照过他们，要考验新来的校对同学的工作能力，你们谁也不许帮她。他们都惧女主编，没人敢不听话。郭超然是李玉兰高中同学的表弟，他始终呆在编辑部，负责监视陈丽莉。陈丽莉对此浑然无知，没个帮衬的人使她心里越发着急，李玉兰又关照过，报纸没出来前不能让局外人看到，因此她既不能带到宿舍里去请朱晓倩、陆筱曼甚至周班长帮忙，又不能把他们叫到编辑部来。她忽然想，卢天敏在哪里，怎么一直没想到搬他的救兵。她马上打他的手机。

卢天敏在手机里说，今天一直随学校的卫生检查团行动无法赶回来的，你只有请别人了。陈丽莉于是感到了事情吃紧，放下电话时急得眼泪都涌到了眼眶里。她坐在椅子上双目发呆，一个字也看不进去了。

郭超然这时候竟还吹口哨。

陈丽莉说："求求你，别吹好吗？"

"轻松轻松嘛。"

"你倒有这份闲心，我都急得想跳长江了。"

"好好，听你的，保持安静。"郭超然坐到椅子上，装模作样地翻报纸。

陈丽莉正想，他说写材料，怎么没看到动笔？眼帘扑入了进门的江旭东。她立即把目光移到校稿上。

江旭东走到陈丽莉身边，问："校对中有困难吗？"

陈丽莉想了一会儿，吞吞吐吐地说："李主编要我在晚上七点钟前校好，这叫我、我无论如何来不及。"

"唔，你校了多少？"

"第一版还没校完。"

"我来帮你。"江旭东一脸豪爽，"先把三版、四版给我。你慢慢地校头版，我校完了帮你校第二版。"

"这、这可以吗？你是主编……"

"说哪门子话。我也是学生。啊，把三版、四版的材料都给我。"

陈丽莉怀着感激之心把校稿给了他。

江旭东拿着它们往外走。

郭超然冷眼窥察，他尾随江旭东走出去。

陈丽莉多了个心眼儿，也走出办公室。她在走廊上听到主编室里郭超然的声音："兰姐不让别人帮她校对的……"

"那不是刁难人吗。这样做很不好，我见到她会批评她的。啊，你走吧，你可不能帮她干蠢事。"江旭东声音很大。

陈丽莉急忙踅回办公室，心里一下明白多了。她瞅着"小特务"进来，若无其事地哼起了梁静茹的《爱你不是两三天》。

郭超然有点心虚地说："你不许我吹口哨，怎么自己唱起歌来了？"

陈丽莉说："主编帮我校对，我心里开心。"

郭超然听了暧昧地笑笑。他很快关上抽屉走出去。他给李玉兰打手机，却听到一个女孩好听的声音："对不起，您所拨打的用户已关机。"

陈丽莉在郭超然走出去后心里嘀咕，小特务称李玉兰为兰姐，原来两人关系很不一般，所以她才提名他到《朝阳》报来。

陈丽莉继续埋头校对。下午三点钟左右，她快要校完第一版的时候，江旭东踏着快步进来，说："三版、四版给你，你再仔细看看。把桌子上的都给我吧。"

陈丽莉接过三版、四版，钦佩地说："你真快。"

江旭东轻描淡写说："读中文的，字句都能掌握，一边往下看一边纠错，很轻松。"

他拿起桌上的一版、二版稿子迅速离开。

陈丽莉把目光投在江旭东改正过的地方，有几处的纠错，在她本以为是正确的。她心里对自己校对过的版面有所不安了。

没多久江旭东又走进来，把校稿递给陈丽莉，说："都校完了，你校过的我也复校了一遍，有几处错字和标点没有校出来。不过第一次干这个工作，难免的，慢慢来嘛。"

陈丽莉红着脸说："谢谢你。"

江旭东说："我要去参加党支部的一个会议，晚上你把它交给李主编吧。"说完望也不望陈丽莉就匆匆而去。

陈丽莉心里对这位学生会的大干部既感激又佩服。

李玉兰听课时因为手机电池没电了，所以郭超然打来的电话及嗣后发来的短消息都没收到。下课后换上新电池，看到郭超然发来的消息，明白了怎么一回事，她脸都气白了，怒耸翠眉赶到报社，径直走进主编室。见江旭东离开了，气恼地一屁股坐到椅子上。

陈丽莉拿着校稿走到门口，问："可以进来吗？"

"进来！"

陈丽莉走进去，没有表情地把校稿递给李玉兰，说："校完了，给你。"

"放桌上。"李玉兰翻着眼皮，"干得挺快的呀。"

"靠主编帮忙嘛。"陈丽莉浪声浪气的。

李玉兰把头侧到一边不再睬她。

陈丽莉哼着梁静茹的《勇气》,摆出轻盈的步子出去了。

“狐狸精!”李玉兰狠狠地关上门。

她立即打江旭东的手机,叫道:“江旭东,你马上给我滚回来!”

江旭东说:“我在参加党支部会,你先等一会儿吧。”

李玉兰就一直等到江旭东开会结束回到主编室。

江旭东望着李玉兰说:“怎么满脸乌云,要打雷啦。”

李玉兰瞪着他说:“谁让你帮陈丽莉忙的?”

“你跟一个自考生怄什么气呢。”江旭东摸着李玉兰的肩膀,“你要她当天校完,还不准别人帮忙,她能行吗?”

李玉兰拨开他的手,说:“现在你倒知道了,那当初怎么让她进来的?”

“是书记的意见嘛。”

“哼,谁相信!”

“你可以去问他。”

“谁不知道你们是狐群狗党。”李玉兰凶凶地盯着江旭东的脸,“告诉你江旭东,你休想做陈世美!”

江旭东搔搔头皮说:“你把我看成什么人啦。”又俯身抚摸李玉兰的肩膀。

李玉兰没有表情地任他爱抚。

江旭东想吻她,李玉兰站了起来,又瞪着他说:“你敢花她,一旦发现我就跟你没完。”

江旭东说:“我敢吗?要么我不想进步了。”

李玉兰想到江旭东正在谋大四生退下来后空出的学生会主席的位置(副主席现有两人),就转颜电了江旭东一眼,说:“谅你也不敢。”

江旭东乘机挽起李玉兰的胳膊说:“我们去吃饭吧。”

食堂墙壁上贴着“本食堂不准喂饭”的警示语。可是那些偎依着用餐的男女生,仍当众搂抱、亲吻,把饭菜送到情侣的嘴里。江旭东、李玉兰尽管也是公开的一对,但在公众面前总是摆出庄重的样子,他俩毕竟是学生干部。两人面对面坐着吃饭吃菜。李玉兰心里还是有气的,不愿与江旭东多讲话,这顿晚餐也就了无情趣了。

邻近一对男女见江旭东、李玉兰怄气越发亲热,不仅脑袋贴在一起,咂咂咂的亲嘴接吻声也远远地就能听到。江旭东对此心里十分恼火,待到那两颗脑袋终于分离,他看清楚他们的脸,心里狠狠地说:“总有一天要让你们尝尝哭的滋味!”

两人像僧侣般吃完晚饭后,李玉兰丢给江旭东一张餐巾纸,各自揩了揩嘴先后出去。出食堂时碰到难得上这里打饭的陈丽莉,陈丽莉冲江旭东甜甜地一笑。江旭东低下头只当没有看见。

走到宽阔的人行道上时,江旭东对李玉兰说:“今天我们去那里吧。”

李玉兰说:“谁跟你去啊——你刚才怎么不喊那只狐狸精跟你去!”

江旭东说:“唉,我已经跟你解释过了,你怎么还在吃她的醋。”

李玉兰说:“我这只醋坛子端定了,你当心点!”手指往江旭东鼻子上一点。

江旭东捏住李玉兰的纤手,说:“你去不去,不去我就永远不放。”

李玉兰拼命挣扎,却就是挣脱不了。两人这样打闹了一会儿,李玉兰多情兮兮地说:“人家跟你去,总行了吧。”

两人照例分别出校,分别搭公共汽车,在离江大较远的一爿不上档次的旅馆外重新见面。如今男女大学生鸳鸯幽会,找旅馆开钟点房已成时髦,他俩因是学生干部,怕在学校附近找旅馆被人发现,才舍近求远跑到这里。总台上的女老板已经认识他们,没费嘴舌就给他们开了钟点房。

进入房间关门落闩后,这对精力充沛的年轻人马上紧紧地抱在一起,嘴唇互吮着舌头,都想把对方吸入自己的身体,可始终无法做到。在久久无法尽兴的激情之后,气喘吁吁的李玉兰推开了江旭东,她把长裙从头顶剥下,丢到沙发上,江旭东也同时脱得一丝不挂,他们在床上开始爱的拼搏……

两人躺在床上侧身相拥时,李玉兰手指掰着江旭东的小乳头说:“你要保证,不对姓陈的女人起花心。”

江旭东轻轻说:“不会的,你放心。”

“哼,我不相信。你敢发个誓吗?”

“好,我发誓。如果对她起花心天打五雷轰。”

李玉兰算是满意了,手摸着江旭东的胸脯,说:“这是你自己讲的呀!”

江旭东说:“你啊,就是小心眼儿。不过,今后在报社里你对她还是客气点。”

李玉兰说:“我做不到,除非你让她离开《朝阳》报。”

江旭东说:“人既然来了,不犯错误不能把她赶走,你起码在表面上要对她好一点,否则别人会说你闲话的。”

这一期的《朝阳》报很快出来了,与以往不同,对着那些白纸黑字,李玉兰第一次没有了成就感。

接下去的几天,李玉兰常常处于愤愤之中。以前,只要她坐进主编室,隔壁编辑部里的那些小男生有事没事总会跑到这里来,现在只剩郭超然和偶尔前来汇报工作的卢天敏。这些小骚公鸡全都围着陈丽莉转,常常有一些放肆的浪笑声传进主编室。她听了江旭东的劝告,想与陈丽莉挂免战牌,因此屡屡忍耐下来。

这个晚上,江旭东被书记找去谈工作了,李玉兰正独自坐在主编室里向党支部写思想汇报,耳边传来了一阵阵起哄、狂笑和叫喊,她实在忍不住了,把笔往桌上一丢板起脸走过去。

有个男生看到李玉兰出现在门口大声说:“嗨,才女来啦,你来猜。”

李玉兰最喜欢别人恭维她才女,听了不便要态度,她看着包括陈丽莉、卢天敏在内的满屋子人,不冷不热地说:“猜什么呀?”

“一个谜语,谁猜到了就能吃一块巧克力。”那个男生指指桌子,“这是进口的比利时海洋贝壳高级巧克力,非常好吃,可这个谜语却难猜。”

李玉兰看着堆在精美的盒子里的状似一只只小海螺、小蜗牛、小蛤蜊的巧克力,阴着脸不吭声。它一定是陈丽莉拿来的,小骚货为了笼络这些男生,除开卖骚劲就是带好吃的零食什么的让他们解馋。

卢天敏觑着李玉兰渐渐变冷的脸,讨好地说:“一个字谜——春雨绵绵妻独宿,你说是什么字?”

李玉兰沉下脸说:“谁给你猜这种黄色猥亵的谜语。哼,这里是报社,不是色情场所,别把社会上那些乱七八糟的东西带到这里来!”李玉兰眼角瞥着陈丽莉。

陈丽莉隐忍地低下头。

李玉兰目光扫着一屋子男生说:“我们这里是堂堂学府,不是社会上的歌厅茶楼,你们要玩就玩健康的东西,不要被人给带坏了。”

男生们被这些重话惹火了,有人顶嘴:“这话什么意思?”

卢天敏急忙说:“好了好了,我们有则改之,无则加勉。”

李玉兰也觉得刚才讲的不策略,把群众都得罪了,自己还能入党?马上改颜说:“我也只不过提醒大家。你们声音小一点——我在隔壁写东西。”说完腆着胸脯走了出去。

男生们继续猜谜语。他们智商虽高,却不谙谜海奥秘,硬是被这个字谜难住了。

这些人苦着脸绞尽脑汁的时候江旭东路过,他踅了进来。

卢天敏说:“你来猜猜吧, 猜出来可是有比利时进口的蒙特莎巧克力吃的。”

江旭东往桌上看了看,说:“又是小陈带来的吧。”顺便看了陈丽莉一眼。

陈丽莉笑笑。

江旭东走过去伸手拿巧克力。那个男生按住了说:“不行,猜出来后才能吃。”

江旭东调皮地说:“我先吃后猜嘛。”

“不行、不行!”好几个人都吵开了。

江旭东说:“行、行。讲,什么谜语?”

卢天敏说:“春雨绵绵妻独宿,打一个字。”

江旭东昂起头一想,说:“是一个字吗?就一字呗。”

其他人没听懂,纷纷说:“是一个字,这字可是难猜得要命。”

江旭东大声说:“是一字,蠢驴们,是个一字!一,知道不知道?”

“怎么是一字?”卢天敏听明白了,却仍不解。

“春字什么结构?”江旭东比划着,“春雨绵绵就不出太阳,把日字拿掉,妻独宿丈夫不在家,把夫拿掉,不就剩下一字吗?”

“对对,到底主编高明。”

有人把巧克力盒子递到江旭东面前。

江旭东说:“一粒太少了吧?”把几粒巧克力抓到手里。

别人见状也就不讲规矩地去抓了,半盒巧克力很快被抢光。

江旭东得意地往主编室去了。

陈丽莉用钦佩的目光送着他的背影。这个人脑子真灵啊！

男生们很快也作鸟兽散。

陈丽莉、卢天敏并肩走下楼去。卢天敏说："回宿舍还早，我们散散步好吗？"

"嗯。"陈丽莉顺从地点点头。

两人就在操场旁的水泥道上溜达。

陈丽莉说："你刚才打什么圆场，这种女人，杀杀她的威风正好。"

卢天敏说："我这是帮江旭东，他是我大哥。嘿嘿，编辑部里的人都知道我们《朝阳》报是十字坡孙青开店，孙二娘当家。"

陈丽莉说："所以这个女人敢这么凶，所以你们都拍她马屁。"

卢天敏贼忒嘻嘻地说："我不是也拍你的马屁吗？"

陈丽莉嗔怪道："还说，那天叫你帮忙校对都不肯，后来亏得江旭东出力。你啊，不如人家多了。"

卢天敏说："可我心里只有你一个，那天实在走不开。"

他见陈丽莉低下头不吭声时，两片眨动的睫毛在幽亮的月光下非常迷人，一时心旌摇动，头凑了过去。

陈丽莉把脸偏开，说："别这样。"

卢天敏涎脸说："亲热亲热嘛，你看，他们不都这样。"

远远近近，月光下不仅可见几对情侣抱在一起，还有胆大的索性躺在操场上搂得紧紧的。

卢天敏指指操场西面的黑黝黝的水杉林，说："我们到那里去吧。"

陈丽莉想到卢天敏的龌龊念头不由得笑了。

卢天敏以为她同意，去挽她。

陈丽莉甩甩手说："你想在那里使坏吧，晚上可有巡逻的保安。"

前几天夜里确实发生过巡逻的保安在水杉林里逮住一对苟合的露水鸳鸯的事，幸好是食堂里的外来民工，才没作大的处分。卢天敏想她只是怕巡逻的保安，并没有拒绝那件事情，就又去吻她。

陈丽莉一时也血液贲张，但她马上想到了自己的尉均，立即克制，挪开半步说："别浪漫了，回去吧。"说罢转过身子。

卢天敏只得咽口唾沫,心犹不甘又无可奈何地跟在后面。他一直把陈丽莉送到女生宿舍外。那里有几个痴情汉子正呆呆地站在铁门外,眼巴巴地望着大门内,另有一对男女靠墙抱成一团,作出生离死别的样子。

陈丽莉在宿舍门口立停下来,冲着卢天敏莞尔一笑:“再见。”

卢天敏伸出了双手,陈丽莉却迅速闪身而入。

卢天敏看着月光下那苗条迷人的背影真想追上去，然而凶恶得比集中营里的女看守还狠的女门卫是绝不会让男生们走进门槛半步的。他怏怏转身而行,又设想着俘虏这个靓女的计策。

五

陈丽莉走进宿舍时看到朱晓倩坐在床上，前面摊满了画报。

朱晓倩是前天与男模儿“老公”在电话里吵了一架，昨天上午怒冲冲赶到上海兴师问罪的。

陈丽莉招呼：“你回来啦。”

朱晓倩说：“回来啦，死猪去杭州排练了，我又不能陪他。”

“‘老公’向你投降了吗？”

“那当然，服服帖帖拜倒在老娘脚下。”

“别吹哟，人家就这么不经打？”

“男人哪个经打的？”模特儿得意地一昂头，“我和他在喜来登饭店睡了一夜，他就完全服帖了。老娘的床上功夫可以随时翻新，使男人永远感到魅力无穷。”

陈丽莉笑了，说：“你参赛的事也解决了吗？”

“事情黄了。”朱晓倩叹口气，“今天一早我们赶到杭州，组委会的人说，过截止期几天了，实在没有办法。哼，白请那个老色鬼吃了一顿。”

“你早点去报名就好了。”

“都怪姓石的小公鸡。那天他在课堂上发短信把我搞烦了，就关上手机没有接到‘老公’的电话。后来我看到12590的留言给他回电话，但打不通，我想也不会有啥大事就没继续打。原来那会儿他在去杭州报名的路上，巴士里声音大没听到。这只死猪，在杭州玩昏了头，过了两天才又给我打电话，要不我怎么会在电话里和他吵架呢。唉，这次算了，反正以后还有机会。”朱晓倩嘴上这么说，脸上仍有惆怅之色，要知道，这次模特儿大赛很重要，榜上有名的人以后会身价倍增。

陈丽莉坐到小书桌旁拿出化妆镜瞅了瞅自己的脸，说：“如今干模特儿这一行最风光了，你还来读啥书啊。”

朱晓倩沉默了一下，说："实话告诉你吧，我'老公'是体院毕业的，过去在体操比赛中也拿过奖。他的混账父母在大学里教书，规定了，没有大学文凭的人休想当他家的儿媳妇，为了攻破堡垒，我只能来混文凭。"

陈丽莉说："我以为模特儿都是皇帝的女儿不愁嫁，想不到也有搁浅的船。"

朱晓倩说："不提这件晦气事了，来，看画报，都是我从上海搜来的。"

陈丽莉走过去弯下腰看。林林总总的画报有谈时装的，有谈化妆的，有暴露影视界绯闻的，都刊登着只穿三点式的女郎和俊男靓照，其中有一本是全登裸照的、该被扫黄打非办充公的舶来品。

陈丽莉翻了一会儿画报说："收起来吧，快熄灯了，周班长进来看到不好。"

朱晓倩说："你以为她是圣女吗？是圣女就该在家里相夫教子。"

陈丽莉说："人家热爱文学嘛。"

朱晓倩又想争辩，发觉周前一脸兴奋地进来，只得闭上嘴巴。

周前看见了朱晓倩床上的画报，打个招呼主动过来浏览。她也翻到了那本全是一丝不挂的女人们的写真集，一页一页看过，说："快熄灯了，收起来吧。"

朱晓倩向陈丽莉使个得意的眼神，跳到地上，把那些画报摞起来通通塞进书柜。

周前说："那本外国女人写真集还是藏起来的好，检查宿舍时发现会有麻烦。"

朱晓倩想了想说："好，听你班长的。"把它塞进了抽屉。

周前走到自己床铺前，掀开床板从下面拉出皮箱，取出一本装订得厚厚的材料。

熄灯铃响时三个女人都在床上睡下了。靠门一张床仍空着，陆筱曼已经三天没回宿舍，她说母亲病了，然而已经没人相信。

陈丽莉、朱晓倩不一会儿响起了轻微的鼻鼾。

周前用被单蒙住头，开亮手电，轻轻地翻起那本厚厚的材料。

举棋不定几天后，周前决定继续与曾于青接触。她很想在阅览室里自然地见到他，曾于青却再没出现。今天吃了晚饭她只得打他的手机，装出随便的样子说:“曾老师,好几天没在阅览室里见到你啦,今天去吗?”

曾于青说:“那里我平常是不去的,前些日子为了了解文学杂志的情况,才跑了几次。小周,你晚上有空吗?有空的话我们去学校外面的青苹果咖啡屋坐坐怎么样,这几天连续写文章真把我写累了。”

周前听了止不住一阵心跳,思忖了一下说:“行啊,你们搞写作的人大脑是该放松放松。”

曾于青比周前先期到达。他穿着浅灰色的梦特娇短袖衫、裤子,脚上的皮鞋也是乔丹牌的,喷了啫哩水的头发梳得十分熨帖,给人以风流倜傥的青年学者的形象。学校里熟悉曾于青的人都知道他讲究仪表,即使被熟人看到也一点不会奇怪。

周前来得迟一点,她仍穿白天上课时的那件浅蓝色的领口镶了一圈白绸的真丝料子的长裙子,由于是自己裁剪缝制的,穿着十分合身,充分显示出体态的婀娜轻盈,她没加化妆,只在微翘的富有性感的嘴唇上抹了些须淡淡的口红,左手拿了一个红色的小坤包。

曾于青客气地向周前点点头,周前也向他点点头,两人没有说话,走进咖啡屋一直往里,在最后面的包厢座内相对坐下。

曾于青问:“你喝点什么?”

周前说:“卡布其诺。”

曾于青就招手叫来服务小姐,要了两杯卡布其诺。

曾于青像与老朋友相叙似的轻松自如地说:“你能放弃自己的工作来参加自考,真不简单哪,家里还有哪些人?”

周前说:“就爱人,他在机关工作。”

曾于青说:“是领导吗?”

周前脸一红说:“小公务员一个罢了。”

“孩子多大了?”

“我们还不想要。”

曾于青说:“这样也好,可以安心学习。”

周前低下了头。她在当部门经理时尽管没少搞公关,没少与人打交道,可面对这个陌生的、又可能对自己抱有企图的、赫赫有名的学者,心里仍有点紧张不安。

曾于青一时也没找到可以侃下去的话题。

服务小姐送来的咖啡恰到好处。

两人各用调羹搅拌着杯子呷了呷咖啡。

曾于青说:“我看得出你很喜欢文学，所以约你到这里，过去爱写什么？”

周前不好意思地抬头一笑,目光触到那张睿智的脸,连忙避开了说:“我只是瞎写写的,讲出来难为情。”

曾于青很自然地望着周前的脸说:“没关系,互相交流交流嘛。”

周前搅着咖啡想了想,一甩短发说:“我去年学写了一个长篇小说,可是被退回来了。”

曾于青说:“你能写长篇,好啊,带来了吗,让我看看。”

周前说:“曾老师你的时间很宝贵,我可不敢打扰。”

曾于青说:“没关系,我经常给未成名的青年作者看稿的,发现有前途的苗子,我就向有关方面推荐。”

“我是肯定会使你失望的,算了吧。”周前调皮地摇头一笑,而内心,她几经思想斗争后下决心来找这个人,主要就是为了这部曾抱有奢望的、呕心沥血的书稿。

曾于青当然了解文学青年们的这些心理状态，大胆鼓励:“就算写得差也没关系,起码我可以了解你目前的创作水平,因材施教。本来东西很幼稚,在我的指导下水平迅速提高,现在全国都挂上号的作家已有好几个呢。”

周前心里就又萌生出奢望,说:“东西在宿舍里,我以后拿给你看。我怎么给你呢？”

曾于青说:“你可以拿到我办公室去。噢,这样吧,明天中午十二点半,你在那爿小百货店门口给我怎么样？”

这是周前最乐意去的地方——最怕的是对方邀她上家里去。她马上说:“好的。”

后来曾于青就向周前谈一些长篇小说的写作问题，许多话都是她第一次听到的,双方的距离感渐渐消失了。周前甚至大胆地向曾于青提了几个很幼稚的问题,曾于青认真加以回答。走出咖啡屋时,两人真的成了朋友。

周前打着手电看那部洋洋二十万字的书稿，倒不是读内容，而是检查有没有缺页。尽管当初每个字、每个标点都是自己打的，也都是自己亲手印、亲手装订的，还曾亲手对全部稿子检查过一遍，但事隔多日，她仍有点不放心，她既爱护自己的“孩子”，也不想给初识的著名青年文艺理论家留下粗枝大叶的印象。

全部查过，没有发现任何问题，周前把书稿压到了枕头下，想睡，却又不踏实起来，就摸黑下床，轻手轻脚取出皮箱，把稿子放了进去，然后才放心躺下，却久久睡不着。是啊，尽管她对曾于青没有任何非分之想，但客观上这个风度翩翩的中年人还是在她脑袋里占据了一席位置。

朱晓倩因为去上海耽误了两天晨跑，就比前些日子起床更早，她走在水泥大道上，听到了朗朗的读英语声：perspective……她想，哪个人这么卖力啊，一定是英语系的傻瓜。她觉得声音有点熟悉，谁呢，后来终于看清楚是石韬。石韬双手捧着书本，边走边高声念诵。模特儿大为惊讶，喊：“石韬，你好用功！”

石韬抬起头欣喜地说：“你回来啦！”

朱晓倩说：“你今天怎么想到一早爬起来读英语的？”

石韬说：“我每天都是一早就出来朗读的。这时候人少，空气新鲜，我可以不受干扰地放高声音。”

“为什么一定要高声朗读？”

“中国人学的英语普遍是哑巴英语，根本无法和老外交流。只有通过朗读，才能不断提高口语水平。”

“怎么，你想出国吗？”

“那当然。大学毕业后我要去美国读MBA。”

朱晓倩真得对此人刮目相看了，说：“想不到你还有这么大的志向，我还以为你只知道吃喝玩乐呢。”

石韬说：“吃喝玩乐也是人生的一大内容嘛。人生几何，去日苦多，行乐须及时，对不对？”

朱晓倩电他一眼，说：“你还有理由啦，我要去跑步了，陪不陪我？”自从那天山吃海喝后，石韬就不再跟在朱晓倩后面跑了。

石韬说："陪美女，行。但你得让我把这篇课文念完。"

现在轮到朱晓倩陪公子哥儿了。她斜靠在一棵树上，看着石韬神情专注地朗读。林子大了什么鸟儿都有，石韬能当上班长总以为是靠了家里的背景，没想到还是块认真读书的料。石韬的伯父是本省某厅厅长，他父亲是房地产大老板，对于他念必须高分考入的财经学院和做班干部，不仅朱晓倩，连陆筱曼、周前、陈丽莉都认为是学校看在他伯父、父亲的面上。朱晓倩目光痴迷地望着眼前这个苦读的男生，心里一时想得很多。如果没有去杭州比赛的男模儿"老公"的存在，她可能会爱上这个既挥金如土又孜孜求学的大志向的小伙子的。

石韬念完了英语，就陪朱晓倩跑步。两人在大操场上并排跑着，这使朱晓倩心里很兴奋。后来又有一些人加入了跑步的行列。这种情况以前就有，不过今天来的人更多。朱晓倩、石韬都是江大的时髦人物，别人看到了能不视为时尚加以仿效吗？就像在耳朵、鼻孔、嘴唇、肚脐上挖个眼挂个环子，很得意地在校内校外行走，以此为新潮一样。

石韬跑了几圈有点气喘吁吁，朱晓倩不忍心拖累富家子弟，说："我们休息吧。"

石韬立停下来，不好意思地说："你真能跑，看你一点不吃力。"

朱晓倩说："我们做模特儿的可是天天要锻炼。"说着把腿高高地跷起来，运动裤缩到腿根部后，那条大腿就越发的修美。

石韬贪婪地欣赏着，鼻翼翕动了一下。

朱晓倩把腿放回原地，看了看那些还在跑的男女，说："我们走吧。"

两人一直走到了校外的永和豆浆店，把肚子吃得饱饱的。出来时石韬说："卧龙街上的太平洋鲍翅馆你去过吗？"

朱晓倩说："没有。"

石韬说："那么今天晚上我带你去尝尝。"

自打那天以后，石韬已单独请朱晓倩去过好几处高档饭店。他对江中市的饮食业了如指掌，凡有名的饭店几乎都去过，能把那里的美味佳肴、服务质量描绘得头头是道，小小年纪就加入了饕餮之徒的行列。朱晓倩对如此好事当然不会拒绝。

傍晚，朱晓倩乘着石韬开的宝马来到太平洋鲍翅馆。那是座五层建筑,从上到下贴着蓝光熠熠的铝合金幕墙。江中城内专吃鲍翅的餐馆已不下十爿,这个新开张的饭店要把吃客从去惯了的地方拉过来,就得下大血本,首先在规模上压倒那些诸侯小国。

石韬、朱晓倩根据迎伺小姐的安排乘电梯到达四楼，走进一间小包间。石韬介绍,这里的包间大都较小,毕竟这种地方一个人的消费抵得上寻常饭店的一桌菜;当然也没有大堂散座,来吃的顾客中属于公务员的干部不少,如今白纸黑字的红头文件上总是禁止干部不掏腰包大吃大喝,蠢驴才会坐到显眼地方示众。

两人在红木小圆桌旁落座后,朱晓倩说:“我小的时候,能吃到龙虾、大王蛇、三文鱼就算高级宴席了。这些年年年反腐败,怎么吃的越来越高级。听有的人说,退前三年,江中城里专门经营鱼翅、鲍鱼的饭店一爿都没有。”

石韬说:“这就叫社会进步，南方还有黄金宴呢，我跟爸爸妈妈去吃过。”

朱晓倩说:“不可能吧,不是有句话叫吞金自杀？”

石韬说:“能食用的黄金是经过科学处理的，就像西方国家如今盛行的黄金美容一样。”

对后者朱晓倩耳熟能详，她调皮地一笑说:“那有机会你带我也去吃黄金宴。”

不料石韬没有推辞,毫不在乎地说:“可以,寒假、暑假、节日长假都行。”

尽管开玩笑,朱晓倩听了心里还是甜滋滋的,用热波射了石韬一眼。

服务小姐进来请客人点菜。

石韬说:“鱼翅、鲍鱼全点肯定吃不下,要么今天先点一样,以后再点另一样。”

朱晓倩过去也曾吃过这些东西,知道石韬讲的是内行话,相比之下她鱼翅吃得多一些,就说:“是的,吃坏肚子反而不好,我们就吃大鲍鱼吧。红烧的吗？”最后这句话是问服务小姐的。

服务小姐说:“是的。我们这里的大鲍鱼都是当天早晨从南方空运过来的,非常新鲜。”

石韬说:“这我知道, 江中城里哪爿鲍翅馆的鲍鱼不是一早去飞机场专运的。好,你给我们来两份。”他接着又让朱晓倩点了几样荤的素的,最后要了一瓶1990年产的法国红葡萄酒。大鲍鱼每份588元,那瓶法国名酒也很昂贵,就这些酒菜,买单时起码也得付掉两千块钱。

朱晓倩想到这个问题,问石韬:“你父母一个月给你多少生活费?”

“八千。”

“够啦?”

“当然不够。我自己还有外快,炒股、倒古董,今年上半年我还倒了一次地皮,转转手就赚到了十几万。”

看他的神态不像吹牛,他也用不着吹牛。朱晓倩没头没脑说了一句:“我在上海听说有些有钱的大学生双休日乘了飞机去香港嫖娼, 你去过吗?”

石韬摇摇头说:“我不去的,在这里读书没有这种道伴。”

这时冷盘上来了,接着红酒也来了。举杯间,装在古色古香的瓷盘里的红烧大鲍鱼也放到了两人面前,他们就老练地使刀用匙,饶有兴致地吃光,又用印度尼西亚大米煮的米饭拌了浓汤吃掉,肚子几乎饱了,再上来的几道菜就动得很少,倒是瓶里的红酒明显地不断下降,使这对男女耳酣脸酡,神情越来越兴奋。

石韬付了账,拉着朱晓倩的手乘电梯下去的时候,朱晓倩问:“你这么有钱,怎么不在外面租房子住,偏要挤在学生宿舍里?”

“我爸妈不同意,他们觉得不安全。”这时电梯到底,跨出去时石韬补了一句,“不过老妈还是私下给钱,让我买了一套装修好了的两室一厅。”

朱晓倩说:“你老妈私房钱这么多?”

“我老妈也开公司,挣的钱不比老爸少。”石韬说,“哎,要不要去看看我那套房子?”

朱晓倩脱口而出:“好啊!”声音落出来后有点懊悔,但已经迟了。

石韬就高兴地走在前面。到了停车处,他开了车门,让朱晓倩坐在副驾位置上。五分钟后,两人就走进了位于城南的那套两居室。

朱晓倩见这套房子装修一般,厨房设备、卫生设备都是国产的,客厅放有一张餐桌,四把椅子,两个房间中通阳台的一间放了电视机、音响和一张长沙发,另一间摆了张席梦思床和一个大橱。窗帘拉得严严的,旁边装了台春兰空调。她说:“住在这里比住宿舍里舒服多了,你又有汽车,为什么不享受享受呢。”

石韬说:“老爸老妈不同意有什么办法,他们最怕宝贝儿子被人绑架。”

“那么你妈妈为什么偷偷给你钱买这套房子?”

“老妈说不住人就风声小,被绑架的概率也小。当然那也是她的一笔投资,去年买它时就是全装修的,总共不到五十万块钱,现在起码可以卖一百万。”

朱晓倩说:“财都让你们一家人发光啦。”

“天下比我们发财的人多呢。”石韬开了音响,屋里立即回荡起悠扬的华尔兹舞曲。

石韬说:“我们跳个舞好吗?”

朱晓倩点点头。

石韬就搂着朱晓倩在屋子里曼舞。

后来石韬的脸贴到了朱晓倩发烫的脸上。再后来石韬伸手去摸朱晓倩的奶子。胸罩碍事,朱晓倩主动解掉。石韬又摸又吃。

后来石韬的手插进朱晓倩的裤腰,但只滑下去三寸,就被朱晓倩拉住:“不行不行。”

石韬涎着脸说:“让我摸一摸嘛。”

朱晓倩说:“这是禁区,只有我‘老公’才可以进去。”说罢果断地挣脱逃避。

石韬怏怏地说:“想不到你这么不开放。你的老公也是假的呀。”追上去又要动手。

朱晓倩蹲了下去,说:“你再不听话我可要生气了。”

石韬见她动真格只得缩住手,走到了一边去。

朱晓倩见他不快活,走上去抱着他的腰柔声说:“你不要不高兴。那是我在上海答应他的,到了大学里不与别的男人搞。我刚才这样做已经破例了,你要理解。”

石韬想了想,觉得第一次亲热就到这个程度,模特儿确实给面子了,脸上就活络起来。

朱晓倩走过去换了张碟片。

于是孟庭苇的歌声在屋里飘荡起来:“你究竟有几个好妹妹?……”

朱晓倩对石韬笑着说:“你好妹妹多呢,如果下面难受,我可以打的回去,你把她们召来。”

“我只要你。”石韬抱住了朱晓倩又亲又摸。

周前送出稿子第二天上午上完课就接到曾于青的电话,说,大作看完了,只要压缩一下,出版没问题,你看我们在哪里见一面。周前简直有点不相信自己的耳朵。她满怀希望写出这部反映商战的长篇小说后,当初把稿子投出去也曾想一鸣惊人,可一旦遭挫,就全盘否定了自己,给曾于青主要是想让这位高手指点水平低在哪里,对方却讲压缩一下就能出版,真令她喜出望外了。她说,我们去哪里吃顿饭吧。

两人讲定后,周前回到宿舍就对着小镜子精心描抹,接着又拉开衣柜,试穿一件件衣服。应该说,这幢学生楼设计得可以了,宿舍内一面是四张床,另一面是四张小书桌,小书桌上又竖着一个小书柜,在进门这一壁,做了四个小衣橱,旁边又有卫生间,能洗脸刷牙,能大便小便,当然收费也不菲,住宿者每人每学期交三千元。可惜衣橱上没有试衣镜,她只能凭感觉比较。后来陈丽莉进来了,见她这么认真,开玩笑说:“怎么,班长大人去约会吗?”

周前说:“几个老乡来了,他们约我去吃饭。哎,你说我穿哪身衣服比较好?”

陈丽莉端详了一会儿说:“穿短袖套裙吧。颜色浅,裙摆又张扬,穿着显得年轻活泼,富有青春活力。”

周前觉得有理,就照办了。

周前和曾于青在离学校较远的一片饭店里见面,要了一个包间坐下。尽管这是非常光明正大的事情,周前却有做贼的感觉。

两人一边喝酒一边谈稿子。曾于青说:“你当时交给哪家出版社的?”

周前报出出版社名称。

曾于青说："编辑熟悉吗？"

周前说："他是我同学的亲戚，我同学听说我写长篇很高兴，替我把稿子寄给了他。三个月后稿子退回来了，编辑肯定了一些优点，也提了些缺点。"

"什么缺点呢？"

"说故事不够生动、人物不够丰富、主题不够深刻。"

曾于青笑了，说："这话真没讲错，可是，这几年全国平均每年出两三千部左右长篇小说，有几本书做到了故事生动、人物丰满、主题深刻，不照样在大小书店卖，照样有不少吹捧文章登在报上吗？"

周前舀了一匙虾仁放到曾于青碟子里，说："可是，可是人家怎么都能出版呢？"

曾于青呷了口啤酒，吃掉了周前舀的虾仁，说："一些平庸的、甚至低劣的文字之所以能作为长篇小说出版，大致有这样几种情况：有的作者前几年已经炒得很响，当然这个炒也是有讲究的，譬如亲属当官，能给媒体种种好处，譬如拿身体做交易，跟编辑睡觉、跟作协掌权的人睡觉，跟包括企业家在内的方方面面的人睡觉，可能也有跟文艺理论家睡觉的情况吧。这样一来，大家就来炒，炒多了、炒久了名气就炒出来了。出版社凭着这个知名度，征订单发出去，基本印数总能达到——一般情况下，四五千册就有利润，就可以开机了……"

周前聆听着，给曾于青杯中斟上些啤酒，说："曾老师你吃菜。"又夹了一块最好的白鱼肉放到他碟子里。

曾于青喝了吃了，继续说："上面这是凭借知名度出书，跟商贸行业中的品牌效应差不多。第二种情况，要作者包销几千册书。第三种情况干脆卖书号，作者只要给出版社书号费，你自己去印多少都行。二者都属于凭钱出书，这对于当官的、有钱的人是小菜一碟。穷作者就只得七拼八凑，惨喽。"

周前心里想，我一点没有知名度，他说压缩一下可以出版，大概是指第二种、第三种情况吧，那得包销多少书、或者得出多少钱呢？只要能够承受，她倒打算破釜沉舟——出了书可是作家了。

曾于青见周前默然地呷酒、吃菜，笑笑说：“你的稿子不属于上面三种情况，嘿嘿，你可以放心。”

周前说：“要我出点钱，包销点书，只要不是太多，我也愿意的。”

“哎，你既然相信我，把稿子交给我处理，我哪能要你破财——我这个人可还是有一点能量的呀。”曾于青说着扫了周前一眼。

周前说：“那谢谢你了，你要我怎么压缩呢？”

曾于青说：“情况是这样的，东北有家出版社委托我编一套青年作家丛书，我在省里已经拉到了十个作者的书稿，都是十五万字一本，印一千册，每位交八千块钱出版费，钱也到账了，绰绰有余，现在我把你这本放进去，就不用再出钱了。”(他曾是江大文学院院长，本想走官路一直往上爬。不料文学院班子换届时，那些个教授、副教授、其中有的还是教过他的老师或同窗，都投了别人的票，他只能让出位置到社会上去发展，把名气弄大后逼校领导那帮混蛋就范。但他清楚自己的根基，不可能在文艺理论上真有建树，遂走捧人的路子，跟当今的追星族一样。知道彼等为图热闹，他却图名图利，水涨船也高。如果被捧者是个美妙女郎还能图色。)

周前当然不明白他的心思，说：“可是，那不多了一本？”

曾于青说：“没关系，丛书的话一个书号最多可以印十二本，我索性再找一个想出书的官员或者企业家，让他多出些钱，凑足十二本，这样就好看了。到时我再写个总序，那就成了一个挺有意思的工程，作协年终总结时可以写进去，搞得好还能得个奖呢。”

周前就又钦佩又感激地点点头。

曾于青把放在空椅子上的塑料袋搁到膝盖上，拿出周前的书稿说：“哪里该删，删去后哪里该添几句承上启下的话，我在你的稿子上都写了，你只须照做就是。有困难也不要紧，反正最后我还要编，还可以动手的。”

周前说：“那太麻烦你啦，叫我怎么感谢呢。”

曾于青说：“朋友之间不用谢。”

这话从他嘴里落出来，周前意识到，从此两人正式是朋友了。她当然可以否认，但她不想这么老土。

曾于青把几个菜盘移到一处，将那部书稿摊到餐桌上一页页翻着指点。周前坐在对面不易看清楚，就大方地走到曾于青旁边，看着曾于青讲述哪里该删及删改符号。她的呼吸声清晰地传进曾于青的耳朵，身上的芳香也被曾于青尽情摄入鼻子。

曾于青一时之间有点讲不下去，但他还是克制住自己，喝了口酒稳住方寸，又讲了一些为什么这一大块可以拿掉的理由。周前眼睛眨巴眨巴听着，从中倒也学到了不少为文之道。

“好吧。”曾于青终于合上稿子，“你把内容存在软盘里吧，十天后交给我怎么样？”

周前嘴说“行”，心里想，去家里搬电脑，说不定与丈夫又会有一番舌战。

六

陈丽莉接到了新一期《朝阳》报的校稿。那是上午八点半的时候，李玉兰板着脸对她说，晚上给我。陈丽莉对着校稿还没来得及发愁，那几个男编辑已经伸出了友谊之手，他们迅速帮她校对。卢天敏因为学生会有点事情迟到了一步，结果只抢到四版上的一篇随笔。只有郭超然没加入，翕动鼻翼看他们卖力。

中午校对工作全部结束，陈丽莉请全体有功之臣吃肯德基，她把郭超然也叫上了，郭超然推说肚子痛没有去凑热闹。五六个人欢欢喜喜在那里闹了一通，回校路上，卢天敏悄悄对陈丽莉说："去看看我老乡租的房子好吗？"陈丽莉只知道江大许多学生都一对对在外面租房过小日子，却没实地见到，感兴趣地说："行。"卢天敏就对其他同学说："我和陈丽莉有点事情，你们先回去吧。"这些人都清楚主任在追308宿舍的亮星，拉长嗓门说："你们去吧，你们去吧。"

卢天敏领着陈丽莉走到一处"都市里的村庄"，在原先的农民房子里见到了卢天敏的老乡，那是两个大四学生，他们没课就泡在自己的爱巢里。陈丽莉见只有一间屋子，家具很简单，比自己梦天堂里的两居室差远了。那一对男女真像夫妻似的热情地招待他们坐下，拿出糖果请他们吃。双方热烈地聊了一会儿，卢、陈两人向主人告辞。

走在路上时，陈丽莉说："学校里不是明文规定在校生不准同居吗，他们怎么这样大胆？"

卢天敏说："大吃大喝也是明文禁止的，可政府官员哪天不在吃。哎，你觉得他们浪漫吗？"

陈丽莉说："很不错的。"

卢天敏说："他们马上就要实习了，答应把房子借给我，怎么样，我们也浪漫浪漫？"

陈丽莉搡了他一下，说："我们不是已经很浪漫啦。"

"那算什么，嘿嘿嘿。放心，一切准备工作都由我做。"卢天敏贼忒嘻嘻窥着陈丽莉。

陈丽莉低着头没搭腔。

卢天敏想，她答应了，乐得像小狗衔到肉馒头似的。回到学校他就作准备，买脸盆啊毛巾啊牙膏牙刷什么的。后来他想到一件大事，万一到时陈丽莉怕怀孕不肯那个呢？对，要有备无患。

卢天敏趁着天黑走到江大医院，校医院的规模可抵市里的中等医院。医院门口摆着个自动售套机，上面贴着一句某高校领导的名言：不该做的时候不要做，做的时候请用它。意思很暧昧，可以有几种解释。这时候正是教师们睡午觉的时候，没人来看病，挂号处只留下一个工作人员在悠闲地看报纸。卢天敏四顾无熟人，迅速掏出五个一元硬币，塞下一个拿到一个安全套，干完了贼似的溜走。

第二天下午他就向陈丽莉发短信：有空吗？有空的话荷园门口见。陈丽莉见他郑重其事，回信：OK！

两个人见面后就往园子里去。这种地方不管白天黑夜总有幽会的，此刻好几对情侣都在亲热，两人熟视无睹地看着，登上了观荷亭。从上往下瞰视，这一池荷花经过秋风的连续扫荡，已花萎叶焦，残枝满池了。但青年人眼里没有伤感，陈丽莉说："哎，可惜没来拍照。"

卢天敏摸了摸头说："我该死，忘掉了，好在还有明年。"

陈丽莉一只手撑着亭柱，说："找我来有什么事情？"

卢天敏嘻嘻一笑，说："老乡把钥匙给我了。"

"什么钥匙？"

"就是他们住处的房门钥匙。哎，今天夜里我们住到那里去吧。"

"你——说天书。"

"去嘛去嘛。放心，我老乡不会讲的，就是讲出去也不怕。有多少人这样住在外面啊。"

陈丽莉睨他一眼："你啊，就会单相思。"

卢天敏嘻嘻一笑说："昨天你不是答应的。"

陈丽莉说："哪有这回事。"

卢天敏说:“我讲由我去做准备工作,你不是没有反对吗?”

陈丽莉那是触景生情想念起自己的老公,才一时忘了搭腔,见寿头误解成这样,只得说:“我那是在想自己的事情。真对不起。”

卢天敏以为她临阵变卦,说:“我们已经相交好久啦,我、我太想和你在一起了,今天晚上你就答应吧,嗯,就算帮帮我的忙也可以。”

陈丽莉心中好笑,说:“我不可能和你这样做的。走,我们到桥上去散散步吧。”说完开始移动脚步。

卢天敏追着说:“丽莉,我求求你,求求你了。”

陈丽莉立停后回眸说:“我们这样做朋友不是很好吗,你再胡闹,我可要不理你啦。”

寿头这才止口,怏怏地跟着陈丽莉上桥。

陈丽莉今天上午就与尉均约定,晚上在梦天堂爱巢内幽会,由于尉均去省里参加了一个学术研讨会,两人真的好几天没在一起了。

傍晚在爱巢,尉均开门后,陈丽莉照例以抑制不住的激情扑入他的怀抱。尉均嘴里说着我的宝贝,我的小鸟,双手又揉又摸,对她充分施以爱抚。

照例相对而坐吃晚饭,照例坐在沙发上看电视,照例上床做爱。然后精赤条条裹在毛巾被里相拥着说话。陈丽莉把这些天学校里的许多事情都讲给了尉均听,包括寿头下午在荷园的纠缠。

尉均有滋有味地听着,说:“你呀,这样的勾男人,会把那个李玉兰气死的。”

陈丽莉扭着光身子说:“我又没有去惹那些男生,是他们主动围着我转的,这叫,这叫美女的魅力。你再不娶我,真要被别人抢走了。”

“你敢!”尉均在她身上捏了一把。“嘿,看来我得在你下面加一把贞洁锁了。”

“你装你装啊!”陈丽莉撒娇。

尉均摸了摸她的脸,说:“你知道我舍不得这样做。”

他讲了一个故事。古时有个将军,娶了一个漂亮的荡妇做老婆。一天将军要出去打仗了,怕老婆在家里与人乱搞,就给她绑了一条贞洁带。将军锁上锁后把钥匙交给了最忠心耿耿的仆役，说："把它收好，等我回来后再交给我。"说完带兵而行，可才出城门不久那个仆役就快马追上来说："报告将军，你钥匙给错了。"

陈丽莉开头不明白，想了一会儿，咯咯咯笑起来。笑停后她抚摸着尉均的小乳头问："我们哪天能结婚呢？"

尉均说："那得看她什么时候死。"

"难道要我等她十年吗？"

"不会的，快了快了。"

陈丽莉叹口气说："其实我心里挺矛盾的，也希望她能活下来，甚至长寿，可是这样一来，我们就只能偷偷摸摸，像地下党似的，而且永远无法要孩子。"

"这证明你善良，"尉均在陈丽莉脸颊上吻了一下，"小宝贝，我们不谈这个问题好吗？"

两人渐渐地有了困意。

第二天早晨，陈丽莉先行离开，她走到校门口的时候看到了一个人，想躲，对方已发现她，奔了上来。

这个人叫喜宝，别看他现在穿着名牌T恤衫像模像样的，小时候却是村上有名的皮王，初中时陈丽莉和比她大三岁的喜宝同级不同班。他不仅调皮捣蛋，还喜欢欺负女孩子。一次放学回家，他又拦在走廊里不让陈丽莉过去。陈丽莉恼火了，不顾三七二十一朝他膝盖上踢了一脚，痛得他弯下腰。陈丽莉当时逃开了，以为他会报复，翌日下课碰着喜宝，喜宝却跷起大拇指说："女英雄，你是赵一曼、刘胡兰。"从此对她常献殷勤。后来陈丽莉念了卫校，他却去学了电工，常去卫校找陈丽莉。陈丽莉不想睬他，他却总是隔几个星期就要在校门口守她一次，寒暑假还到她家里找过她。由于喜宝手下已经有了一帮弟兄，陈丽莉虽不想亲近他，却又不敢得罪他，就始终没有闹翻。她上这里念自考后倒也清静了一些日子，却没想到喜宝会找到江大来。

喜宝笑嘻嘻地说："我上校园里找你呢。他们都说你回家了，想不到会在校门口碰到。"

陈丽莉说："找我有什么事情？"

“没有事情就不能来看看老同学。嗨，我这个人真笨，还上卫校去找你，忘了你已经毕业。”

他的粗嗓门儿已经引起别人的注意，陈丽莉连忙指指前面说：“我们上那边去谈。”

喜宝说：“我们索性去吃点东西吧。”

陈丽莉说：“我吃饱了，不饿。”一边说一边往前走，在离学校较远的地方停下来。

喜宝说：“从你家到这里要五六十里路，你乘的是什么车子到得这么早？”

陈丽莉说：“男朋友开了轿车到家里来接我的。”

喜宝说：“别骗我了，你肯定没有男朋友。”

陈丽莉说：“这种事情能骗人吗？”

“那我问你父母，他们怎么说没有。”

“做长辈的当然不会轻易承认——我们还没有公开。”

“那说明你还没有正式的男朋友。哎，你跟我好吧，我至今没有女朋友，一直在等你。”

“谁要你等。”

“我要等的。”

陈丽莉气得瞪眼睛了：“同志，谈恋爱是要两相情愿的。”

“只要功夫深，铁棒磨成针嘛。”喜宝一脸不屈不挠。

陈丽莉只得叹口气说：“跟你讲，我是没什么好等的，要不要我给你介绍个女朋友吧。我们班上有好几个女生都挺漂亮的。”

喜宝说：“她是仙女我也不稀罕。”

陈丽莉没好气地说：“那你要我怎么办呢？”

喜宝搔搔头皮，低下头想了想说：“今天晚上陪我吃顿饭怎么样？”

陈丽莉考虑了一会儿说：“我一个人不去，要么带几个同学。”

“这……可以。”

陈丽莉给他吃了块“糖”后赶紧说：“我要去上课了，你也走吧。”

喜宝说：“你可不能赖呀。”说完带着满意的笑容往主干道方向走。

陈丽莉走进校门时与周前相遇，她问：“快上课了，你还出去？”

周前说:“今天的课我不上了,回来抄笔记吧,我要回家去一趟。”

陈丽莉说:“明天是星期六了,你不能明天回去?”

周前说:“家里有点急事。我走了。”显然不愿多解释。

陈丽莉知道周班长的老公不支持她来参加自考,心想,或许真的出了什么大事,嗯,会不会是她老公没人照顾煤气中毒了呢,或者被开水烫伤了脚?她同情地目送周前走出校门。

周前赶在星期五回家为的是避免见到丈夫,这样,留下一张条子后搬走电脑,免得见面闹不愉快。没想到丈夫今天没去单位,坐在书桌前写一份材料。

周前进门看见丈夫一怔:“你怎么在家里?”

丈夫说:“你怎么回来了?”

双方尴尬过后,丈夫友好地笑笑说:“不知道你回来,家里什么菜都没有,我去买点菜吧。”

周前说:“少买一些,我很快就要走的。”

丈夫听了嘴角翕动一下,没有说什么话,拿上钥匙、手机出去了。

周前就在家里整理东西。

丈夫回来后就进厨房间忙碌。

接着两个人吃饭。丈夫乘机问:“你几号走?”

周前说:“今天下午我就要回学校,我是回来搬电脑的。”

丈夫不悦地说:“明后天不是双休日吗?”

周前说:“我要抓紧时间修改那部小说。”

丈夫说:“在家里不能修改?”

周前听了,才想到可以把稿子带回家修改的,可是现在这本标有符号的稿子留在宿舍里了,为赶时间她只能马上走,就说:“稿子我没带回来,只能到学校里去改。”

丈夫说:“你怎么不带回来呢!”

周前说:“怪我没想到。”

丈夫鼻孔哼了一声,放下空碗站起来说:“我看你是不想要这个家了,否则怎么会忘掉。”

周前因自己理亏而没有吱声。

丈夫又说："全杭州都没有你这样的女人，把男人丢在家里，跑几百里路去读什么自考！"

周前顶一句："不是跟你说为了要大学文凭吗？"

丈夫说："我了解清楚了，不去读书照样能参加自考，到时只要到教育局招生办报个名领张准考证就行了。"

周前说："可是知识哪里来，没有课堂上老师的正规教育考得出来吗？"

丈夫说："自考的全称是自学考试，那是叫你自学的。"

周前说："我们班上有一百多人，别人都傻就你聪明。"

丈夫说："像你这么大年纪的有几个？他们都是小青年，反正没家庭，到大学里去混混蛮开心。你呢，有工作、有丈夫，现在工作已经丢掉了，难道连丈夫也想丢掉？"

"你这是什么意思？"

"我就是这个意思。"

"你说清楚点。"

"我已经说得很清楚了。"丈夫拿起了钥匙、手机，拉开大门用力一关走了。

两人为这件事吵架已不止一回了，周前有思想准备的，她吃完饭洗干净碗筷锅子后，就把电脑拆下来装到纸板箱里，接着去外面叫了辆出租车，把它们运到长途汽车站。一个女人家拿这些东西当然非常吃力，可是除此之外她又有什么办法呢？

308宿舍四颗星这天上午只有陈丽莉一个人痴呆呆地去上课，上完课后一个人痴呆呆地回宿舍。她正跟"老公"通电话。多日不见的陆筱曼回来了，她描眉打鬓、霓裳飘飘，右手拎着只旅行包，进门带来一股凉风。

陈丽莉与尉均已经讲完，高兴地招呼："死人，我可想死你啦！"扑过来与陆筱曼拥抱了一下。

陆筱曼去盥洗室洗了个脸，出来后说："我走的几天学校里没发生什么事情吧？"

陈丽莉说："平安无事。噢，有一件事情，外语系有个女生被农民工强奸了。"

陆筱曼眉飞色舞地问："真的，哪个农民工，抓住了吗？"

"不抓住怎么知道是农民工，这个安徽人看上去傻乎乎的，想不到也会干这种事情。"

"是男人就有这个需要，他下面的东西一点不傻呢。"

两个人一齐嘻嘻嘻笑了。

陆筱曼拉开旅行包，把一袋外国水果糖，还有也印着洋文的巧克力、果脯什么的捧到书桌上，说："吃吃，都是我从新马泰带回来的。"

"哟，原来你出国旅游了，所以前天周班长打电话到你家里，你母亲说你没回家呢。"陈丽莉拣了一块花生糖塞到嘴里。

陆筱曼听了脸上一阴，随即笑靥如初，说："周班长给我家里打电话啦。"

陈丽莉嚼着糖说："是我们大家叫她打的，关心你嘛。"

陆筱曼坐到了床上，掠掠额前的头发说："真在家里呆这么些日子不把人闷死啦。哎，你去过新马泰吗，那里风景真美，你没去我建议你以后也去转转，用不了多少钱的。"

陈丽莉乘机问："你和谁一起去的，男朋友吗？"

陆筱曼说："几个同学，说高兴了大家就一起去了。"

陈丽莉还想刨根问底，朱晓倩搬着台电视机气喘气吁走进来。

屋里两个女人迅速奔上去帮忙。把电视机放到朱晓倩书桌上后，陈丽莉说："你怎么不叫农民工搬上来？"

朱晓倩说："看门的老太婆不让，说男人一律不许进女生宿舍。"

"那你可以打电话给我们。"

"我以为宿舍里没人呢。"朱晓倩回答过后抓块巧克力与陆筱曼攀谈，知道她去新马泰旅游拍拍巴掌说："哇，要玩就应该到外国去玩。新马泰我没去，澳大利亚和欧洲我都去过的，太有意思了。嗨嗨，我就知道你说母亲生病是骗人话，不过没想到你会跑到外国去玩。"

陆筱曼说："宿舍里的人知道就行，外面别传了。"

朱晓倩说："怕什么，反正我们自考生不受校方管，我们交了钱就能在这里上课住宿,想走也只要拍拍屁股就行,就跟挂单和尚似的。”

陆筱曼说:“话当然对,可还是要注意影响的。哎,你搬台旧电视机来干什么?”

陆筱曼说:“杭州马上要举行时装模特儿大赛了,我‘老公’要参赛,我能不天天看吗,就上熟人那里借了台旧的。”

陆筱曼初知此事,说:“哟,到时我们可要在电视里一睹你‘老公’的风采啦。”

说话间周前也搬着装在纸板箱里的显示器吭哧吭哧上来。

三个人又一齐迎上去。

周前说:“楼下还有主机和音箱,你们谁去帮帮忙。”

那三个人就一齐往楼下跑。很快陈丽莉、陆筱曼各拿一个音箱,朱晓倩抱了主机,从楼下回到宿舍。周前顾不得洗脸,与陆筱曼聊了几句,动手装电脑。朱晓倩去了趟盥洗间,出来后,与陈丽莉一边吃陆筱曼带来的东西一边看周前忙碌。

陈丽莉手机响了,是喜宝打来的,陈丽莉许诺准时到,关上手机说:“姐妹们,大家准备准备,晚上还有饭局。”别人以为又是寿头破财,陈丽莉说出了与喜宝的故事。

朱晓倩说:“小包工头的油更要揩了,今天我们姐妹非要让他大大地破财,治了他的相思病。”

周前说:“我要装电脑,今天不去了,你们三个人去吧,不过也不要让人家太破费,干水电的人挣钱也不容易。”

陈丽莉、陆筱曼、朱晓倩都劝周前去,周前却一门心思扑在电脑上,眼见请不动,陆筱曼说:“那不是人少了些吗?”

朱晓倩说:“嗨,去把寿头也喊上,让他冒充丽莉的男朋友,水电工就更死心啦。”

陆筱曼拍拍手说:“好主意,好主意!”

陈丽莉想到昨天下午与卢天敏有过的不愉快,想反对,朱晓倩却已打起手机,说:“有个傻瓜请我们去吃饭,要你冒充陈丽莉的男朋友,干不干?”能揩点油卢天敏当然乐意,于是就约定了在校门口碰头后一起打的。陈丽莉只能顺其自然。

喜宝早在约定的饭店门口恭迎，见来了三位女的一位男的，朱晓倩又替陈丽莉介绍卢天敏是她的男朋友。喜宝脸上尽管有点尴尬，但还是大度地与“情敌”握了握手，然后以主人的姿态请四位客人进包间。卢天敏心里怀着苦楚，又知道喜宝也是个洋葱头，对他态度就非常友好，主动地向他频频敬酒。喜宝动着小脑筋也想与卢天敏搞好关系，不仅每次碰杯都把酒喝下去，还几次回敬卢天敏，三颗女星反被晾在一边，只须吃菜聊扯。

这顿饭局以喜宝、卢天敏都跑到洗手间大呕特呕告终。

是李玉兰在编辑部会议上的一番话使陈丽莉下定了那个阴毒的决心。那天江旭东奉书记之命要求大家总结本学期几期《朝阳》报出来后的得与失。别人的发言都很实事求是，轮到副主编开口了，李玉兰浪声浪气地说：“大家的积极性现在真高啊，今后再弄几张漂亮面孔进来，就算她一字不识，只要能充当催化剂，那么，我们这张内部小报，质量说不定能超过《人民日报》哩。各位先生，你们说对不对？”她咯咯咯地笑起来。江旭东明白所指，故意轻描淡写说：“哎，这是开会，你开什么玩笑！”李玉兰又浪声浪气说：“我现在算个什么东西，敢开玩笑吗。”卢天敏觑着陈丽莉红一阵白一阵的脸，怕她跳出来吵，立即说：“好啦好啦，我看大家还是讨论今后如何改进，我还想早点回去洗澡呢。”那几个男生也知趣，马上循着这条路子纷纷发言，给陈丽莉解了围。但陈丽莉仍怀恨在心，此仇不报非女子。

陈丽莉从此留心江旭东、李玉兰的一举一动。这天上午，陈丽莉看见李玉兰夹着书本上课去，就往《朝阳》报跑。由于这个下午有课的人多，编辑部里只剩郭超然趴在桌上写什么。陈丽莉表面上对“小特务”一直很客气的，说：“在写什么大作啊？”

郭超然说：“写篇随笔，瞎写写的。教室里许多课桌上不是刻了许多乱七八糟的顺口溜，有的非常黄色下流，有的内容还很反动，领导知道后要我写篇批评文章。当然，只是涂鸦，白开水一杯，我可没有本领写《茉莉花赞》这样的好作品。”

“别谦虚啦，过分谦虚就是骄傲。”陈丽莉像轻盈的小鸟似的走到自己那临窗的办公桌边上装模作样拉开抽屉东找西找了一下，拿起坤包出门。

她向隔壁主编室走去，刚才过来时她就发现那扇门虚掩着，对于寿头那天无意讲出的一句话,她是始终牢记在心的。

正在看书的江旭东发现陈丽莉进来心中一喜, 目光在那艳丽的脸蛋上足足凝视了三秒钟。

陈丽莉迎着那两道火焰似的目光莞尔一笑,反手把门掩上。

江旭东对自己用这样的目光看对方而对方回以迷人的一笑很满意。他早有接近陈丽莉的念头,正苦于没有机会,卢天敏帮了他的忙。那篇《茉莉花赞》其实根本没有被哪个老师看重,他却以此使寿头相信他的真诚,合谋把陈丽莉弄进了《朝阳》报,当然他对李玉兰也是假传了书记的圣旨,而后来两肋插刀帮助陈丽莉校对, 则增加了这个江大第一美人对他的好感。他正想如何避开李玉兰的眼睛与陈丽莉接近,她却送上门来,这不是天遂人愿吗?

江旭东站起来笑嘻嘻地招呼:“怎么,找我?”

陈丽莉调皮地说:“是啊,向领导汇报嘛。”

江旭东说:“汇报什么?”

“汇报思想啊。”陈丽莉电了江旭东一下。

江旭东舒服地吃着, 说:“我又不是你的班主任, 跟我有什么好汇报的。”

陈丽莉说:“你是学生会主席,又是我在报社工作的顶头上司,比班主任更管得着我,有事不找你找谁啊。”

“好好好好,你坐你坐。”江旭东指指李玉兰的椅子。

陈丽莉忸怩作态说:“这把副主编的椅子我可不敢坐, 不坐她都恨不得吃了我。”

江旭东说:“嘿嘿,她能吃得了你,我看全江大的女生加起来都斗不过你呢。”

“我这么厉害?”

“倾国倾城什么意思?就是说美女能把城市都搞垮,国家都搞垮。”

“我算什么美女呀?”陈丽莉矫情地歪歪脸蛋。

江旭东目光对着她的眼睛说:“男生给你打了最高分你知道吗?你如此艳光四射,不该来这里读书,应该去当电影明星才对。”

“那我没有机会认识你这位大干部、大才子啦。”陈丽莉多情兮兮的日

光迎着江旭东。

这样眉目传情了一会儿后，陈丽莉拉开坤包，拿出一块德芙巧克力说:“给你。”

江旭东说:“这么大的一块,舍得给我?”

“拍拍你的马屁嘛。”陈丽莉又双目电着江旭东。

江旭东就去拿巧克力,手似不经意地摸在陈丽莉白嫩嫩的手指上。陈丽莉并没有缩开。江旭东碰了几秒钟后把巧克力拿到手上看了看放到抽屉里。

陈丽莉说:“你吃啊,很好吃的。”

江旭东瞟着陈丽莉说:“我不吃,我要天天对着它看,使我增添前进的力量。”

“可能吗?”

“不仅可能,而是必然。你知道吗,有个中国革命的伟人,要娶一个比他小几十岁的姑娘做妻子,同志们劝他别这样,他说,我只有娶她,才有继续革命的力量。为了革命就没有人敢劝他,他就娶了这个姑娘做老婆。”

隐喻很明白,但陈丽莉故意曲解:“那是美女,这可是巧克力,读中文的人就是会浪漫。”

“不,这是真理。”江旭东放大了声音,“我讲得黄一点吧,巴黎大学的墙壁上刻着这样一句话:我愈做爱,就愈想革命;我愈革命,就愈想做爱。”

陈丽莉低下头嘿嘿嘿笑了。

江旭东乘机去抓她的手,门却在这时候推开,他迅速摆出常态。

卢天敏走了进来，没有事先咳嗽是因为他走进编辑部时听到郭超然说陈丽莉在主编室,等了一会儿不见她出来,忍不住过来探个虚实。他看到江旭东神情肃然,站在旁边的陈丽莉却是笑盈盈、乐呵呵的,想了想说:“哟,陈丽莉你也在这里?”

陈丽莉回眸说:“怎么,不可以和领导聊聊?”

卢天敏说:“谁阻止你啦,我只是说了一句人们常用的招呼话嘛。”

陈丽莉说:“好啦,你们谈工作吧,我走了。”扭身往外而去,回眸时热辣辣的目光对着江旭东一射。江旭东愉快地接住。

卢天敏凑到江旭东耳朵边,嘿嘿嘿笑了笑,说:“你和陈丽莉刚才谈得好像很热络。”

江旭东说:“没有什么,她对李玉兰会上讲的话多心了。我就向她作些解释。对女孩子嘛,只能哄。不过,李玉兰讲得确实也不对,所以我马上捣糨糊,后来你讲得很好的。唉,单位里没有女人不好,女人多了也不好,当初真不应该听你的话把陈丽莉吸收进来,现在弄得我头疼死了。”

卢天敏只有安慰江旭东了:“李玉兰不是说催化剂吗,道理上也对,最起码是润滑油吧。以后你只要好好协调她们,不会出问题的。”

江旭东叹口气说:“好啦,我听你这个刘伯温的。”

晚上陈丽莉心情愉快地与尉均在爱巢里相聚。她在尉均进屋后勾住他的脖子说:“老公,我有对付李玉兰的办法啦。”

尉均让她啃着脸,问:“什么办法?”

“暂时保密,等她被我折腾得焦头烂额时再告诉你,到时你可要带我出去吃鲍翅宴。”

“行行。”尉均抱紧了她的腰,“一个傻乎乎的女大学生哪是你的对手。我的丽莉是好欺负的吗,谁不长眼珠子谁倒霉。”

两人亲热够了松开手。尉均说:“要不要再给你弄点吃的?”

“我在食堂里已经吃得够饱的。不过那简直是猪食,什么时候我们自己开伙仓就好了,我跟爸爸饭店里的厨师学会了烧好几道菜,到时保证鲜得你掉眉毛。”

“说不定下面的毛也会掉下来呢。”尉均耸肩笑了,也以此淡化刚才陈丽莉提出的问题,他还故意摸了摸腹下的东西。

陈丽莉见状不由得刮了一下他的脸说:“成了秃鸡我可不要你。”

“这由得你吗?”尉均抱住了陈丽莉,“我现在就要你。”

“你这是强奸,你这是流氓。”陈丽莉假装挣扎。

尉均越发用劲,贼笑着把陈丽莉抱进房间推在床上,压住了她的身体,然后把嘴贴上去,直到弄得陈丽莉差点透不过气才罢休。

七

308宿舍晚上从来没有像现在这样的热闹。一边，周前对着电脑删压稿子。另一边，电视荧屏播映着杭州模特儿大赛的实况。朱晓倩、陈丽莉、陆筱曼有滋有味地看着比赛。先是女队上场，那个有着魔鬼身材的江西来的女模特儿得了最高分。接着男队出场，由于朱晓倩对不是她“老公”的参赛者都报以“去去去”，而在八号亮相时，则双目睁得核桃似的圆。别人猜想到是谁，陆筱曼说：“他是你老公？”

“那当然。”朱晓倩自豪地一昂头。

陈丽莉说：“长得好帅，难怪你天天想念他。哎，你可要把他看住了。”

朱晓倩说：“他有几斤几两？老娘才不怕。”

嘈杂的议论声把一门心思改稿的周前惹烦了，侧过头叫道：“你们轻点好不好！”

陈丽莉说：“是晓倩的老公在表演，你也来看啊。”

周前听了就从旁边走过来，这时朱晓倩的“老公”已摆出一个极优雅的退场姿势，周前看着说：“哟，小伙子真神气。”

陆筱曼抚掌说：“连女作家也这样评价，那就是百分之一百的帅哥了。”自从知道周前在修改长篇小说的事，这些人就都提前喊她女作家。周前尽管嘴上制止，心里却是甜滋滋的。

陈丽莉说：“晓倩，什么时候把他带到江大来，让我们也看看。”

朱晓倩说：“行，比赛一结束我马上把他叫来。”

陈丽莉、陆筱曼、周前听了都雀跃欢呼起来。

这样就把隔壁宿舍的女生引来，询问出了什么事，她们听到实情后也很起劲，说，到时候朱晓倩的“老公”来，你们一定要通知我们哟。308宿舍全体女人作了保证。

男模儿比赛很快也结束了，朱晓倩的“老公”八号获得了最高分，大家就要朱晓倩请客。朱晓倩看看表,见还不到九点钟,慷慨地说:“走,我请大家吃夜宵!”陈丽莉、陆筱曼高兴地手舞足蹈起来。见周前坐在凳子上眼睛盯着电脑显示器不想走,陈丽莉把她拖了起来。陆筱曼在旁边说:“走啊,难道你就差这么一点时间。”一只手也挽起她的另一条胳膊。

四个女自考生高高兴兴你挽着我、我挽着你从宿舍区走出校门,在大街上找到了一爿风味小吃店。尽管时间已经不早,店里仍有三两吃客。她们围桌坐下后,朱晓倩要三位宿友点吃食,于是各人按自己喜欢的要了一份,朱晓倩另外又添了桂花芋艿、蟹黄包子、红烧田螺、蛋花馄饨、鸡鸭血汤等等。四个女人很快吃了个饱。

回到宿舍后,周前又坐到电脑前忙自己的事。陆筱曼要朱晓倩表演模特儿走路,朱晓倩当即换上一件长袖飘飘的真丝衫,在宿舍狭窄的空间里走起了猫步。陆筱曼、陈丽莉看着看着也学朱晓倩走路,两只脚跨的两只手摆的却不是地方,屁股扭得更不成样子,弄得都一身大汗。

陆筱曼说:“看那些模特儿在舞台上走得那么轻松自如,还以为只要长个魔鬼身材就行。真是见人挑担不吃力。”

陈丽莉说:“我可是早就知道模特儿不好当,否则既赚钱又出风头,大家都去当了。”

朱晓倩停下来说:“外界可能不知道,其实当模特儿练功挺苦的,你看我的腰。”她身子往前一弯,头磕到地上。她接着跷起腿做了个金鸡独立姿势,把陆筱曼、陈丽莉看得傻了眼。

陆筱曼说:“晓倩,哪天开联欢会你去露一手,让那些统招生看看我们自考生的厉害。”

朱晓倩说:“算了吧,人家会说我们四肢发达,头脑简单。”

陆筱曼说:“谁说的,我们丽莉现在不是当上了记者,周班长更是马上要出书,大脑比他们还发达呢。”

“对,对,”朱晓倩对着周前,“嗨,你的书出来后,我们就敲锣打鼓放鞭炮,把那些统招生通通气死。”

周前手停在键钮上,侧过头说:“看你,事情八字还没一撇呢。”

朱晓倩说:“有这么赫赫有名的青年文艺理论家撑腰,还有不出书的道理。嗨,我以后也要写一本书请他帮帮忙。”

陆筱曼说:“你算了,还是去走你的猫步吧。”

朱晓倩说:“怎么,你看不起我?”

陆筱曼说:“你不是跟我一样,老师在课堂上讲些什么都听不懂吗?”

朱晓倩说:“丽莉一样听不懂,可当上了记者。”

陆筱曼说:“人家有寿头呢。”

朱晓倩说:“我也可以去找个后台,和他好。”

陆筱曼说:“你就算了吧,不然你的八号怎么办?”

朱晓倩说:“我踹了他。”

陆筱曼说:“你舍得?”

朱晓倩说:“你没看到课桌上写的吗?星期一,放电;星期二,牵手;星期三,初吻;星期四,热恋;星期五,美丽谎言;星期六,浪漫吻别;星期日,再找一个。照这种速度,我早该换换新鲜的啦。”

陆筱曼朝着陈丽莉说:“你看你看,这个女人多不要脸。”

陈丽莉笑着说:“她呀,‘老公’真和她分手,会哭个三天三夜,比孟姜女哭长城还厉害。”

朱晓倩嘴硬:“我才不稀罕他呢,天下男人多得是。”

陆筱曼说:“那你经常赶到上海去卖什么骚劲?”

她们这样唧唧喳喳又把周前听得心烦了,她皱着眉头说:“唉,你们不要吵好不好!”

三个人听了各做一个鬼脸住口,心里说,那个曾什么的男人肯帮你出书,难道不是看中了你的脸蛋吗?但周前是有夫之妇,这三个人尽管放浪得很,还知道分寸,没有把话说出口。

四个人熄灯后躺在床上时,又各想各的心事,各想各的男人。

过了一天,晚上,陈丽莉去参加《朝阳》报全体成员会议。

江旭东开门见山地说:“今天和大家商量拉赞助的事。我们这张内部小报的经费来源,老同志都清楚,一半靠行政拨款,一半靠企业赞助,过去几年都这样的。我们现在已不足一千元钱了,印刷厂还有几万块钱没付,因此必须立即行动,谁有路子请主动请缨。”

没有一个人吱声,谁都知道这是件难事。

江旭东又说:“城南最近开了家光华文化用品公司，这种企业的服务对象离不开我们学生,因此我想试试,不知哪位明天肯去。”

仍一片寂静,以前为了拉赞助,没少遭冷板凳甚至粗暴对待的。

总不能一直冷场下去吧，卢天敏干咳一声说:“主编你看谁合适就派谁去,为了干革命,粉身碎骨也甘心,我们都愿意学杨子荣,同志们说对不对?”

同志们勉强报以微笑。

李玉兰冷峻的目光扫着众人说:“我看你们平常都活跃得像小品演员似的,今天怎么都成哑巴啦,谁行谁跳出来,知道别人行也可以推荐,革命不是请客吃饭,这是几十年前老人家说的。”

江旭东说:“对对,可以自告奋勇,也可以互相推荐。”

于是有人推荐李玉兰和陈丽莉，理由是这种事情女士去比男士去成功率高。

李玉兰听了板起面孔说:“你们怎么摊上我啦，我是不会去干这种具体工作的!”过去她也曾去拉过赞助,老板热情倒挺热情,却在办公室里就提出亲嘴接吻的要求,把她气跑了。

江旭东只有问陈丽莉:“你愿意去吗?”

陈丽莉低下头想了想,说:“如果领导一定要我去,我愿意试试,不过要有人陪我去。”

江旭东考虑了一下说:“这倒可以。照理应该我亲自陪你,不过,这几天团委、学生会我都有事情。要么这样吧,我有空就陪你,我没空就让卢天敏陪你,由于我比较忙,去的可能性很小。卢天敏,我没空的话你肯陪陈丽莉去吗?”

卢天敏大声说:“行!”

江旭东征求李玉兰的意见:“这样行吗?”

李玉兰说:“可以啊。”

事情就这么定了。卢天敏只盼明天江旭东团委、学生会都有事情。那天把钥匙还给老乡时,老乡说:“请吃了几顿饭就想花美女睡觉,天下有这么便宜的事吗?”他觉得此言有理,决定加大投资。带来的父母给的生活费用得差不多了,他只得向在外资企业当白领的表哥求援,当天就收到了对方慷慨解囊的一千块钱，有了这笔活动经费，他又信心十足，正想找机会再次发动进攻，能陪她外出不是好机会吗。

第二天中午，卢天敏守在食堂外，看到陈丽莉与308宿舍另外三颗星走过来立即迎上去。朱晓倩跟他开玩笑："我们正愁菜票不够，要仰仗你大部长啦。"

卢天敏说："没问题，没问题。"主动去窗口付了五份饭的菜票。吃饭的时候，他厚着脸皮坐在陈丽莉旁边，说："我都准备好了，你呢？"

陈丽莉说："到时去就是了，我想用不着准备什么。"

卢天敏没话找话说："笔记本，笔总是要带的，采访后要写文章呢。"

朱晓倩在一旁说："你们俩人下午要去采访？"

卢天敏说："这是社里交给我们的任务，采访企业家。"

朱晓倩故意说："我也能去吗？"

陆筱曼说："你真不害羞，你是《朝阳》报的记者吗？"

朱晓倩说："我当候补记者嘛，跟他们去看看碍啥事。"

卢天敏正怕陈丽莉同意带朱晓倩去，周前开口了："你们快吃吧。吃饭时讲话是不卫生的。"

卢天敏马上说："对对，大家别开玩笑了，吃饭吃饭。"

五个人吃完饭走出食堂时碰到了江旭东。江旭东对卢天敏说："我正找你呢，下午我没活动，可以陪陈丽莉去，你到写作教研室去征求老师们对今后办报的意见吧。"

卢天敏一下憋红了脸，勉强说："好、好的。"

江旭东就对陈丽莉说："我们一点半出发怎么样？"

陈丽莉说："行，我听你的。"

她回头对卢天敏说："那我就不用你陪啦。"

卢天敏默默地走开了。

江旭东很随便地朝着眼前的四颗亮星说："我去吃饭啦。陈丽莉，等会儿我们在校门口见吧。"

"大主席再见！"四个女生与江旭东挥手告别。

走在回宿舍的路上，陆筱曼问陈丽莉："怎么换上主编陪你去啦？"

陈丽莉说："昨天会上讲好的，江旭东有空他陪我去，没空就让卢天敏顶替。”

朱晓倩说:“就为采访一个单位,要这么郑重其事?”

陈丽莉说:“哪是采访,主要为的拉赞助。”

周前说:“这可不是件轻松活。我本来以为卢天敏为追你,故意找的采访机会呢。”

朱晓倩说:“所以我想当电灯泡。”

陆筱曼说:“所以我要阻止你。”

周前说:“丽莉,你既然不想跟卢天敏好,就态度明朗点,免得他天天单相思。”

陈丽莉说:“我把话都讲清楚了,他不肯听有什么办法。”

朱晓倩长叹一声:“是啊,谁叫我们身为女人,而且是靓丽女人。”

陈丽莉、江旭东在校门口相遇后,江旭东说:“去光华文化用品公司要乘105路车,我们慢慢往站台上走好吗?”

陈丽莉点头同意,拿出两块口香糖,把其中一块递给了江旭东。两人嚼着,挨得很近地走路。

陈丽莉说:“我就料到你会陪我去的。”

江旭东说:“真的吗,可是,可是今天下午我如果有事就陪不了你了。”

陈丽莉瞟他一眼,说:“我昨天就知道你今天不会有事。”

江旭东嘿嘿嘿笑了,说:“你这么聪明?”

陈丽莉说:“男人想些什么我会不知道?”

江旭东就捏住了陈丽莉的手。他看到有个江大文学院的男生从对面人行道走过来,慌忙把手松开。

陈丽莉却把身体向江旭东靠得更近一点,说:“男人哪,都是吃着碗里的看着锅里的,没有一个不是花花肠子。”

江旭东窥到那个大二学生在向这边看,闪开一点说:“你这么漂亮,花你的人多吧?”

陈丽莉说:“起码比你的李玉兰多。”

“怎么变成我的李玉兰了?”

“你们不是公开的一对吗?”

“那也只是交交朋友，谁也没有法律约束，其他同学不也这样吗？”

“可你还是怕她的，要不，昨天不会在会上使花手心了，害得卢天敏白高兴一场——他现在心里肯定恨你。”

江旭东淡淡一笑，回头看见那个大二的学生走远了，就捏住陈丽莉的纤手说：“没事的，他是我的死党。”

陈丽莉说：“李玉兰也是你的死党吗？”

江旭东说：“算是。哎，你怎么老是提到她？”

陈丽莉说：“女人就是心眼儿小，哪像你们男子汉大丈夫。”

江旭东说：“那倒没错。我从来不计较你与卢天敏在一起。”

“去，那是你知道我不会爱上他。”

“那你能爱上我吗？”

“你有李玉兰，我敢惹这个孙二娘？”

“我们偷偷地好，行吗？”江旭东勾住了陈丽莉的腰。

陈丽莉让他这样搭了一会儿，拨开他的手说：“可是，你不许她再欺负我。”

“那当然，我会再次规劝她的。不过，你对她也得迁就一点，毕竟她是副主编。”

陈丽莉暗自笑了，这只小骚公鸡真容易上钩。

陈丽莉随着江旭东走进了光华文化用品公司。那里楼下为门市部，除了经营手机、电话、计算机、笔墨纸张等等，还辟有一个眼镜柜台，可以验光配镜片。

江旭东问营业员：“你们总经理在吗？”

“楼上，喏，从那边楼梯上去。”

陈丽莉、江旭东走到二楼，见长廊边排列几间办公室，牌子上写有销售科、财务科等等，两人径直往里面走，看见了总经理室。江旭东向陈丽莉努努嘴，陈丽莉就推开半掩的门。两人看到了一个三十开外年纪、穿着熨烫笔挺的套裙的女郎坐在办公桌前看电脑。江旭东立即抢到了陈丽莉前面。

女郎抬眼瞅了瞅面前的小男人，冷冷地问：“找谁？”

江旭东媚笑着说:“你是这里的总经理吗?”

“你们哪里来的?”女郎审视着他们。

江旭东掏出自制的记者证,哈着腰说:“我们是江中大学《朝阳》报的记者。”说着把记者证递了过去。

女郎像翻脏物似的翻着江旭东的记者证。

江旭东问:“请问总经理贵姓?”

女郎绷着脸说:“我不是总经理。这里不须要你们采访,要化缘另找地方去!”把记者证丢给江旭东。

江旭东赖着不走,陈丽莉悄悄拉了拉他的袖子。江旭东抖抖胳膊倔立不动。他还想泡下去。

女郎看出了他的心思,挥挥手说:“快出去,别影响我工作。怎么,还不走?喏,拿十块钱去。”掏出皮夹子站起来把钱往靠近的陈丽莉手里塞去。

陈丽莉气恼地手一挡说:“摆什么阔,你以为你有几个臭钱!”

“咦,”女郎讥笑,“我的钱是通过劳动挣来,香着呢,又不是当三陪,那钱才臭!”

“是啊,只有做过三陪的人才知道钱臭不臭。”陈丽莉反唇相讥。

女郎听了杏目圆睁喝一声:“你、你寻衅闹事,我叫保安来收拾你!”伸手拿电话。

“吵什么、吵什么?”一个肥头大耳的半老头从里间走出来,睡眼惺忪的目光触到陈丽莉的脸蛋忽地一亮,“我是这里的总经理,你们找我什么事?”

江旭东捅捅陈丽莉。

陈丽莉堆起笑脸说:“我们是江大的学生,特意来拜访你的。”

“哟,是两位大学生,拜访不敢当。大家交个朋友,大家交个朋友。”胖经理掏出名片先给陈丽莉,再给江旭东。

陈丽莉看名片上的头衔果然是这里的总经理,姓名却怪,代志旺。江旭东马上把手里的记者证递给他,说:“代总,我是江大文学院办的《朝阳》报的主编。喏,这是我的证件。”

代志旺朝着记者证略瞅一眼,目光注视着陈丽莉,笑眯眯地问:“小姐,你是记者吗?”

“是的，是的。”陈丽莉把记者证递给代志旺。

代志旺翻开来有滋有味看了看，说：“两位请里边坐。”

江旭东与陈丽莉相视一笑走进去。

他们发现这间办公室非常豪华，油亮的老板台、老板椅都是进口货，墙上挂着大画家亚明的山水画，中间摆着一圈粉红色的意大利真皮沙发。

代志旺目光盯着陈丽莉的脸，说：“请坐。”

陈丽莉拉着江旭东老实不客气坐进了柔软的沙发。

代志旺随之在陈丽莉对面坐下。

“喂，给客人泡茶。”代志旺朝外面喊。女郎端着茶盘进来，面无表情地把两杯碧螺春摆在茶几上。

代志旺朝陈丽莉说：“陈小姐，请用茶。”

陈丽莉老练地呷了口碧螺春。

江旭东只想早点离开，说：“代总，我们从《江中日报》上看到了贵公司的开张喜讯，就跑来了，主要是想利用我们的报纸，向全校师生员工宣传贵公司的企业精神和光辉业绩。”

“啾，”代志旺目光往江旭东身上一瞥，又移到陈丽莉脸上，“喝茶喝茶，事情慢慢谈。我这茶可是一千块一斤的东山碧螺春，你们大学生过去肯定喝不到。嘿嘿嘿，以后你们就叫我旺总，代总会被误解成只是代代的，我可是货真价实的董事长兼总经理。我们公司的注册资金有五千万元呢，在江中市同行业中不是数一也是数二。”

陈丽莉莞尔一笑说：“旺总你这么有钱，我们小报可要你赞助赞助啦。”

“一句话啰。就看在陈小姐的面上，我也得同意帮忙。对于漂亮小姐的要求，我可从来没有拒绝过的啰。”

陈丽莉说：“旺总真慷慨，我早就听说你挺讲义气的，挺支持公众事业的，所以今天跟我们主编来了。你赞助我们经费后，我们也会回报，在我们的报纸上给你登文章，宣传你的业绩。”

代志旺说：“文章嘛，登不登都无所谓的。赞助嘛，钱总是要给的，主编嘛，不来也不要紧的。嘿嘿嘿，我今后就专门与陈小姐打交道啰，大家做好朋友啰。”

江旭东立即插入，说："小陈，旺总已经同意了，你就出个价格吧。"

陈丽莉点了点头，对代志旺说："旺总，我们只要你赞助一万块钱，这在你可是牯牛身上一根毛。"

"唔，"代志旺眨巴了几下眼睛，"初次相识，先给五千吧。"

陈丽莉喜出望外地瞥了江旭东一眼，说："好啊，谢谢旺总。"

江旭东马上拉开拎包取出发票。

代志旺说："发票嘛，不用马上给。今天我们会计不在。过两天陈小姐你来拿，我把现钞给你。"

陈丽莉笑着说："你做大老板的这点小钱还没有吗？今天就给嘛，改日我专程请你吃饭，好好谢你。"

代志旺说："本来是有的，可是刚才来了几个聋哑学校的人，我把现钞都给他们啦。只能改日啰。我马上要出去做笔生意，没空陪你们啦，过两天陈小姐你来拿。怎么样，难道陈小姐不相信我这个总经理兼董事长吗？"

江旭东理解此人的企图，朝陈丽莉说："既然这样，我们走吧。"

"嗯。"陈丽莉跟着站起来。

代志旺笑嘻嘻地送他们出去。

到外间，陈丽莉故意高傲地斜睨了一眼脸色阴冷的女郎。

代志旺一直把客人送到楼梯口，嘴上说"再见"握住了陈丽莉的手长时间不放，看得江旭东差点发脾气。

陈丽莉"扑哧"一笑抽出手，飞了代志旺一眼，说："再见啦。"

走出那幢房子，江旭东气恼地望着公司牌子立停下来狠狠地说："老子哪天有了权，非把这个狗日的送进监狱不可！"

"那你不成了希特勒啦。"陈丽莉拉拉他的袖子，"别跟这种人计较了，我们去乘公交车吧。"

江旭东不解恨地说："什么狗屁老板，他是只袋鼠王，公猪王！"

他看到了马路对面的名典茶室，说："走，我们去那里坐坐。"

当两人在顾客不多的茶室内坐下，喝下几口薄荷茶后，江旭东情绪平静多了，说："想不到你在老色鬼面前这样从容不迫。"

陈丽莉说："我读卫校时，校领导也带我出去拉过赞助，这种家伙见得多了。"

江旭东笑了："原来你是久经沙场。哎，依你的经验，以不让他占便宜为前提，五千块钱能不能拿到呢？"

陈丽莉说："真没把握，这种老色鬼都是不见兔子不撒鹰的，我们回去后再商量商量吧。"

江旭东说："也好。"他看着几对偎依在一起的男女，心里也涌起那种情绪，站起来坐到了陈丽莉旁边，把手搭在她肩膀上。

陈丽莉显出含情脉脉的样子，与江旭东喁喁细语，一时间，她胸口产生出与异性接触的微妙感觉。

傍晚时分，石韬开车载着朱晓倩，去太平洋鲍翅馆吃鱼翅。鱼翅满满地装在带柄的砂锅里，光这道大菜就能把肚子填饱。两人还吃了鸦片鱼之类的东西，撑得身体都几乎动弹不得。石韬提议活动活动，他们就去了本市最豪华的富丽堂皇娱乐城。这地方从外到内也确实富丽堂皇，光KTV包厢就占了两层，底层为普通消费，五层为高档消费。石韬从不接受低档消费，不假思索领着朱晓倩往第五层走。那里的包间以小时计为588元，另加每位客人基本消费188元，非大款难以进去享受。服务小姐看到两个学生模样的人进来以为他们跑错了地方。石韬扬扬手里的龙卡说："里面有五万块，够不够？"服务小姐这才咂舌。

两人走进包间，在柔软舒适的长沙发上坐下后，立即有服务小姐送上瓜子果脯饮料等属于基本消费的吃食饮料，又问要不要添什么。石韬要了两小杯XO，那得另外结账，一杯250元。

很快音乐声起，电视荧屏上画面映动。石韬先拿起麦克风唱了一首朴树的《生如夏花》。朱晓倩没想到富家子弟音乐天赋也很好，音域既宽，音质音色也不比朴树差多少，心中倒也佩服。接着由朱晓倩唱莫文蔚的《盛夏的果实》，也几近专业歌手的水平。唱了一会儿，两人就坐在一起吃喝。在荧屏上出现女的撑伞坐在船上男的走在岸上的时候，两人就对唱《纤夫的爱》。再后来就跳舞，在柔和的如倾似诉的音乐旋律中，只戴胸罩的朱晓倩双手抱着石韬细长的脖子，石韬搂着朱晓倩润软的纤腰，脚慢慢地划行。渐渐地，情绪进入那种小舟在微波上轻轻漂荡似的感觉，又犹如在梦中的天国漫游似的，恬适、熨帖、甜蜜、愉悦，两人几乎就要睡着了，一曲终了才苏醒过来。

再在沙发上偎依在一起时，两人都感到身心融合在一起。他们静静地接吻，又静静地抚摸着对方的身体，后来，石韬游蛇似的手插进朱晓倩的裤衩。朱晓倩很快觉得口干舌燥，哼哼起来。石韬利索地剥下她的裤衩，把光着诱惑人的下身的她放平在沙发上。然而，就在石韬迫不及待爬到她身上时，朱晓倩突然奋力推开他坐起来，气喘吁吁说："不行！"

"放心，这种包间从来没有人进来的。"石韬又要把朱晓倩推下去。

朱晓倩双手顶住石韬的胸脯，坚决地说："不要胡来，不要胡来。"

"没关系的，你，你就让我享受一次吧。"

"不可以的，我早就告诉你，我答应过他。"

"这是我们之间的事情，他怎么会知道。啊，就一次，我求求你了。"

然而朱晓倩还是用力推开石韬。她站了起来，抓起裤衩很快套上，又把衬衫穿到身上。

石韬没辙了，悻悻地说："你对他这么忠心？"

朱晓倩呼吸不匀地说："他对我好，我得以心相报。"

石韬怔着没词。

朱晓倩拿起他的内裤，说："穿上吧。"她拉起他的脚，替他穿了上去，然后坐到他边上，温柔地说："不要对我有意见，我已经对你非常好了，你应该满足了。"

石韬说："我不满足，你对我一点不好。"

"别瞎说。"朱晓倩像哄小孩似的抚摸石韬的头发。

石韬任由朱晓倩的手滑动。他忽然抓住她的手说："如果他对你不忠呢？"

朱晓倩说："我当然也用不着对他负责了，不过，那是不可能的。"

"如果成为事实呢？"

"你、你怎么总是瞎假设。"

"不，我还是要问，如果他与别的女人好了呢？"

朱晓倩一昂头说："只要是事实，我就把一切都给你。"

八

这两天,《朝阳》报上上下下研究了几次,也决定不了陈丽莉该不该单刀赴宴。去吧,袋鼠王肯定设下了陷阱,陈丽莉若被玷污后果非同小可,说不定她开饭店的父母会杀上门来把校领导的办公桌都掀了,不去吧,报社资金只剩区区几百元,印了这一期就无法印下一期,于是成了两难之事。

晚上全体人员开罢会,陈丽莉没精打采回到宿舍。她这种沮丧样子,忙着修改稿子的周前没有发觉,朱晓倩、陆筱曼看得清清楚楚。

朱晓倩问:“怎么怎么,那个李玉兰又欺负你啦?”

陈丽莉摇摇头说:“没有。”

“那你怎么一脸晦气?”陆筱曼插嘴。

陈丽莉遂讲出那件尴尬事情。

朱晓倩说:“不能去,老色狼肯定会把你灌醉,将你的处女膜破了。”

陆筱曼说:“为了给单位弄五千块钱把自己卖了,确实不值得。”

朱晓倩说:“报社里的人也都这样劝我的,可是拿不到这笔钱,报纸就办不下去了。”

陆筱曼说:“哟,我那篇文章还指望登呢。难道你们这么多大学生就想不出个好主意治了袋鼠王。”

陈丽莉说:“人家袋鼠王是大老板,谁治得了他呢!”

“嗨!”朱晓倩一拍大腿从床上跳下来,“我有办法,你就讲你得了艾滋病。你与医生熟悉,混张病历还不容易。”

陆筱曼也从床上跳到地上,说:“好招,这种家伙就怕得艾滋病。嗨嗨,你明天上午就去开一张,中午约他吃饭,拿到钱,把病历卡摊给他看,袋鼠王保证逃得比兔子还快。”

陈丽莉听了开头倒也眼前一亮,很快又黯然无光,说:“他有那么蠢吗,万一不上当呢?再说,这事传开去,全大学的人真的以为我得了艾滋病,就连躲的地方都没有啦。”

两个人恰是无计可施了。

这时候周前身体转了过来,说:“我倒有个主意。”原来她一直听着。

三个人就问她什么主意。

周前说:“你们可以一起去啊。”

陈丽莉说:“这我早想到了,可他讲定了只许我一个人见面。”

“你可以骗他的。”

“怎么骗?”

周前掏出手机放到耳朵旁,嗲声嗲气地说:“旺总吗?我是丽莉哎,我和你一起吃个饭好吗……对对……我还带两朵鲜花让你观赏……哎,那就这样讲定啰,我们等会儿见面吧。拜拜。”她把手机放到电脑旁:“明白了吗?”

陈丽莉第一个悟到,咧开笑嘴说:“明白明白。”

朱晓倩跟着拍起了手:“我和筱曼是花,难道我们不是鲜花吗?”

陆筱曼也笑了,笑得很有意思。

陈丽莉马上打江旭东的手机,通完话高兴地对三位宿友说:“主编完全同意,还说周班长到底是作家,想象力丰富。”

事情就这么定了。

第二天上午陈丽莉照周前的口气与代志旺通电话。袋鼠王果然中计,说:“那我们今天共进午餐啰,去马当路上的镜花缘饭店怎么样?那里店虽小,菜可是呱呱叫的啰,赞助费嘛,小事一桩啰……知道知道,我要好好欣赏欣赏你带来的鲜花啰。我们中午十一点半见啰……”

十一点钟的时候,陈丽莉、陆筱曼、朱晓倩打扮得光彩照人,打的往镜花缘饭店去。三人下车后,见真是一爿不起眼的小饭店,朱晓倩说:“这只袋鼠王好吝啬呀,在这种地方请客!”

陆筱曼说:“你以为他想省钱……”下面的话在喉咙口打住。

朱晓倩正要问下去,陈丽莉拉住她的手,朝走出来的肥头大耳的代志旺指指。朱晓倩、陆筱曼一齐打量他。

代志旺先向陈丽莉招手,接着色迷迷的目光盯到了朱晓倩脸上,又盯在陆筱曼脸上。两人昂起头毫不在意让他看个够。

陈丽莉说:“代总,嗯,旺总,我带来的两朵鲜花怎么样?”

袋鼠王说:“太漂亮啦、太靓丽啦,我今天艳福不浅啦。嘻嘻,我们进去吧。”

他喜滋滋地领着三个美女擦过吧台上楼。楼梯既窄又陡,袋鼠王挪着肥胖的身躯艰难地攀登。跟在后面的陈丽莉、陆筱曼、朱晓倩看着他蠢猪似的模样不由得暗笑。到了二楼厨房间,袋鼠王从旁边继续往上走。他在三楼立停,推开了一扇门,里面是个大包厢,餐桌边上摆了半圈沙发。陈丽莉心里明白,这地方是袋鼠王的窝,如果单独一个人来,到时被他按在沙发上可就惨啰。

袋鼠王说:“小姐们坐、坐。”

他说完先坐下去,右手招招陈丽莉,左手招招陆筱曼。这两个女孩就左右相陪。朱晓倩在陈丽莉旁边坐下,见老色狼对陆筱曼比对自己看重,一时心里生出忿意。

袋鼠王转动眼珠子说:“陈小姐,这两位小姐请你介绍介绍啰。”

陈丽莉把两人的尊姓大名和目前在一个宿舍住的情况讲了讲,还特意介绍,朱晓倩是上海名模儿,为求文凭才来江大读书的。

于是袋鼠王看朱晓倩的目光就像要把她吃下去似的,掏出名片也先给朱晓倩再给陆筱曼。朱晓倩一脸矜持,看都不看名片就把它往台子边上一放,算是出尽胸中恶气。

服务小姐进来要他们点菜。袋鼠王说:“你按一千块钱的标准配嘛,别忘了一人一只大闸蟹,都要雌的不要雄的,现在雌的比雄的吃得开嘛。”服务小姐又问喝什么酒。袋鼠王说:“当然红酒,红酒代表喜庆,高高兴兴嘛。”陈、陆、朱三人都说不会喝酒,袋鼠王见她们坚持,只得手一挥说:“那就来啤酒。啤酒在外国是饮料嘛,你们再不能不喝啦。”

酒菜上来后,袋鼠王先在自己的杯子里倒满啤酒作示范,接着一边往三位女孩的杯子里灌一边说:“现在女孩子搞公关没有不喝酒的啰,你们校长如果有意见我去跟他解释啰。”把三只杯子倒得像黄河闹水灾似的。

袋鼠王举起了酒杯:“有幸结识三位小姐,这第一杯酒大家干了。”

三位女士却不响应。陈丽莉笑眉笑眼说:“旺总啊,小女子今天是带着任务来的,先把公事办了,我喝酒才安心嘛。”

陆筱曼、朱晓倩跟着说："是啊是啊，旺总你先帮了小陈这个忙吧。"

"办完公事你们可得干杯哟。"袋鼠王拿过华伦天奴拎包，爽快地掏出一个信封递给陈丽莉。

陈丽莉数过票子，说声"好咪"将发票给了袋鼠王。

三个女孩高兴地举杯，齐声说："谢谢旺总。"

袋鼠王一干而尽。他见那三位只是略一沾唇，说："不行不行，讲好大家干的嘛。"

陈丽莉说："我们喝不过你啊。要么这样吧，我们一人敬你一杯。"

袋鼠王见陈丽莉目光中充满了柔情蜜意，也就笑了，说："行！"把面前的酒斟得满满的，端起了与陈丽莉一碰，见她喝下去后才一干而尽。

接着陆筱曼、朱晓倩也用杯中酒碰了袋鼠王的满杯。袋鼠王脸上的油光很快变成了红光。他放下筷子，两只手悄悄地往旁边两位小姐的大腿上放去。陈丽莉发觉后立即把腿缩开，陆筱曼让他摸了一把。

陈丽莉笑着说："旺总，你可别搞小动作啊！"

朱晓倩说："罚酒、罚酒！"倒满了袋鼠王的酒杯，端起来塞到他嘴上。

袋鼠王乘机捏住朱晓倩的手，占着小便宜把酒喝下去。

陈丽莉学朱晓倩的样子也把满杯酒往袋鼠王嘴里灌，由他捏着手腕喝下去。

然后陆筱曼照样给袋鼠工灌了一杯酒。

袋鼠王七杯酒下肚眼前就晃动起三张美丽的脸蛋。服务员把大闸蟹端上来后，怎么把它吃下去的他都不知道了。

三个姑娘乘机说："谢谢旺总，我们去上课啦。"拿起了自己的坤包快乐地往外走。

袋鼠王见状酒醒了一半，脚步趔趄地追出去，身体栽在最后面的陆筱曼身上。陆筱曼手垂下去，冲袋鼠王甜甜一笑，袋鼠王就没有再纠缠她们。

当陈丽莉下午把五千块钱交给江旭东时，江旭东当众激情地握住了她的手，说："太好了，太好了，晚上我请你吃饭。"

主编犒赏有功的部下连李玉兰都觉得正常得很。江旭东、陈丽莉当天晚上就去了离学校不太近的一爿小饭店，找了个包间坐进去。两人眉目传情地喝掉一瓶啤酒，吃下了鱼呀肉呀的几盘菜。江旭东说：“我们去舞厅玩玩吧。”

陈丽莉想了想说：“要么去大众舞厅。”她怕去了黄色舞厅，万一碰到公安局冲，鱼蟹虾鳗一齐抓去，尽管不属卖淫嫖娼处分不了，传出去还是很糟糕。

江旭东很快同意，说：“行，肮脏的地方我也不想去。”

他们走出小饭店，在马路上荡了一会儿，来到“蓝的梦”舞厅，作为男士的江旭东买了一张六块钱的门票，把陈丽莉带进去(女舞伴不要票)。

大众舞厅一般都设早场、中场、晚场。有的地方早场还分几场。此刻晚场早已开始，舞池周围的长短沙发里几乎都有人，两人好不容易找到位置坐下去，又花十块钱要了两杯茶。在一曲终了另一曲开始后，两人也进入舞厅翩翩起舞。那些起塘的鱼般挤在舞池里的男男女女中，像江旭东、陈丽莉这样的青年不多，多为一对对中年人，偶有独舞的或男或女，他们情绪都非常投入，非常狂热，有点像气功痴迷者。陈丽莉以前与卫校的同学在大众舞厅玩过几次。尉均不爱跳舞，唯一的一次，是陈丽莉实习不久，他把她带到了夜总会，那里的舞厅伸手不见五指，从一格格包厢座里传出的是淫秽下流的声音。她与尉均坐进其中一格后，尉均就放肆地向她进攻，就从那一天起，她成了他的秘密夫人。陈丽莉从此再没有与异性进过舞厅。此刻她与江旭东在充满刺激的音乐声中肌肤相亲、气息相通、和谐默契、曼步慢行，心里有一种难以言表的快乐。两人兴奋地连续跳了几曲，坐在沙发上稍事休息，让过一曲后，又继续相携而舞。忘情投入间没注意到有人进来窥察。

卢天敏那天内心对江旭东的抵触是很大的，这不仅使他失去了一次与陈丽莉单独相处的机会，还使他在308宿舍的亮星们面前大失脸面，他只到写作教研室去溜了一圈就回宿舍睡闷觉。偏偏那个大二的学生又告诉他，看到陈丽莉与江旭东亲密地手拉手走在马路上，这样就使他对江旭东帮助陈丽莉的根本动机产生了怀疑。今天晚上他上街去觅一盘很难买到的VCD，无意中看到江旭东、陈丽莉手拉手往“蓝的梦”舞厅去，他在门外几经踯躅，还是像特务似的踅了进来。他找个不显眼的角落坐下，看两人跳舞，看两人坐在座位上甜言蜜语，看两人再次相携着进入舞池……

陈丽莉与江旭东跳着探戈，两人配合得越来越好，舞姿也越来越优美，为众人瞩目。一曲舞罢，往外走时，江旭东小声凑在陈丽莉耳边说："我看到了卢天敏。"

陈丽莉说："他和谁来的，我怎么没有看见。"

"一个人，我们走过去。"江旭东说罢果断地朝卢天敏坐的地方走。陈丽莉心里犯着嘀咕跟在后面。

卢天敏没想到这两个人会径直过来，他没法溜掉，慌忙低下头喝茶。

江旭东走到卢天敏跟前，一脸亲热地招呼："你也在这里啊？"

"嗯，嗯。"卢天敏尴尬地抬起头，"怎么，怎么会在这里碰着你们的。"

江旭东说："她想散散心，我就陪她来了。你和谁来的？"

"我在构思篇小说，想了解舞厅的情况。"卢天敏急出一句话。

"噢，原来我们未来的作家是来体验生活的。"江旭东随随便便找个空位置坐下。

陈丽莉把放在别处的两只茶杯拿了进来。她也找空位置坐下去。这时舞曲又奏响了。

江旭东看着那些双双入池的舞伴，对卢天敏说："体验生活也得有真情实感，去与陈丽莉跳个舞吧。"

卢天敏只得站起来，与陈丽莉一起下了舞池。这时播放的虽是可人心意的慢四步，卢天敏搂着陈丽莉的纤腰却有点不自然。

陈丽莉双脚随着卢天敏滑行，说："你真的是来体验生活的吗？"

卢天敏瓮声瓮气地说："那你说我来干什么？"

"你自己心里清楚。"

"我不清楚，你讲！"

陈丽莉没有回答，过了一会儿说："以后不要这样，你过去帮我的忙，我还是很感激的。"

卢天敏阴着脸不吭声。

两人在舞曲终了时回到原地方坐下，都假装口渴喝茶。

激越的迪斯科舞曲响起来了，江旭东对陈丽莉说："我不想跳了，你去吧。"

陈丽莉会意地离开，进舞池找个地方独自快乐，心中为那两个好朋友因她产生龃龉而好笑。

江旭东喝了口茶对卢天敏说:“你是来跟踪我们的吧?”

“我不敢。”

“那样就好。我可以向你直言,陈丽莉跟我讲了,她不能和你发展关系。”

“和你能吗?你有李玉兰呢!”

江旭东笑笑说:“我只是陪陈丽莉玩玩。当然,这件事不希望你告诉李玉兰,她们本来就有矛盾,我和你可是好朋友。以后我还会帮你的忙,我们弟兄之间不应该为一点小事怄气,应该想得开、看得远,你说对不对?”

卢天敏能指责他讲得不对吗?便低下头喝闷茶。

江旭东觑着卢天敏的脸又说:“人与人之间是要讲缘分的,强扭的瓜不甜。如果要投资,你也应该往别的地方去投资……”

卢天敏嘴嚼着话中之意,长时间地眼睛望着人影幢幢的舞池。

“怎么样,理解我的意思吧?走,我们也去活动活动。”江旭东适时拉着卢天敏的胳膊站起来。

此后陈丽莉再也没有接到代志旺的纠缠电话,她倒有点奇怪了,与陆筱曼、朱晓倩一起上食堂吃晚饭的时候说:“这个袋鼠王,那天白丢掉五千块钱,不想把成本捞回去啦。”

朱晓倩说:“我也觉得有点纳闷,能有不想赚钱的商人吗?说不定、说不定他生病了,或许高血压发作脑溢血了呢。哎,你们说是不是?”

陆筱曼笑了笑,说:“你啊,嘴太损了。你不是答应把你‘老公’叫到江大来的吗?怎么到现在还没影子?”

陈丽莉说:“对,对,今天不是星期六吗,双休日再不叫他来你就是吹牛啦。”

话题就这样转到朱晓倩身上,模特儿已连续给“老公”去了两次电话,那位男八号说,这几天应酬太多,有空我马上来。现在听陆筱曼、陈丽莉言语中都有讥她无能的意思,她高声说:“你们放心,三天之内他不来江大,老娘就赶到上海去,把他揪过来。倒是那个袋鼠王,姐妹们什么时候再要骗他一顿饭局才是,他的钱反正不是贪污来的就是拐骗来的,吃了帮他还阴债。”

陈丽莉就笑她吃白食有理。

陆筱曼的手机响起了短信声音，她掏出来看后说：“同学约我去吃饭，我不上食堂了。”说完匆匆地转身走了。

朱晓倩望着她的背影说：“这个女人，我们有饭局倒都喊她，她却总是独行。”

陈丽莉说：“她又不是这个市的人，我才不相信经常有同学约她，可能是哪个相好呢。”她自己也常找理由上梦天堂与尉均幽会的，于是以己度人。

朱晓倩不再议论陆筱曼，说：“食堂里的饭菜真倒胃口，我们也找人打牙祭，去敲寿头的竹杠吧。”

陈丽莉说：“他不会在我身上花冤枉钱了。”

“为什么？”

“这你还猜不出来？”

朱晓倩从陈丽莉暧昧的目光中马上悟到怎么回事，说：“这个寿头，我们姐妹都是一顶一的靓妞，肯陪他吃饭已抬举他了，还想得陇望蜀，小公鸡也太不自量力了。唉，我本来想给他篇臭文章请他帮帮忙，这下黄啦。”

陈丽莉说：“你可以去花他嘛。”

朱晓倩说：“我吃了羊胎素啦，一个石韬已把老娘对付得精疲力尽。”

陈丽莉瞅瞅朱晓倩被束腰文胸套住的大奶子，说：“和他上床了？”

朱晓倩说：“我敢？我不想要我的帅‘老公’啦！”

陈丽莉说：“不过，敲公子哥儿一顿饭总可以的，我已经好久没有揩到他的油了。”

朱晓倩说：“行，我打他手机。”

她拨了石韬的号码。一会儿，电话通了，石韬在电话里说，我在上海了，回来后再和你聚吧。

朱晓倩就骂他：“你这只死猪，到上海去也不带我，看老娘以后怎么收拾你。”关上手机对陈丽莉说：“男人都是靠不住的。”

陈丽莉从朱晓倩对石韬的随便态度，猜测到那两人不会一点没事。她想，有一个人倒是肯请客的，但她还不想把与江旭东的亲密关系暴露给模特儿，她叹口气说："我们去'梦巴黎'吧，再让工学院的公鸡母鸡赚一票算了。"

模特儿说："好啊，我请客。"

陈丽莉搡搡她："我就这么没钱啊。"

朱晓倩随陈丽莉往"梦巴黎"去的路上，心里想起了男模"老公"及富家子弟。

这时候石韬正与一个戴墨镜的私家侦探坐在南京路一家潮州菜馆的包间里密谈。那私家侦探模样也像条秋丝瓜，四十开外年纪，下岗前是某国企的保卫科长，再之前在部队当过侦察连长，很有两下子。

石韬与他喝啤酒，说："郎先生，我要你了解的对象是最近在杭州时装模特儿大赛中获冠军的那个男八号。我手头没有他的照片，具体属于哪个公司也说不准确，你去摸吧。"

"这没问题。能讲讲你要我掌握他什么情况，要哪些真凭实据吗？"

"是这样的，他的女朋友现在在江大念自考。我要你尽快搞清楚，他目前有没有与别的女人在搞，如果有，务必请你弄到几张照片及别的凭据。"

郎侦探以为是女模特儿托他来的，说："明白，只要他有那种事情，拿到证据不难。"

石韬说："那我就放心了。你要多少酬金呢？"

郎侦探说："两万块。先预付两千块活动费，这可是最低价了。"

石韬马上从拎包里掏出两千块钱给他。

陆筱曼、代志旺坐在镜花缘饭店的那个包间里，门被插销严严实实闩紧了。

陆筱曼靠在代志旺身上，代志旺把菜喂到陆筱曼嘴里。

陆筱曼对着代志旺的嘴吐出了舌头。

袋鼠王嘴唇吃住舌头吮吸，右手伸进陆筱曼的衣襟恣意摸捏。

陆筱曼手插入袋鼠王的裤腰，伸下去熟练地揉那下面凸出的东西。

默默地干了一会儿后，袋鼠王抽出手，说："我们到沙发上去。"

陆筱曼说："安全吗？"

袋鼠王说："警察从来不来这里的，老板都打点好了。就算有人敢捣乱，他也上不了二楼，就算上了二楼，也到不了三楼，就算到了三楼，要把这扇门弄开也得花些时间，再说，那时老板早在楼下发信号，傻瓜才会被他们抓到把柄。不过，这些假设实际上不会发生的。我们放心干就是了。”

陆筱曼早就知道一些凭实力无法与同行竞争的小饭店，暗中搞这种买卖，饭店不属特种娱乐行业，公安不来扫黄，遂成了卖淫嫖娼者的避风港。

她侧起了头笑吟吟地说：“那我相信旺总了。你怎么酬谢我呢？”

袋鼠王说：“两百块可以了吧？”

陆筱曼说：“我可是大学生。你以前找的小妞能与我比？”

袋鼠王说：“那你要多少钱？”

陆筱曼伸出巴掌叉开五指。

袋鼠王说：“好好，我们先干后付。”

陆筱曼就随着袋鼠王往沙发旁走。

她解开袋鼠王的衬衫，剥下他的长裤，使出全部功夫，把个袋鼠王弄得欲飘欲仙、欲死欲活，嘴里连连说：“好舒服、好舒服。”

陆筱曼得意地说：“这里环境差，否则我会使你更舒服。”

“啊，那我以后要好好找个地方享受享受。”袋鼠王意犹未尽地又在陆筱曼身上摸捏了一会儿，从沙发上下来，整整衣冠后，给了陆筱曼五百块钱。

陆筱曼数过票子放入钱包，瞄着袋鼠王说：“难道你不给我些钱买衣服吗？”

“嗯，可以可以。”袋鼠王又掏出两百块钱。

两人靠在沙发上又玩了一会儿后，陆筱曼看看表，说：“我走了。”又向袋鼠王要了一百块打的费，拿起坤包开了门，挺职业地一本正经走到楼下，出门喊了一辆出租车，故意不到江大门口就下车，步行走进校门。

那天陆筱曼故意走在后面，在袋鼠王跌倒在她身上时，乘机往他下部摸了一把，并给他飞了一个大有深意的媚眼。过了几个小时，她又按袋鼠王名片上的手机号码打了个电话过去，两人从此接上了线。袋鼠王就把目标转移到陆筱曼身上，使陈丽莉免除了纠缠。

陆筱曼读高中时就与社会上的男人混了，毕业后没考上大学被父母责骂，一气之下跑到了江中繁华之地，歌舞厅、美容院都呆过，靠出卖肉体赚钱，但这种野鸡既被人瞧不起，租住的地方也常遭派出所、居委会注目。她也曾听说女大学生中有做鸡的，得知江大招自考生的消息，觉得一年交一万元的学费、三千块的住宿费还是划算的，这样住处安全了、身价也提高了，向客人要报酬既多，还有可能混到大学文凭，就高高兴兴地来了。每当客人召唤，她就推说去看同学，陪吃陪舞陪睡觉，不到一个月时间，已赚到一万块钱，其中那次陪一个已与之做过多次生意的客人去新马泰玩，大饱眼福之余，对方一次就给了她五千块钱。

她在昏黄的路灯下往宿舍走时，看着校园里那些搂搂抱抱的男女，心里想，袋鼠王不仅有钱，还是个洋葱头，应该使出浑身解数把他粘紧，找机会跟他去欧洲或者澳大利亚走一圈，有吃有玩有进账，那才是笔好生意。

九

这个下午李玉兰又有课，陈丽莉适时去编辑部，与郭超然等几个人闲聊几句，拿上《古代汉语》推开主编室的门，看见江旭东，冲他调皮地一笑，轻轻地把门掩上。她给自己倒了杯茶，没容江旭东吩咐就坐到对面李玉兰的椅子上。

江旭东问："什么书？"

陈丽莉说："《古代汉语》。糟老头讲些什么我一句都没听懂，现在辅导的任务落到你头上啦。"

江旭东说："怎么，卢天敏不教你了？"

陈丽莉说："我还能去找他吗？"

江旭东会意地笑了。他把《古代汉语》拿到手上，翻着说："哪一篇不懂？"

陈丽莉说："通通不懂。"

"那你这一个月的课怎么上的？"

"寿头说到时可以从老师那里弄试卷，我就把希望都寄托在他身上了。"

"胡扯，这自学考试的试卷是由国家统一印刷，在考试之前是绝对密封的，他哪偷得到？不过花花你罢了。"

"那就更要靠你辅导了。"陈丽莉电着江旭东。

"我要是不辅导，你能怎么惩罚我呢？"

"我在你脸上划几条，看你还怎么花女孩子。"陈丽莉伸手做个姿势。

江旭东乘机抓住陈丽莉软软的纤手。

"哎哟哟。"陈丽莉装腔作势地叫唤。

门突然被推开。两个人慌忙缩手。

进来的是李玉兰，她已看到了一切，气得像女罗刹似的朝陈丽莉吼

道:“你给我滚!”

陈丽莉很快镇静下来,她主动接近江旭东就是为的气李玉兰,嘲讽地说:“咦,你有什么权利赶我走?”

李玉兰倒被呛了口水。她一个激灵说:“这是我的座位,没你坐的份儿。”

“好吧,我站起来。”陈丽莉浪声浪气的,“那也用不着这么凶啊。墙上又没贴着这把椅子空着别人不能坐。”

“其他人都可以坐就你不能!”

“这不是蛮不讲理吗?哎,哎,江主编,你说她作为副主编能这样对待编辑部里的人吗?”

郭超然和几个男生已被吵架声吸引到门外。

江旭东心里有点虚,说:“好了好了,你们两个不要闹了,要注意影响。”

李玉兰看见了门外的人,绷着脸一屁股坐到自己椅子上。

陈丽莉拿起《古代汉语》落落大方地朝江旭东说:“我走啦,以后再向你请教。”故意扭动屁股出门去。

她朝几个堵在门口的男生说:“空凳子不能坐,成了女皇啦。”

除开郭超然别的男生都笑了,把个李玉兰的脸气成了猪肝。

男生们跟着陈丽莉回到编辑部办公室。陈丽莉坐到自己凳上,拉开抽屉拿出一把花生糖,说:“谁要吃自己来拿。”

其他男生都高兴地奔了过来,只有郭超然端坐在自己的椅子上。

陈丽莉笑吟吟地走过去,把几颗糖送到郭超然手上,说:“放心,哈,我不会毒死你的。”

郭超然尴尬地接到手里。

陈丽莉坐回原处后嗑起了西瓜子,两只耳朵舒服地听着从隔壁传来的李玉兰的隐隐的哭泣声。哼,你这个母夜叉,你不是把我当另类吗?不是处处给我穿玻璃小鞋吗?现在你的亲爱的却和我好了,你五脏六腑都哭出来吧!

那几个吃着陈丽莉花生糖的男生都不知道她的狠毒之计,一人开玩笑说:“陈丽莉你好大胆,竟敢跑到别人的伊甸园去!”

另一个人说:“人家哭了你还高兴,快去向李玉兰讲讲清楚吧。”

陈丽莉高声说:“关我什么事呀,谁愿意和谁好就可以和谁好。”

有人就说:“算了吧,事实上你是第三者。”

陈丽莉又大声说:“什么第三者呀,那得怨她的板刷不如我。郭超然,你说是不是?”

刚才给李玉兰发短信通风报信的郭超然见她点将,涨红了脸说:“我可不知道你们谁的脸蛋漂亮。”

“你们说呢,你们说呢?”陈丽莉问其他男生。

“我们说你漂亮又得不到好处,你肯和我们好吗?”那几个人乘机占嘴上便宜。

陈丽莉听了就放肆地咯咯咯笑起来。

李玉兰在隔壁本来哭得伤心,听到这种笑声停止了抽泣。

江旭东一直装出可怜兮兮的样子默默地坐在对面。见她哭停了站起来从门后拿块干毛巾递给她。

李玉兰狠狠地一推,从坤包里抽出纸巾揩着红红的眼睛。

江旭东站在她边上轻轻解释:“她是来向我请教不懂的地方,你别误会。”

“哼!”李玉兰拿起坤包呼地站起来,愤愤地往外走。她还有理智,知道这时候不能与江旭东吵,被隔壁的群众听到只会降低自己的威信。

卢天敏在教室里上晚自习时,手机响了。是喜宝打来的。

喜宝说:“卢天敏,你能出来一趟吗,我们谈谈。”

卢天敏愣了一愣,说:“我和你有什么好谈的?”

喜宝说:“哎,你不是陈丽莉的男朋友吗?我和丽莉起码是同乡同学,我们又一起喝过酒,也算是朋友了,朋友之间随便谈谈嘛。”

卢天敏想到那天不该当洋葱头去帮陈丽莉骗水电工,这误会也真得解释解释,免了做江旭东的替罪羊,就说:“也可以,我们在哪里碰头呢?”

喜宝说:“你们校门外大马路的横弄口头,我已经在这里了。”

卢天敏说:“好,我马上出来。”他把书本托别的同学带回宿舍,匆匆忙忙往外走去。

在弄堂口那棵合抱粗的行道树旁，卢天敏在月光下看到了倚着树身的喜宝,就慢慢走过去。喜宝迎上来,递给卢天敏一支烟,卢天敏还不大会抽烟,出于友好拿到手上,由喜宝点旺了衔在嘴上。

卢天敏说:“我们到哪里去坐坐呢？”

喜宝说:“就在这里谈谈吧,我等会儿还有事情。”

卢天敏问:“你找我谈什么？”

喜宝说:“你知道吗,我和陈丽莉初中时就谈恋爱了,我想请你自动退出。”

卢天敏说:“你误会了,我其实不是她的男朋友,那天被拉去充数的。”

喜宝说:“你骗我干什么呀,你不是她的男朋友她会对你那么亲热?我两只招子亮着呢。”

卢天敏说:“真的不是,真的不是,我是她的男朋友我倒高兴了。”

喜宝辨着路灯下卢天敏的脸色,他看不到一点虚伪,想了想说:“那么她的男朋友是谁？”

“我……我不清楚。”

“你肯定清楚。怎么,不把我当弟兄啦？”

卢天敏思忖了一下,狠狠心说:“我真的不知道,这种事情要知道也只有报社领导。”

“嗯……你要我问哪个领导呢？”

“我可没有叫你去问,是你自己想知道。”

“行行,是我自己要问,我为你保密,你什么都没讲,可以了吗？”

卢天敏又低头思忖了一下，说:“我把副主编李玉兰的手机号码告诉你,但你得给我发个誓,保证不把我讲出去。”

喜宝说:“我发誓,我要把你说出去就不得好死,触电踩地雷。”

卢天敏就报出李玉兰的手机号码。

喜宝把它记在手机上。他拍拍卢天敏的肩膀说:“你很识相,再会了,改日我请你吃饭。”说完吹了声口哨。

卢天敏看到几个小青年从暗角落里闪身而出,一时不寒而栗,如果自己真是陈丽莉的男朋友,又为爱情坚贞不屈的话,那么今天这顿揍就逃不过去。喜宝伸出手要与卢天敏道别,他实在没有这份胃口,扭身走了。

卢天敏踽踽独行时心情非常差。陈丽莉明明是他看中后花了很大心思接近，又蓄意拉进《朝阳》报的，结果却被江旭东抢了去。而李玉兰就因为这件事，至今都把他当敌人似的，天底下还能有他这样没名堂的人吗？一时间鼻子有点发酸。路边有爿专为江大学生而设的夜宵店，他踅了进去，要了两个菜、一瓶啤酒，心情郁闷地独斟独酌。老板挺会做生意，在他喝光瓶中酒后又送上一瓶，他照喝不误。他酒量有限，两瓶啤酒灌进肚子后，走出店门脚步跨不稳了，几次差点撞在骑行的自行车上，被别人一顿臭骂。

一辆漂亮轿车从卢天敏身旁擦过。卢天敏此刻见不得比自己好的，正骂骂咧咧，看到了从车子里走出来的人好像陆筱曼，在平时他会克制地走上去辨认的，这时大脑被酒精灌亢奋了，立即大喊大叫："陆筱曼，陆筱曼！"

陆筱曼傍晚又被代志旺约出去吃饭。由于尝过了这个漂亮大学生的滋味，袋鼠王这次可以不急不忙行事。他把她带进了自己办公室。他过去在旅馆里嫖娼被警察逮住过，从此不敢去那里，就以办公室为淫巢。陆筱曼也知道老板办公的地方比较安全，欣然跟他进去。这次她比在小饭店里放松得多，把掌握的本领尽情施展出来。完事后他破例赏了陆筱曼一千块钱，又专程开着宝马送她回校。陆筱曼不敢让车子歇在校门口被门卫发觉，在百米之外下车了，恰被卢天敏认出。她听着寿头的叫喊心里有点虚，快跑了几步后，想想不妥只得停下来。

卢天敏看到陆筱曼很高兴，大着舌头说："真、真的是你。你听、听到我喊怎么跑啊，我、我又不是老虎。"

陆筱曼假心假意说："我开头没听出是谁，以为遇到了流氓。"

"流、流氓怎么知道你的名字。你、你乘谁的车子回来的？"

陆筱曼说："我舅舅，他开公司做生意的，这次到江中来参加洽谈会。哎，你在哪里喝了那么多酒？"

"一个人。"卢天敏挥舞着手，"我没劲，就喝、喝酒，喝、喝了两瓶。"

"唉，我看你喝醉啦，你以后一个人在外面可不能喝那么多酒。"

"我没醉，要不要我们再去喝。"

"时间不早了，我们回学校去吧。"

"不，你陪我喝，我们走！"卢天敏伸手拉陆筱曼，却差点跌在她身上。

陆筱曼见过的酒鬼多了,有一些客人就是喝醉了酒才敢找小姐玩的。她对卢天敏好言抚慰,说要喝也到学校里去喝,在外面夜深了不安全的,还伸出手很柔情地搀住了他。卢天敏觉得被一个女孩挽着胳膊很舒服,遂脚步趔趄地随着陆筱曼走进校门。

夜自习结束后的江大校园内还很热闹,小饭店灯火灼亮,夜排档也摆出来了,一些学生坐在饭店里、排档边吃夜宵。卢天敏看到一个馄饨摊头立即往那里走,陆筱曼拗不过他,只得随他过去。两人各吃了一碗小馄饨,卢天敏看到大道上散步的人多,又要陆筱曼陪他散步。陆筱曼不便拗他,就让他挽住了胳膊,与那些情侣一样,在树影幢幢的人行道上漫步,两人的身体也像那些情侣一样越靠越近。

这时卢天敏大脑已经清醒，啤酒本来就消解得快，又被夜风这么一吹,他的思维很快恢复正常。他想,在这美妙的月光下,与美女相挽而行岂非人生一乐?他的肌肤又分明感受到了陆筱曼柔软的身体,心里自然生出一阵阵快感。是啊,论姿色,陆筱曼其实不比陈丽莉差,而她又不像陈丽莉那样势利,那天在校门口拉自考生报名,只因为遇见的是陈丽莉而不是陆筱曼,才白白浪费了那么多精力和时间,现在和这个可人的小妞在一起不是非常好吗？他走着走着故意引陆筱曼往荷园方向走。

陆筱曼看到黑黝黝的荷园围墙开头有点不愿去，后来想到了那篇散文如果能在《朝阳》报上登出来,那么她就可以向客人炫耀自己是美女作家了,如今美女作家可是非常吃香的。嗯,今天索性陪寿头玩个够吧。她靠在卢天敏身上,趔趔趄趄地走进园门。

黄亮的路灯掺着青幽幽的月光,照出了隐在荷园各处的一对对鸳鸯,他们有的站着搂抱,有的坐着偎依,也有的不管地气已凉躺在地上亲热。卢天敏见假山一角还有空隙,携着陆筱曼走过去。到了那里,他一下子抱紧她,把嘴贴上她的双唇,尽情地吮吸,发出嗞嗞嗞的声音。陆筱曼很快被撩起激情,捧住了卢天敏的头,用力地热吻。后来卢天敏手伸进了陆筱曼的胸罩,先是一只手,再是两只手,摸捏着那两个诱人的滑润而有弹性的乳房,下面的生命之柱很快坚挺如戟。他轻轻说:“把裤子脱掉,我要干。”

陆筱曼说:“不行的,不行的。”

卢天敏说:“你以为别人不在干？你站外面,我靠假山,如果有人过来我看得见的。”

陆筱曼还说不行，可是卢天敏已在笨手笨脚拉她的裤子。

陆筱曼一时心中也勃起那个要求，把一条腿从裤衩里伸出来，老练地转过身体，眼睛警惕地望着周围……

完事后两人立即往园外走，都觉得与对方非常亲近，甜蜜地搂着踽踽前行。

陆筱曼说：“天敏，给你的散文得快点登啊。”

卢天敏说：“这件事情我本来没有忘记，可是修改了一下送上去，李玉兰嫌质量差。现在这样吧，我索性另外帮你写一篇，署你的名发表。”

陆筱曼说：“那好，你可要帮我写得漂亮一点、长一点，要压倒陈丽莉的《茉莉花赞》。”

“放心，我一定会尽最大的努力。她是我的什么人，你是我的什么人。”

陆筱曼说：“你可是大傻瓜一个，帮她登文章，还让她进报社，结果呢，什么都没沾着。”

“我是傻瓜。”卢天敏吁口气，“不过，不是那样我们就不会在一起了。”

“你真的喜欢我吗？”

“我怎么可能不喜欢你呢，其实你比陈丽莉更漂亮，怪我当初没有先遇到你。”

陆筱曼一时沉默。如果他知道我是做什么的，恐怕就不会喜欢了吧。

卢天敏摸着陆筱曼的臀部说：“刚才太快了，不过瘾，我们以后去开房间。”

陆筱曼想了想说：“以后看吧。”

卢天敏说：“还看什么，现在就讲定了。”

“嗯，好的。”陆筱曼摸着卢天敏放在她臀部的手，亲了他一口。

卢天敏心里有说不出的甜蜜，把陆筱曼的臀部捏得紧紧的，充满了性的力量。他一直把她送到女宿舍外，看不到人影才离开。

陆筱曼进宿舍时另外三个人都还没睡觉。陈丽莉与周前凑在电脑前面，周前教她电脑制图的方法。卫校对电脑教学不怎么重视，周前在傍晚把压缩后的稿子交给曾于青后就有时间帮助陈丽莉补课。中文专业的自考生要想拿到文凭，电脑一级是必须过的。朱晓倩正在嗓门儿很大地打手

机，陆筱曼不用问也知道她又在跟那个男模儿“老公”吵，朱晓倩没在双休日把他拉来已经非常没有面子，男模儿冠军又不同意在即将来临的国庆长假期间陪她去九寨沟玩，使她愈加心气不顺，常常打手机故意找茬子，宿舍里因此吵声不断。三人都没有注意陆筱曼进来，陆筱曼很快拿了替换裤衩等物品上盥洗间去，然后第一个睡到了床上。她这几天没在外面过夜，那三个人见她这样安分，恰有日头从西天出来之感。

在熄灯铃响之前，周前、陈丽莉、朱晓倩也睡了。陆筱曼入睡最迟，每当她在外面冒险，晚上睡到床上后总会生一股后怕之感。公司办公室尽管安全，但也有万一的时候，荷园假山旁呢，万一巡逻的保安攀上山顶俯瞰，那也会被逮个正着。想到这些，她就非常不安，她真想从此改弦易辙，老老实实地过日子。然而可能吗？父母在她念高中时就不给生活费，她完全靠自力更生，而且她现在已过惯了奢侈的生活，不能没有大把的钞票进账。

周前第二天吃中饭的时候接到曾于青的电话。著名青年文艺理论家在电话里用很平静的口气说：“下午你没课吧，那两点钟左右上我家里来一趟，我一方面等长途电话一方面把你书中几处看不明白的地方当面请教，你看怎么样？”周前拿着手机略一思索，说：“好的。”曾于青就告诉了她所住教师宿舍的楼室。

江大教师宿舍区很大，教职工的住房都按职务、职称分配。周前走到那里，好不容易才找到那幢房子，爬上五楼，揿响了门铃。曾于青马上开门，将周前请入室内，关上了沉甸甸的防盗门。

两人客套了几句后，曾于青领周前参观他的四室一厅。

周前见整个屋里只有曾于青一个人，探问：“师母呢？”

曾于青说：“她去国外进修了，再过半年才能回来。女儿在寄宿制的学校念初中，一个月才能出校门一天，所以我平常都是一个人在家的，看书，写作，教研究生，清静得很。哎，我们进书房去吧，在电脑上把几处看不明白的地方今天就改完，那么就定稿了，一个月后见书。这速度不慢吧？”

“太快啦。”周前兴奋地跟着曾于青走进那个很有点儿学术气氛的书房。

曾于青给周前泡了一杯茶，搬张凳子放到电脑桌子一侧让周前坐。自己坐在电脑前面,启动程序进入工作。

这部反映商场体制改革的小说中有一些商业专用语，曾于青提出一处,周前就解释一处,曾于青用通俗易懂的语言改一处。周前独自坐在一个大男子身旁开头有点别扭,后来渐渐习惯了。不到二十分钟,这件事情就做完了。曾于青站起来伸伸腰说:“好啦,胜利结束。回去你再给我一张照片,一段个人简历,就没你的事了。”

周前听了感动地说:“曾老师,你这么帮忙,太感谢了。”

曾于青双目含情地望着周前的脸说:“朋友之间还用客气吗？”

周前吃到那目光,有点不安地低下头。她意识到应该马上离开——尽管过去对方从来没有过分的举动,于是她说:“曾老师,你没有别的事情的话,我走啦。”

“嗯,”曾于青喉结一动,盯着周前的脸,“怎么,你要走……哎,我们亲热亲热。”走上来抱住周前,把嘴凑到她嘴上。

周前不便太认真,让曾于青的嘴唇贴到嘴上,当他进而把舌头伸出来的时候,她推开了他,说:“好了,我走了。”

“你别走。”曾于青拉住周前的手,“我们再亲热亲热。前,我是多么地爱你。”

周前听了一时脸泛红潮,她稀里糊涂地被曾于青拖进卧室。

曾于青开始拉她的长裤。周前可怜巴巴说:“不要这样。曾老师,求求你了。”

曾于青哪肯罢手。他把周前推到床上,迅速剥掉她的长裤,露出了一条粉红艳艳的内裤。

周前双手护住了它,哀求:“你放了我,你放了我。”

“我们玩玩没关系的,放心,一点没事。”曾于青掰开周前的手,把那条粉红色的内裤又剥掉,使周前的阴处完全暴露无遗。曾于青摸了一把,动手脱去自己的长裤,接着又脱内裤。

周前原已陷入迷糊的神志忽然清醒,她抓起裤子迅速坐起来。

曾于青欲火旺烧,光着下身扑上去猛推周前的肩膀。周前奋力顶住,很倔强地说:“你再这样,我要叫了。”

曾于青见她死活不从,又清楚周围住着一些不用坐班的老教授,只得

罢休，愤愤地说："好吧，你走！"

周前迅速穿上裤子，红着脸说："曾老师，我从来不做这种事情，非常对不起你。"说完开门逃了出去。

周前进宿舍的时候陈、朱、陆三位都不在，她再也控制不住自己，扑到床上恸哭起来。

朱晓倩进来了。周前慌忙止住哭泣坐起来。

朱晓倩望着她泪眼婆娑的脸，说："怎么，又在电话里与老公吵架啦。哼，这种拖后腿的男人，少了他不稀罕。"

受了曾于青欺负的周前这时倒有点想自己的丈夫了，说："有什么办法呢，谁叫我是有夫之妇。"

朱晓倩说："女人哪，看来还是不结婚的好。唉，有个顺口溜讲得真对——结婚是失误，离婚是醒悟，再婚是执迷不悟，我哪，这一辈子看来不会嫁人了。"

周前理解模特儿为何说出这种消极的话，心里想，男人确实没有几个好东西。她去盥洗间洗过脸后开始整理东西，明天就是九月的最后一天了，她打算回杭州去，与丈夫好好呆几天。

李玉兰下午听完课后到主编室给江旭东打了个电话："我们到外面去吃点东西吧，这几天食堂里的饭菜把我的胃口都吃倒了。"口气很亲热，好像没有发生过什么不愉快。

她自从那天与江旭东吵过架后再没搭理过他，没事也从不去主编室。上午郭超然来找她，说："玉兰姐，那个小骚狐狸现在可猖狂啦，好像她成了《朝阳》报的女老板，你再不把江旭东拉住，就会西太后专政了。"她听了嘴上说："去去，她连当小老婆的资格都没有。"心里却犯起了嘀咕，最后拿定主意，要把江旭东捆得紧紧的，再也不让陈丽莉染指。于是吃了饭先去找书记诉苦，顺便送了他一条三五牌香烟。书记深表同情，答应马上去劝江旭东改邪归正，于是有了她给江旭东打电话的事。

江旭东本来就不想与李玉兰怄气，书记又及时把他找去规劝："和那种自考生玩玩是可以的，真格可动不得，做老婆还是李玉兰这样的女人好。"他也就有了浪子回头的意思，见李玉兰主动修好，也热烈地说："我们去吃顶鼎鸡怎么样？”听到对方同意，他就马上往《朝阳》报办公室走。

李玉兰看见江旭东进来含情脉脉地笑笑说：“刚才你在哪里接电话？”

“图书馆。那里有几本新到的外国原版小说很不错。怎么样，你稿子都审完了吗？完了我们就走。”

“还有两篇，明天看吧。”李玉兰开始整理写字台上的东西。

不一会儿，两个人就走出主编室，李玉兰故意挽着江旭东的胳膊经过编辑部办公室门口，使那班男生看到他俩的亲昵样。

出了校门，两人走进顶鼎鸡店吃了一顿，接着心照不宣地往公交站台走，乘车到达城南那爿小旅馆开了钟点房进去亲热。闹过矛盾后双方都有占领对方身体的强烈欲望，于是江旭东在上面持续有力地进攻，李玉兰在下面近乎疯狂地扭动，直到山崩地裂才结束战斗。接着，两个人裹在被子里休息。

李玉兰靠在江旭东身上问：“你和那个小狐狸睡过觉吗？”

“没有。”江旭东摇摇头。

“别赖账，干了就干了。”

“真的没干。如果干了我不得好死。”

“好，暂时相信你，有没有接吻，摸奶子？”

“也没有，我根本没有碰她。”

“那么我推开办公室的门，怎么看见你捏着她的手？”

“嗯，这说明、这说明我和她还是一般关系，要不还用在办公室里那样小打小闹？”

李玉兰眼睛对着天花板想了想，说：“是你先花她还是她先花你？”

这是个难回答的问题，江旭东也目睹天花板思索，说：“谈不上谁花谁的问题，我和她只不过互相有好感罢了。”

“不，事情没有那么简单，你得承认是她先花你，否则，我……”

江旭东慌忙说：“好好，算她先花我。”

“以后不许你再和她好。”

“一定一定，你可以监督。”

“哼，你以为我会放松警惕，我还会发动群众监视你们。听到了吗？”

“听到听到。”

李玉兰满意地笑了。

李玉兰回到宿舍后仍很兴奋,她忽然想到一个主意,走出去,到浴室给卢天敏打手机:“卢天敏,你睡觉了吗?”

卢天敏回答:“我在宿舍里看书,你有什么事情?”他有点心虚,以为喜宝给李玉兰电话时供出了他。

李玉兰说:“你干的好事啊,出主意把陈丽莉弄进《朝阳》报,她却马上把你甩掉。你如果是男子汉,就要她回报。”

卢天敏在电话里唯唯诺诺。

李玉兰觉得寿头窝囊,说:“你难道不能把她占你的便宜占回来吗?”

卢天敏说:“我懂你的意思,我懂你的意思。”

“那我就看你的行动啦!”李玉兰又激了一将后关上手机。只要寿头动点脑子把陈丽莉弄上床,有了这个事实,就能更有效地防止她去蛊惑江旭东。她其实清楚江旭东的花花肠子,要他承认陈丽莉主动只是受了强烈的自尊心驱使。不过,寿头这个人有点靠不住,为了保证那两个人不再来往,她还真得想点别的手段。

恰在这时喜宝打来了电话。喜宝已经打过好几次李玉兰的手机,都因她关机而没联系上。李玉兰见是一个陌生号码,又听到男人的声音:“你是李主编吗?”很警惕,反问:“你找我什么事情?”

喜宝说:“我是陈丽莉的男朋友,现在她不肯与我好了,据说是你们《朝阳》报有人当了第三者,你知道是谁吗?放心,我不会对别人讲是你提供情况的。”

李玉兰握着手机想了想说:“好吧,看你可怜,我向你透点风,她近来和我们这里姓江的主编比较亲热,但没有具体证据。你要是有兴趣,倒可以盯盯梢。好啦,时间不早了,先讲到这里吧,你发现情况可以随时告诉我。”

有了这第二道防线,李玉兰回宿舍睡觉时觉得固若金汤了。但她猜不透是谁把自己的手机号码告诉了这个所谓的陈丽莉的男朋友——此人肯定是一条战线上的人,能够查到是谁就好了。

第二天李玉兰再打喜宝的电话,水电工却不肯招出谁提供的手机号码,她只能慢查。

十

早晨陈丽莉还赖在床上的时候，朱晓倩大汗淋淋冲了进来，高喉大嗓说："太阳都晒屁股了，你还不起床。那些小公鸡小母鸡，全都像吃了兴奋剂似的出去旅游啦。"

今天一早，周前、陆筱曼都说回老家去度国庆长假走了。陈丽莉本来也该去属于本市郊县的小镇上看望开小饭店的父母，只因与尉均讲定了上午在梦天堂香巢里幽会，才无精打采睡懒觉的。这两天她耳朵里也传进了那些小公鸡小母鸡不加遮掩地议论外出旅游的话，她因此动心了，也想去外面玩玩，可电话里与尉均一讲，尉均又以"要注意影响"为理由不答应，弄得她像喝了清汤寡水似的索然无味。

听朱晓倩这么叫嚷，她坐起来没好气地说："那你还去跑什么步，也与'老公'去玩啊！"

朱晓倩气鼓鼓地说："当然要去找这只死猪。哼，我整理好东西马上到上海去跟他算账。"说完果真脸也不擦就整理东西。

在陈丽莉洗过脸、刷过牙从盥洗室回来时，朱晓倩已背起了旅行包，朝陈丽莉说声"拜拜"，一甩头发出去了。

走廊上传来别的宿舍的女人们匆匆而去的脚步声。她们中不少人肯定是与男友去旅游的。

陈丽莉心神不宁地坐在床沿上看了看表，挎了个坤包，慢慢地走出宿舍锁上门。

她在女生宿舍围墙外看到了云集的等候自己的公主出来的男生，手里多拎着旅行包，一副出远门冶游的样子。走到通往校外的大道上，她看到的一对对相携而行的情侣就更多了。这阳光明媚的金秋季节本是玩的好时候。

她正羡慕不已，忽然听到了背后李玉兰唧唧喳喳的声音，下意识扭过头,看到“孙二娘”亲热地挽着江旭东的胳膊,江旭东右手拎着一个旅行袋,两人紧挨着快乐地走过来。她心里一沉,加快了脚步。

耳朵里传进李玉兰的响嗓门儿:“泰山日出可算世界一绝了, 到时你得给我好好拍几张照。我要把它登在《朝阳》报上。”

江旭东讷讷地说:“黑白的,登出来有什么意思。”

李玉兰又故意大声说:“是我‘老公’拍的,意思可大啦!”

陈丽莉还是第一次听到李玉兰喊江旭东老公,又用这么大的嗓门儿,明白是说给自己听的。她倒不能走了,立在马路中间等待。

挽着胳膊的李玉兰、江旭东见她挡住了路,只能侧边而过。

“臭美!”陈丽莉往地上啐口唾沫。

李玉兰回头朝陈丽莉射了一眼,目光中充满了胜利者的得意。她挽紧了江旭东说:“世界真好,日子过得太美啦!”

江旭东瓮声瓮气说:“走吧。”

陈丽莉跟在后面, 仇恨地望着挽住江旭东胳膊的李玉兰走出江大校门。前天晚上陈丽莉与江旭东在主编室里单独相处时还挺亲密的,江旭东几次长时间捏住她的手,甚至想吻她,被她闪开了,可是到了昨天,风云突变,前面这两个人又泡到了一起,晚饭都没在食堂里吃,夜里也没在《朝阳》报编辑部看到他们的踪影。此刻李玉兰又得意地向她示威,她能甘心接受这个败局吗?陈丽莉恨恨地在心里骂:“小虔婆,我还会让你再哭的!”

陈丽莉接着面对江大的这般旅游潮思索起来。她也要拉尉均出去玩——即使是为了与李玉兰赌这一口气。

陈丽莉打的来到梦天堂,走进香巢时尉均还没来,讲好九点半的,她来得早了点儿。她就找东西,作远足的准备。

随着门锁声响, 尉均成熟男性潇洒风流的身影很快出现在陈丽莉面前。他抱住了自己的金丝鸟一阵狂吻。

陈丽莉挣脱开来,说:“我要和你出去游玩,其他同学都出去了。”

尉均说:“这我知道,可我们目前还不能公开,到了那个时候,我一定和你去旅行结婚,别说国内,欧洲、澳洲、美利坚合众国都可以。”

“我要和你现在就去玩个痛快!”

“这怎么可能呢,家里那个没死的人还要我照顾。”

“你可以打电话请亲戚照料几天。以前你去开学术会议不都这样吗?”

“那是公出,可现在……”

“理由总归找得到的,你不能讲几个老同学约你出去玩?”

“可我后天就得上班。”

“我们就玩两天,开自己的车出去,两天可以玩不少地方了。”

“这……要是碰到熟人怎么办?”

“中国那么大,玩的地方那么多,不可能碰到的。”

尉均见想出来的这些理由都被陈丽莉驳倒，考虑了一下说:“我看还是以大局为重,再忍耐一段时间吧,今后我们有的是出门旅游的机会。”

“不,我就是要今天,马上和你出去玩!”

“唉,你怎么要小孩子脾气呢。听我的话,啊,宝贝。”尉均温柔地亲陈丽莉的脸。

陈丽莉推开尉均，坚决地说:“今天一定要出去的，除非你不喜欢我了。晚上我们就住在外面,找最好的宾馆,吃最好的菜!”

她在尉均面前一直小鸟依人,像个乖乖听话的孩子,尉均第一次见她这么倔强,低下头想了一会儿,说:“好吧,我依你,不过,迟至明天傍晚,我们一定要回江中。”

“啊,谢谢老公!”陈丽莉立即快活地搂住尉均亲个不停。

尉均像傻瓜似的接受,脸上露出无奈的苦笑。

周前到家里时还只是上午十点左右,走进那久违了的温馨的家,她眼眶湿润了,见丈夫不在,她打了他的手机,丈夫支支吾吾了一下,答应中午回来。于是周前戴上袖套,进入了家庭主妇角色。工作先从整理房间开始。独居的丈夫倒也注意卫生，不仅地板拖得干干净净，被褥也叠得整整齐齐。她想,今天天气很好,把被子晾到外面去晒晒太阳,夜里与丈夫睡觉时盖着香喷喷的。她整理被子的时候，发现了一根棕黄色的半尺左右的头发,只有年轻女人才有这种用染发素染过的头发,她的心马上一颤。接着她丢下被子专事寻找这种头发,又在靠墙的床脚边找到了一根短的。这个混蛋!她气得全身发抖,坐到凳子上喝了半杯凉水情绪才缓和过来。她得好好地盘问盘问这个表面上装得老老实实的伪君子。

她走进厨房一边淘米洗菜，一边盘算如何盘问到家后的丈夫。

丈夫回来了，哼着歌，做出很轻松的样子，手里还拎了一包卤菜、两瓶啤酒。周前见状不便立即责难，她把炒好的素菜摆到餐桌上，又摆出碗、碟、筷子之类，与丈夫面对面坐着。丈夫开了啤酒，先给她倒，再自己斟酒，脸上也没那天吵架留下的不快。

周前与丈夫碰杯，她喝了一口酒，说："这些天我不在有别人来我家住过吗？"

丈夫说："没有哇。"

周前问："真的没有？"

丈夫说："你问得真奇怪，你在外面读自考除了我还有谁住在这里。"

周前从裤袋里掏出一张餐巾纸，打开后递给丈夫："你自己看吧。"

丈夫用看天外来客的目光看了一会儿，镇静地说："你从哪里弄来的？"

周前说："我们床上的被子里。"

"不会吧，我从来不染头发，也没有这么长。"

"是啊，你回忆回忆，哪个女人留在这里的。"

"莫名其妙，从来没有别的女人睡过我的床，哪来这种棕黄色头发。噢……要么前天我拿出去晒被子，楼上女人的头发飘下来的。嗨，别疑神疑鬼了，我们喝酒。"丈夫笑嘻嘻地端起酒杯。

周前端坐不动，又从裤袋里掏出一张餐巾纸，冷冷地说："里面这一根可是从床脚边找到的，楼上女人的短头发可飘不到那里。"

丈夫没有接，把啤酒杯子凑到嘴唇上呷了一口。

周前说："是哪个相好留下的，老实交代吧。"

丈夫只是喝酒。

周前说："你只要讲出来，我就原谅你。当然今后不允许再犯了。"

丈夫突然把酒杯往桌上一蹾，说："要坦白大家坦白，你在外面与谁搞上了？"

周前眼睛一瞪说："怎么倒打一耙，你是猪八戒呀。"

丈夫挺起胸脯说："你凶什么，你以为干了丑事我不知道。"

"好吧，那你揭发我干了什么对不起你的事情了。"

“你那个长篇小说不是早退回来了吗？现在怎么又能出版了，那个青年文艺理论家，你不会不慰劳他吧？”

“你、你污蔑。”周前一下脸红了。

丈夫瞅着周前的脸阴阳怪气地说：“心虚了吧？怎么样，这下大家该扯平了。”

周前昂起头直视丈夫说：“不错，他是有侮辱我的企图，但我记住了答应过你的话，没有让他得逞。”

“哼，谁知道呢！”

“我可以向你发誓。”

“唯物主义者不搞迷信，你就别再假惺惺了吧。我承认搞过女人，但你无法确定是哪一位。我可锁定了你的相好是哪一位，张扬出去臭的是你，明白利害关系了吗？”

周前突然站起来一巴掌刮在丈夫脸上。

丈夫捂住脸，嘴里骂着“你这个潘金莲”，握着拳头走过来。

周前顺手操起啤酒瓶往墙上一砸。“嘭！”碎片飞溅，破瓶子尖利的一面对准了丈夫。

丈夫踟蹰着不敢造次，片刻后嚷道：“我上法庭去告你！”

周前藐视地望着那张曾经日夜思念过的脸，不屑地说：“你敢去吗？你曾经助纣为虐，在原来的一把手指使下写匿名信诬告二把手，如今一把手调走，二把手成了一把手，我只要把这件事情抖落出去，看人家怎么整你。”

“你、你没有证据。”

“要不要背几句你信里的原话——‘这个人两面三刀，野心勃勃，不仅生活作风腐败，经济问题也很大……’这可是你写的吧？原二把手是新任纪委书记的小舅子，他不会看不到这封信的，我只要讲给他听，能不认定那封信是你写的吗？”

丈夫愣了，脸上抽搐着，说：“算你厉害。这样吧，我们谈判解决。”

周前把破啤酒瓶放到餐桌上，拿来扫帚簸箕，把碎玻璃扫掉，又弯下腰拾玻璃碎片。

丈夫垂手看着说：“要不我们先维持原状，但你千万不要去告发。”

周前小心翼翼地撸着双手，抹掉那些肉眼几乎看不见的玻璃粉末，去厨房放好工具，回到餐桌前，默默地坐下去喝口啤酒，又吃了口菜，说："放心，我不会堵你的官路。不过，婚必须离，我们可以上民政局去。"

"这……用什么理由呢？"丈夫低声下气的。

"就讲因分居感情破裂，这你总该放心了吧？"

丈夫想了想，说："好的，那么我回父母处去住，八号上午在民政局外面见，细节问题，我们改日另找地方谈。"

"可以。"周前又仰起脖子喝酒，眼睛窥着丈夫进房间。丈夫很快拿了一个装有替换衣服的提包出去了。

周前再也忍不住伏在桌子上一阵恸哭，后来去整理东西，她看到了一本照相簿，一页一页地翻，夹的都是自己与丈夫的合影。照片上的两个人如比翼鸟，如连理枝，脸上充满了幸福和甜蜜。

丈夫比她大七岁，是个有大学本科文凭的政府公务员，已入了党，由于在一把手调离后见风使舵快，仍得到现在的一把手信任，从副科长晋升科长已指日可待。周前对于这个人的善变和虚伪与他谈恋爱时一直没有发觉，更没想到还是个好色之徒。那时她只是个柜台长，又只有高中文化程度，政治地位和经济收入都比不上一些条件优秀的女同胞，她问同样属于优势群体的丈夫为什么选择她。丈夫说，因为她漂亮，漂亮是女人最重要的财富。她相信这话是对的，遂同意嫁给他。没想到她出去读书还不到一个月，这个曾发誓海枯石烂永不变心的男人却很快有了第三者，这就是如今的世界吗？她无力地把照相簿丢到地板上。

奶白色的"帕萨特"轿车在宽阔的高速公路上迅疾地奔驰。车窗外阳光如金、风景如画，坐在副驾位置上的陈丽莉双目浏览着窗外的景色心情十分兴奋。她侧头望望旁边神情专注的尉均，说："你的开车技术不比那些专职驾驶员差啊。"

尉均说："我这个人嘛，只要想做一件事情，就一定能把它做好。"

"回去后你教我学开车吧。"

"这……以后再说。"

"我现在就想学。"陈丽莉扭着身子撒娇。

尉均没有马上接腔，他望着前面那辆跑得欢快的宝马，过了一会儿说："现在怎么行呢，被别人看到总归不好，我已经列入了副院长的提拔名单，各方面都得谨慎。"

陈丽莉低下了头。对于尉均可能被聘为江中医院副院长的事她早已知道。如今的医院，有本领的麻醉师地位是很高的，就连那些在社会上最吃得开的外科主刀，也得注意与他们搞好关系，因为没有麻醉师的配合，技术再高明的外科医生也无法把手术做好，病家在请外科医生吃饭、送红包时，麻醉师也总有一份。尉均作为麻醉科主任，既得到那些外科专家的器重，与别的医生护士的关系也处得不错。他除了拿红包还搞第二职业，在炒地皮、介绍热门工作之类的事情中干些牵线搭桥的事情，所以收入颇高，这样就有实力孝敬领导、打点上上下下的关系，加上还有后台，因此副院长的宝座志在必得。陈丽莉理解尉均的苦衷，就没有再提学开车子的事。他今天敢于把他与自己暴露在光天化日之下，对此她应该满足了。

"帕萨特"很快进入车流滚滚、行人拥挤的苏州市区。他们照原计划行事，尉均把车开到拙政园附近的停车场泊停，与陈丽莉往这座闻名世界的名园走去。陈丽莉第一次挽住了尉均的胳膊走路，尉均仗着在外地，游人又多，就没加挣脱。两人很愉快地走到售票处，尉均买了两张价钱昂贵的门票，与陈丽莉进入园门。

尉均在苏州读的医学院，过去曾来过拙政园，陈丽莉还是头一回。入园后尉均向陈丽莉娓娓介绍，拙政园是明代建造的占地六十多亩的私家花园，既是中国私家园林之冠，也是世界私家园林之冠。我们现在参观的是东园，还不属于精华，中园、西园才是中国古典园林的代表之作。但陈丽莉看到那么精致的亭榭假山已经眼花缭乱了，她望着前面那对紧紧偎依的情侣，也把半个身体靠在尉均身上，说："古代的人能住在这种地方，多福气啊。"

尉均抚摸着陈丽莉的手说："他们也有他们的烦恼，你看过《红楼梦》吧，大观园多漂亮，可住在里面的人却都死气沉沉的。苏州姑娘林黛玉刚进去的时候是一朵水灵灵的鲜花，没多少时间就香销玉殒。"

"可我觉得女孩子能够生活在大观园里还是蛮开心的。"陈丽莉把头靠在尉均肩膀上。"等你以后有钱了，我们去乡下买块地皮也造个园林别墅住。”

“行，到时我把你像皇后娘娘似的供养起来，还……”尉均戛然止言，胳膊从陈丽莉的手臂弯里挣脱出来，“有熟人。”

“怕什么，他们玩他们的，我们玩我们的。”陈丽莉又拉尉均的手。

尉均躲开一点，说：“那个戴眼镜的女的是我们医院里的妇科医生，陪她玩的一对夫妇也是我大学时的隔壁班同学，被他们发现我俩在这里玩那还了得——那个妇科医生可能还认识你，我们快点离开吧。”说着急急地转身。

陈丽莉只得随他行走。然而刚才这门却是只进不出的，尉均谎说发觉有贵重东西忘在一爿小吃店里了，工作人员才通情达理地放行。

两个人坐进轿车后，尉均以最快的速度把车子开出停车场，说：“我们去留园吧。”

“随便。”陈丽莉叹口气，没精打采地靠在椅背上。

尉均一边慢慢地在这车辆拥挤的马路上开着车一边安慰：“别不高兴，这是没办法的事情，被他们发现，会影响到我的整个计划，不能因小失大，好在留园与拙政园差不多大，也一样的精致漂亮。玩过留园后，我们再去寒山寺转转，那也是名声在外的地方啊。”

陈丽莉拿起矿泉水默默地喝着。

尉均瞅着陈丽莉的脸说：“你想玩拙政园，今后我还可以陪你来的。”

“可是我想在今天玩！”陈丽莉一脸幽怨。

“我理解。遇到熟人没办法呀。”尉均脸上浮着可人的笑容，“你是我的心肝宝贝，要是换了别人我肯来吗？”

陈丽莉喝下一大口水。心里说，换了别人，换了别人你就用不着做贼似的溜走了。

尉均因为一辆小面包车硬插到了自己车子前面，暂时把心思都放在开车上，没再继续安慰陈丽莉。好在留园没多久就到了。

陈丽莉又想和尉均挽着手臂走路。尉均犹如惊弓之鸟，说：“不要这样。”匆匆走在前面，买了票，与陈丽莉进入园子。

陈丽莉首先被那些嵌在环园的长廊上的花漏窗吸引住了，它们丰富多彩，目光透过漏窗往里望，园景随步而移，变幻璀璨。她牵着尉均的手走上曲径，登上假山，又来到一座四面厅旁。那里有许多人在照相，后到的人只有等先来的人拍完了才能站到可以取景的位置上。陈丽莉耐心地看着一个帅哥为靓妹拍照，那两人合影的时候，还请尉均帮忙按快门。他们走开，顺理成章轮到陈丽莉，她拿出化妆镜照照自己的脸，正摆出一个极富魅力的姿势，尉均忽然收起照相机，说："我们走，哎，快点走。"接着纳头迈开大步。

陈丽莉估计他又发现了熟人，心里恰是来气，故意赖着不动。

尉均踏上长廊后立停下来，显然在等陈丽莉。陈丽莉赌了会儿气只得动脚。

两人又坐进小轿车后，尉均目视着车窗外说："刚才在园子里我看到了我住的地方的居委会主任，还有她的丈夫和孙子。"

陈丽莉不悦地说："居委会主任跟你搭什么界，如今他们能管到谁呢！"

"可是……唉，你不知道我有我的计划。"

"你的计划总不至于杀人放火抢银行吧！"陈丽莉讥讽。

尉均苦笑笑。他开始倒车，这次费了很大的劲才把轿车开出停车场。

他问绷着脸的陈丽莉："寒山寺还要不要去呢？"

陈丽莉赌气说："到了那里不知道又会冒出什么熟人啊，你自己看着办吧。"

尉均说："真想不到会有这么多熟人赶到苏州来玩，寒山寺也是游人必玩之处，我们不去算了。"

"那你打算上哪里去？"

"我想这就回去吧，住下来碰到熟人更麻烦。"

"哼！"陈丽莉屁股对他，气得差点哭出来。

尉均先把车子往去江中市的方向开，走了几箭之地才道歉："今天怪我不好，我不该答应你出来旅游。"

陈丽莉冲他喊："那你该做什么呢？"

"嘿嘿嘿，这你最清楚啊。"尉均笑着把右手放在陈丽莉丝袜紧裹的大腿上。

陈丽莉伸手拨开，给了尉均一个白眼。

回程路上尉均没话找话，多次与陈丽莉搭讪，陈丽莉始终没有接腔，这在过去是从来没有过的。是啊，她算个什么人呢，只能与尉均窝在那个鸟巢里，土拨鼠还不如，没法见半点阳光，除开做爱还是做爱，这哪是一个年轻女孩子过的日子！

小车进江中市驶到一条四岔路口时，陈丽莉指指左拐的那条马路说："往那边开。"

尉均说："为什么，我们不上家里去了？"

"我要乘中巴回自己家里，怎么，你敢跟我一起去吗？"

"这……你明天回去行不行，我要陪你在家里开开心心过一天。"

陈丽莉还没回答，尉均的手机响了。

尉均接电话的时候，陈丽莉在旁边听得清清楚楚。尉均那由他弄到本市中学里教书的侄女说："叔叔，婶婶在发高烧，你快点回来吧，我服侍不了她呀！"

陈丽莉看着尉均哼哼啊啊的样子说："快去照顾你的夫人吧，可爱的模范丈夫。"

尉均迅速回答侄女："我马上赶回来。"说罢关上手机。

陈丽莉吐口忿郁之气，说："我倒霉啊，傍了个有妇之夫！"

尉均忍受着陈丽莉的奚落，开车把她送到了那个小镇，然后回家去看发高烧的妻子。他还不顾陈丽莉的反对，硬是买了两瓶五粮液，两盒太太口服液孝敬陈丽莉的父母。陈丽莉在轿车驶近小镇时下了车，以免被镇上的人看到了说闲话。在父母面前，她从小到大都是一个行为检点、规规矩矩的女孩子。

小镇本来只有一条东西向的长街，街的两面开着店铺，照例有一条小河在镇前流过。陈丽莉的家就在街梢，原是两间平房。上世纪八十年代兴起乡镇工业后，小镇周围建起了许多厂房、居民楼及商场、娱乐城等高楼大厦，小镇就很有点儿现代气派。陈丽莉在供销社、合作商店工作的父母前几年下了岗，他们自己开了爿小饭店，赚了几个钱后，把平房拆掉在原来的基础上翻建了两楼两底新房，前面还带一个院子，种了些花花草草，开始过上小康生活，连陈丽莉也有了小家碧玉的样子。

陈丽莉拎着礼品到家时还不过四点钟,院门洞开,她穿过院子走进客堂间,看到母亲正在洗衣服。开饭店的人上半天都比较忙,因此家务事往往挪到下午来做。母亲见女儿回来有点突然,说:“你不是讲先要与同学玩几天吗?”

陈丽莉把礼品袋放到八仙桌上,说:“今年的国庆长假公交车太挤,所以大家不打算出去玩了。”说着拖张靠板椅在桌子旁边坐了下来。

母亲说:“是啊,电视里天天看到出车祸轧死人,不玩也好。刚才喜宝来过啦,喏,长几上的东西都是他送的。”

陈丽莉这才发现靠内壁的长几上摆着两瓶剑南春、两盒麦乳精。她皱起眉头说:“你怎么收他的东西?”

母亲说:“我不肯拿,可是他放下东西开动摩托车就跑了,我又追不上他。拿就拿吧,反正不是问他要的。”

陈丽莉观察母亲的脸色,问:“他跟你说了些什么?”

母亲说:“只说了几句话。他说,他愿意到我们家来当上门女婿。”

“你怎么回答他的?”

“我、我什么也没有说。他就走了。”

“你别骗我。”

“我怎么会骗你呢。”

“那你怎么把礼品收下来的?”

“跟你说喜宝放下东西就开车走了嘛。”

“哼,”陈丽莉向母亲使个白眼,她不相信他俩只说了几句话,“你收下来你就负责去退掉!”

母亲说:“我没有这个本领。你不是也吃了他的饭,还带了一帮同学?”

这下弄得陈丽莉没词儿了。

母亲瞅着她的脸,撩起束在腰里的饭单揩揩手,走到女儿身边,说:“我看喜宝蛮好的,在城里当水电包工头一年能赚好几万块钱,身体长得也结实,让他当上门女婿挺般配。”

陈丽莉讽刺母亲:“他家就这么一个独生儿子,当了你的上门女婿谁续他家的香火?你不想想这样做多自私!”

母亲说:“这种事情现在又不是没有,只要小辈愿意,老辈管不着。”

“我不愿意!”陈丽莉呼地站起来往楼上走,心里着实恨喜宝。她相信,这个老面皮家伙和母亲讲的不会少，母亲天天盼上门女婿也是个老十三点。

她走到自己房里后气鼓鼓地拿起手机揿喜宝家的电话号码，打算叫他立即把东西拿回去，可是揿完了号码却没有揿通话键——这个小王八蛋巴不得你叫他来呢。她只有和衣躺在床上生闷气,其中有对喜宝的,更有对尉均的。

喜宝却在第二天上午不请自来。陈丽莉本来不想见他,听他把摩托车喇叭揿得山崩地裂似的响,只得从楼上走下来。

她开了院门,说:“你来得正好,我本来要打你的手机让你把礼品拿回去。”

喜宝走进院子说:“一点小意思嘛,向你父母表表心意的。”

“谁允许你这样做的,哼!”陈丽莉本来还要责备下去,担心被邻居听到,就往客堂间走。

喜宝跟进去,没待陈丽莉招呼自找凳子落座。

陈丽莉盯着喜宝的脸说:“你有没有跟我妈说愿意当上门女婿?”

“我说的。”

“我们只是一般同学关系,你说这种话不害羞吗?”

“我非常非常爱你嘛。”

“谁让你爱我啦?自说自话!”

“宪法没有规定一个人不许爱另一个人,所以我爱你是合法的。”喜宝抽出一支中华牌香烟衔到嘴里,猛吸一口后悠悠地吐出烟雾。

陈丽莉见他要把烟灰往地上抖，只得找个烟灰缸放到他脚边的地砖上。她盯着他吸烟的无赖相,转动眼珠子想着对付他的办法。

她突然问:“你有没有在我母亲面前讲我的坏话?”

喜宝说:“没有啊。”

“你不要骗我!”

“我才不骗你呢,只有你骗我。”

“我骗你什么了?”

“你说卢天敏是你的男朋友,其实他是假冒伪劣产品,你的相好是另外一个人。”

陈丽莉听了一怔，以为他发觉了自己与尉均的事，装出理直气壮的样子说：“是谁你讲啊！”

喜宝说：“为什么讲出来呢，大家心知肚明就可以了。”

陈丽莉脸挂讥讽说：“卢天敏确实不是我的男朋友，但我根本没有男朋友。把没有的事说成有，心知肚明个屁！”

她以为激将法对喜宝这种初中读了五年的人应该管用的。谁知喜宝在社会上混了几年恰也精明，他又吐个烟圈悠悠地说：“就算我瞎三话四。不过事实上你们家只开了个小饭店，有本领的大学生是不会来当上门女婿的。”

陈丽莉听了落下半块心头石——原来不是指的尉均。她追问：“这个有本领的大学生是谁啊？”

喜宝头一歪说：“这不能透露给你。不过我可以实言相告，你父母肯定要招上门女婿的，那么像我这样的人最合适。”

陈丽莉怪怪地一笑，说：“可是我不爱你，永远不可能爱你。你还是死了这条心，老同学之间客客气气的，这样对大家都好。”

喜宝把烟蒂往烟缸里一揿想争辩，看到了走进客厅的陈丽莉母亲，马上一脸媚笑地站起来喊婶婶。

陈丽莉的母亲是因为刚才有人到饭店里来讲喜宝来了，陈丽莉的父亲听到后说，你快把东西还给人家，特意赶回来的。陈丽莉的父亲也是有心让喜宝当上门女婿的，不过不喜欢在八字还没一撇时就收对方的厚礼。

陈丽莉乘机对母亲说：“你收的礼你自己去还人家！”说完一甩短发“噔噔噔”上楼去了。

她到了楼上仄耳倾听楼下两人的交谈。然而那两个人的声音却很低，她一句都没听清楚。不一会儿传来了摩托车的发动声，她走到窗前，只见喜宝开着摩托车，摩托车的踏脚板上放着礼品，很快驶远了。

她凝视着他的背影，开始考虑，喜宝是从哪里知道卢天敏不是她的男朋友的，他所指的有本领的大学生又是谁？

十一

朱晓倩在江大时没打通男模儿“老公”的手机，到了上海仍如此。话务小姐悦耳地说，您所拨打的用户已关机。她真恨不得把自己的手机砸了。但发脾气是没用的，“死猪”如果换了新号码理应通知她，难道出车祸、神志不清了吗？她问了几个“死猪”的狐群狗党，他们都说没听到有这回事，却不清楚他在哪里。她查到傍晚都没查到关于“老公”的任何消息，最后硬硬头皮打他家电话。电话是男教授接的，问，你哪位啊。朱晓倩说，伯伯我是晓倩……男教授说，噢，是你。你们不在一起吗？那我也不知道他在哪里啰。说完挂上了电话，口气冷得像冰。

模特儿预感到事态严重。很清楚，这么大的上海，即使“死猪”不有意躲起来，她也无法找到他。怎么办，总不能两手空空回江大吧，正犯愁，手机响了。她以为是男模儿“老公”从家里得到消息，知道她杀到上海来主动通话的，一看号码，见是石韬，心冷了半截。接还得接，她装模作样问：“哪位啊？”

石韬说：“我的好小姐哎，这时候除开杀富济贫的石大侠还有谁来关心你呀。嗨，你在上海吧，我也在上海啊，我们一起去吃个晚饭吧。”

朱晓倩也真得有个人陪伴寂寞，说：“去哪里呢？”

石韬说：“你现在在哪里，我开车来接你。”

朱晓倩说：“好啊！”告诉了此刻所在位置。

石韬很快开着漂亮的宝马到达，他今天穿了一身棕色的朗维高服装，头发吹得油光光的，脚上的那双也属名牌的皮鞋擦得锃亮，脸上洋溢着喜气洋洋的光彩。相比之下，寻人不遇的朱晓倩有点灰头土脸。

两个人不一会儿就走进了一家潮州菜馆。那里有专做燕窝、鱼翅、鲍鱼的厨师。在小包间里落座后，石韬点了一人一份燕窝和几样潮州菜，要了两听美国啤酒。

在服务员离去的空隙时间里，石韬从华伦天奴牌子的拎包里拿出一个大信封，得意地递给朱晓倩："请朱小姐过目。"

朱晓倩接过信封，抖出里面的一沓照片后马上神情大变。照片上拍的都是男模儿八号与女模儿八号在一起快乐的情况，其中有两张是他们赤裸裸做爱的镜头。朱晓倩肺都气炸了，她不是没有猜到"死猪"可能另有新欢，但没想到会是杭州时装模特儿大赛上的女冠军。她恨恨地把照片踩在脚下："我割了他的骚根！"

石韬说："不知道骚公猪在哪里，你能割得到他的骚根？"

朱晓倩说："石大公子你有办法！你索性帮我查查他在哪里。"

"查到了怎么报答我呢？"石韬嬉皮笑脸的。

朱晓倩毫不犹豫地说："和你睡觉。这是我早就答应过你的。"

"好啊，到底是女中豪杰！"石韬快活地一拍餐桌，接着拿出手机，向当过保卫科长的私家侦探作了关照。

几个冷盘和美国啤酒都上来了。服务小姐开始往高脚玻璃杯里灌酒。朱晓倩豪情地说："再去拿两听来！"

石韬清楚，刚才的愤怒已在模特儿身上转化为激情，那么，等会儿进了宾馆客房，准有一顿美色大餐可以饱食。他高兴地与模特儿碰杯。

燕窝、石斑鱼、烤乳鸽等一样样摆到餐桌上，受了大刺激的朱晓倩胃口比往日还好，来一样吃一样，美国啤酒也没有少喝。

石韬惦记着第二顿大餐，不敢太贪杯，在四听美国啤酒都成空罐后，他把高脚玻璃杯拿在手上，满含色欲的双目望着朱晓倩，说："我们干杯吧。"

"可以！"朱晓倩端起只剩些许啤酒的杯子与石韬一碰，"咕"地倒入脖子。

他们在近处的一家五星级宾馆开了个套房。站在大堂吧台时，朱晓倩只想要个单间。石韬说："今天是国庆节，要隆重一点啊！"弦外之音只有她能听懂。她面朝吧台后面的接待小姐说："你要庆祝，行！"弄得宾馆工作人员认为这两个花钱豪客是爱国人士。

大宾馆的客房总是布置得十分舒适。石韬、朱晓倩快快乐乐进去后，石韬立即揿动"请勿打扰"指示灯的键纽，接着抱住朱晓倩长时间地接吻……

朱晓倩、石韬这一宿睡得十分香甜，醒来时已是早上十点钟了。朱晓倩洗完脸忙于化妆。石韬与郎侦探通了一次电话，私家侦探说，已经有了线索，估计可以把今晚上他们的准确投宿地点告诉你。石韬把这个消息讲给朱晓倩听后，模特儿说，老公，你要帮我出气的哟。石韬说，行，只要不叫我去杀人放火。

朱晓倩重施粉黛，描眉打鬓，最后往双唇抹上法国CD牌的口红，又遍身洒上也是法国名牌的CK香水，与石韬拎着旅行包下楼去。今天晚上即使再住在上海，他们也要换一家客栈了。富家子弟喜欢尝新猎奇，跑到哪里都住最好的宾馆，而且今天住了这家明天挪到那家，反正如今中国只要是个像模像样的城市，上档次的宾馆、饭店多得是。

石韬今天要陪模特儿去吃西餐，就把宝马开到了茂名路，那里旧时属租界，“红房子”里的法国大菜最是闻名。两人吃了正宗的法国牛排，喝了小杯的法国白兰地，就去逛南京路上的大商场。石韬给朱晓倩买了一条PT990的蓝宝石项链，又买了一身新潮的褶裙套装。正想去伊势丹时，手机响了，私家侦探报告，男模儿冠军、女模儿冠军今天到了杭州，肯定会住在该市，因为著名的民营企业杭州新丝集团决定聘请女模儿八号担任形象代言人，明天举行签字仪式，具体投宿哪家饭店，到杭州后再报告。石韬挂断手机与朱晓倩略一计议，决定马上赶到杭州去——侦探早在那里了。

石韬开着宝马走沪杭高速公路，到杭州时还不到傍晚六点钟。他们约私家侦探在饭店里见面，进包间不到三分钟，那个长得如秋丝瓜般的私家侦探到了。他与石韬打过招呼后，没待富家子弟介绍，就朝着模特儿说：“你是朱小姐吧？”

朱晓倩笑着点点头，不由得佩服私家侦探的神通广大，说：“谢谢你啦。”

郎侦探说：“我为客户办事有酬金，不用感谢。”

三人在酒菜上来后言归正传。私家侦探说，那对男女就住在杭州新丝集团下属的宾馆，房号0708，那是个套间。此刻他俩还在西湖看夜景，他的助手守在该宾馆，待两人进去后再行报告。石韬听了说声：“好！”

私家侦探问石韬:“你们打算怎么办?”

石韬问朱晓倩:“你看呢?”

朱晓倩气鼓鼓地说:“到时我闯到房间里去,当着那个女人的面撕下陈世美的假面具。”

私家侦探听了提醒说:“他们是公司的客人,你们得小心一点。”他只负责打听情况,没有保镖的责任。

石韬淡淡一笑说:“这个明白,你只要在他们进套间后立即向我报告就行。”

私家侦探说:“那是肯定的。”

三个人吃罢晚饭就分手。郎侦探去杭州新丝集团所属的宾馆蹲窝。石韬带着朱晓倩来到离该宾馆不远的一爿茶室。

朱晓倩喝着香喷喷的龙井说:“老公,在我闹事时,如果真像私家侦探说的,宾馆里的人帮他们的忙怎么办,这眼前亏我们可不能吃。”

石韬说:“你又不杀人放火,怕什么呢。”

朱晓倩见他大咧咧的,本来还想进言,却怕对方讥她胆小,也就不作理会了。

两人这么喝茶时,为了消磨时间,在原有小吃的基础上,又要了一碟薯条、一碟开心果。挨到十点钟左右,石韬的手机响了,郎侦探报告,该男女已进入套房。这边两个人听了立即买单起身。

模特儿志在出气,与石韬进入该宾馆乘电梯上七楼找到了那个房号就要揿门铃。石韬迅速拉开她,指指猫眼轻声说:“我来。”模特儿明白地缩在边上。

石韬揿了一会儿门铃不见开门,估计里面的人已有戒备。他轻轻对朱晓倩说:“你打房间电话,吓他们不开门就在外面闹。”

朱晓倩说:“行,可是我不知道总机号码。”

石韬不假思索掏出手机,拨通了电话把手机递给模特儿。

对方果然接电话。朱晓倩就大声嚷嚷:“快开门让我进去,否则我要在外面叫喊了,让这里所有的人都知道你是什么货色!”男模儿八号听了果然妥协,说:“我开门、我开门,大家好好谈。”

男模儿八号刚打开门,朱晓倩马上挤身而入,抬起手朝着他就是止反两个耳光，一时把他打蒙了。女模儿八号见状冲上来与朱晓倩厮打。朱晓倩像发怒的母狮似的两只爪子直扑女模儿八号门面，女模儿八号猝不及防，白嫩嫩的脸上被拉出几道血痕，靓女是不能破相的，女模儿八号也就变成了发怒的母狮，两人很快扭在一起。男模儿八号清醒过来正欲打电话通知保安，两名保安已凶神恶煞般赶到。对于两位不速之客，保安早纳入监控之中。男模儿八号、女模儿八号看见救星，都向他们哭诉。保安见两个大客人一个嘴上淌着血一个脸颊流着血，不由分说去抓朱晓倩。朱晓倩立即被一对保安反扭了胳膊"乘飞机"。她又急又怕，哭喊着："石韬你快来啊！"

石韬刚才一直站在外面，这时慢慢地踱进套房。

男模儿八号指着石韬喊："这个家伙是同党，把他也抓起来！"

一名保安听了放下朱晓倩向石韬扑去。朱晓倩心里叫声"今天栽定了"。

石韬拿着手机后退半步喝道："不许胡来，我是你们董事长的儿子。"

他在那个保安一怔间通话："老妈，我在杭州你开的宾馆里。保安对我有误会，你和他们讲几句吧。"说完把手机递给了他们。

保安将信将疑把手机接到手上，只与接电话的人对答了几句，马上朝石韬躬身赔笑说："石公子，对不起，我们不知道你是董事长的儿子。"

这下轮到男女模特儿冠军傻眼了。早就获得自由的朱晓倩高兴地拍手欢呼："我们胜利啦！"

事情的结果当然不会像朱晓倩想得那么简单。男女模特儿人身受到伤害岂肯罢休，双方很快被请进总经理室。总经理保证向两位公司请来的客人作经济赔偿。见他们心犹不甘，总经理点道："你们不听调解可以上法院去告，但我相信，你们得不到什么实惠。"男模儿八号、女模儿八号脸上终于露出让步之意。总经理又及时说："那么两位先回房休息，明天我们再具体商量如何赔偿。"这对男女只得忍气吞声走掉。

总经理安排了总统套房让董事长儿子住。

走进豪华的套间后，朱晓倩捶了石韬一拳，嗔骂："死猪，刚才怎么不早点亮相，害我差点成了犯人。"

石韬耸耸肩说："我要让你接受点教训，以后不敢欺负老公。"

“大坏蛋,大坏蛋,今天别想碰老娘的一根毫毛。”

“嘻,到了本公子的领地还由得了你吗！”石韬像色狼似的扑向朱晓倩。

朱晓倩扭身逃跑,石韬张臂追赶。朱晓倩左转右拐,石韬怎么也抓不住。石韬跑累了,站在原地喘气。模特儿见状也立停下来喘口气。谁知石公子突然扑上来。模特儿被逮个正着。石韬得意地说:“兵不厌诈,你可是上了本公子的当啦！”

第二天石韬不敢搂着朱晓倩睡懒觉，没到八点钟就与模特儿溜出宾馆。女模儿八号的脸被抓伤终究不是小事情,滞留在这里只会节外生枝,三十六计,走为上计,让那个老妈的心腹大将去揩屁股吧。

他俩在永和豆浆连锁店吃早餐的时候,商量去西湖玩的事。

朱晓倩说:“周班长回杭州了,邀她一起去吧。”

石韬觉得有理,说:“那你赶快喊她,免得她安排别的节目。”

朱晓倩就打周前的电话。

周前也正想找个解闷的地方,高兴地一口答应。在约定的地点,石韬把周前接到车上。

朱晓倩坐在后座上陪宿友,很亲热地拉住了周前的手。

小车启动后,周前笑吟吟地说:“怎么你们两个人在一起玩,晓倩,你的男模儿‘老公’呢？”

朱晓倩说:“我把他蹬了,换了这位新老公。”

石韬开着车子说:“人家不要她啦,我看这只弃猫可怜,就把她领了回来。”

朱晓倩冲着石韬的脊背说:“放屁,放屁！”

周前看着有趣,胸中的烦闷消去不少。

车子开到西湖边泊停后,三个人沿着苏堤行走。杭州有西湖之美,苏州有园林之胜,两者都是世界级的旅游胜地,即使不是节假日,气候宜人的金秋季节西湖边也天天游人如织。昨天国庆日,家人亲友在家欢聚,今天到了亲朋好友相携漫游西湖的时候，加上许多从外地专程赶来的中外游客,使这里各处景点都塞满了人,三个人想拍个合影都很难找到地方。

周前说:“我们这样走走看看也蛮有趣的。哎,要不要划船呢？”朱晓倩、石韬都表示同意。三人就边走边找售票处。

“你看，前面这个人像不像陆筱曼？”朱晓倩忽然拉拉周前的胳膊，“嗯,旁边挽着的那个男人背影也有点眼熟。”

周前听了抬眼望去。

那两个人却已走到月洞口，朱晓倩大声喊:“陆筱曼——筱曼——小扬州——”

没见停留,人很快闪入月洞口不见了。

周前说:“怎么会是陆筱曼呢,是她也不会挽着一个胖老头啊。”

朱晓倩说:“照理不会。可是,那身水灰色的西装,很像我穿着嫌小转让给小扬州的。”

周前说:“现在这种紧身时装店里卖得多呢,你别疑神疑鬼了。”

走在后面的石韬插嘴:“本来我想不会是陆筱曼。可是,我发觉他们听到朱晓倩的喊声加快了脚步,倒有点怀疑了。”

朱晓倩说:“我们走快点,进去看看。”

三个人很快赶到月洞口，却被从对面过来的一个由黑人组成的旅游团队挡住了去路。待到这些人走光，他们进月洞口已是几分钟后的事情了,哪里还有要找的人的影子呢。朱晓倩跺了跺脚。

周前说:“我想不会是陆筱曼的,昨天早晨我和她一起离校,她说回扬州老家去的,怎么今天上午就到了杭州？”

“上个月她不是讲母亲生病回家的吗？结果去了新马泰。我看这个人有点滑头。哎,你不是有她老家的电话,打一个去问问,她接,证明我看错了人。”朱晓倩说。见周前不响应,她掏出自己的手机,“你把她家里的电话号码告诉我,我来打。”

周前说:“算了,查出她不在家里又怎么样？也不能证明你刚才看到的就是她。退一万步,是她又怎么样。挽着个老头？那老头不能是她的长辈吗？”

石韬也说:“我们就别费这份闲心了,去找售票处吧。”

朱晓倩只得迟迟疑疑跟在他俩后面，嘴上喃喃地说:“我又不认识她的长辈,这个矮胖老头怎么也眼熟？”

周前笑道："我看你是钻牛角尖了。小姐，快走吧！"

"嗯，"朱晓倩迈开大步。她忽然一拍大腿，"想起来了，这个矮胖老头是袋鼠王！"

但周前、石韬都认为她在说天书。陆筱曼怎么可能与老淫棍袋鼠王冶游呢？

模特儿犹不死心，傍晚玩罢西湖把周前送回家，去饭店的路上，她想到，寿头现在与陆筱曼紧密接触，他或许知道她家里的电话，就打了个手机，谎言打不通陆筱曼的手机，要她的宅电号码。

卢天敏说："今天上午我给她打过电话，先是她母亲接的，后来叫她听。陆筱曼说，下午她要去南京与几个读大学的同学玩，还问我去不去，我哪有这种兴趣呢？"

"今天上午？"

"是啊，大概十点钟左右吧。嘿嘿，你怎么对时间问题这么关心？"

"没什么——我关心她干什么呀，我又不想追她。"这下模特儿真的没辙了。

石韬在杭州大酒店搞了个小包间，和朱晓倩隆重酬谢郎侦探。东坡肉、西湖醋鱼、莼菜银耳羹……杭州特产和名贵菜肴摆了一桌，三个人是无论如何吃不掉的。富家子弟要了一瓶十年的茅台酒。对此三个人也很难喝光。在富家子弟，这样排场无非为的表示犒赏之意。

酒过三巡，石韬从包内掏出两扎大票摆在私家侦探前面："这是全部酬金，请查收。"

私家侦探从一扎大票中抽出两千块钱还给石韬。

石韬说："不用还了，就算请你们吃饭的。"

私家侦探说："但我还是要给你。我没把情报完全搞到手，有失职之处。"

朱晓倩觉得新奇了，插嘴："不是一点没错吗？"

"错倒没错，可是，"私家侦探望着模特儿这时候有点天真幼稚的脸，"我只知道石公子、石少爷的令尊是温州排得上号的大老板，他伯父是大权在握的厅局级领导，却因杭州新丝集团的董事长不姓石就没想到是他

的令堂大人，因此杞人忧天，昨晚向你们报告过消息后，我还滞留在宾馆里，以防你们万一闪失可以出手相援。嘿嘿，那不是太可笑了吗？”

石韬笑了，说：“你这是给我当义务保镖啊，我得加你酬金才对。”

私家侦探说：“那么，酬金不用加了，我奉命收了这两千块钱，谢谢。”

朱晓倩说：“我昨晚上被那两个王八蛋胳膊都抓坏了，你当时冲上来多好，给他们一人几拳，反正账都算在他老娘身上，那多解恨啊！”

私家侦探说：“你还要我打保安？你知道你这一爪子，让杭州新丝集团付给女模儿八号多少赔偿金？”

朱晓倩说：“一万？”

私家侦探指指面前两扎大票说：“在这上面还要加两扎。”

“骚女人这么黑心哪。”朱晓倩叫起来。

私家侦探说：“不过她也没有完全占便宜，这杭州新丝集团的形象代言人当不成了。”

“啊，爪子万岁！”模特儿拿过茅台酒瓶，将私家侦探的酒杯斟满，又往石韬和自己的杯中倒上酒，高举酒杯说：“为大获全胜而干杯！”

石韬喝下茅台酒后说：“你这么高兴，因为那四万块钱不是你出的啊。”

模特儿对着石韬尖起嘴巴说：“你家这么钱多，我还要为你省哪！”

私家侦探觉得那也是实情，笑着说：“吃菜吃菜。”

模特儿就对着郎侦探说：“哪天你得到小娼妇和小王八蛋出车祸死掉的消息告诉我，老娘加倍给你酬金。”

石韬向私家侦探扮个鬼脸，说：“你看她的嘴毒不毒。哪天这两个人真出车祸丧命，肯定是她谋害的。”

“那我去向公安局报告领赏金啰。”私家侦探说了句笑话。

十二

国庆长假的最后一天,上午九点钟,陈丽莉发觉,不仅母亲,连这时照理该在饭店里忙的父亲也回家了。他们到家后一个忙着在煤气灶上烧水,另一个忙着揩台子洗杯子,像要迎接大客人似的。不一会儿客人果真到了,是父亲的一对远房表哥表嫂,开着一辆桑塔纳,进门时拎着两瓶剑南春、两盒麦乳精,还加一塑料袋苹果。陈丽莉开头没当回事,被父母从楼上叫下来后,她叫了“伯伯、伯母”后,立即回到楼上,忙着给同学回短信。

不一会儿陈丽莉又被母亲从楼上喊下来。父亲要她在客人旁边坐下,说:“你伯伯、伯母今天放下印刷厂里的事情,特意过来,给你做介绍。男的你也认识,就是喜宝,他愿意当上门女婿,家里老人也同意。我和你娘都觉得这门亲事合适,已经答应下来了,现在就看你的态度。”

母亲跟着说:“喜宝不是和你经常来往的吗,他上个月还请你吃饭的,既然现在他父母也同意他出来,你爸爸也看中,囡啊,你就答应了吧。”

陈丽莉本以为这对夫妻为借钱而来,听了又急又慌,低下头寻思对策。

表伯父喝了口茶矜持一下说:“大侄女,你爸爸妈妈就你一个女儿,上门女婿总是要招的,条件太好的人家是不肯出来的,现在又都是独生子女,因此喜宝父母肯答应最好不过了。”

表伯母接口:“我们是自家人,如果不是喜宝人好,我们是不会跑来做媒人的,何况你们两个人从小就蛮要好……”

陈丽莉乘机截住她的话:“谁跟你讲我和他从小要好的?”

表伯母听了有点尴尬,说:“是、是喜宝讲的嘛。”

表伯父微笑地望着陈丽莉说:“你们不要好,怎么上个月你还带着同学去要他请吃饭?”

陈丽莉说:“现在同学之间你请我吃、我请你吃的事多呢,说得上要好不要好吗？”

表伯父说：“能吃来吃去的人总归是朋友么，啊，对不对？”说完后很有趣地笑笑。

陈丽莉的母亲觑着双方的脸色说：“囡啊，你伯伯伯母这是完全为你好，现在有几个赚得到票子的人肯出来当上门女婿，你就答应了吧——你爸爸和我也年纪不轻啦。”

“你高兴你与他去结婚！”陈丽莉冲了母亲一句，立起来往楼上去。她估计，父亲的远房表哥这次来与那天上午母亲与喜宝的窃窃私语有关。

她把楼上的门关得很重很响。

过了一会儿，桑塔纳鸣笛而去。

很快，父亲一脚踢开楼上的门，和母亲闯进陈丽莉房间。

父亲铁青着脸吼道：“告诉你，这喜宝是我和你娘看中的，你答应也得答应，不答应也得答应！”

母亲接着说：“有你这样说话伤人的小辈吗，都怪我过去太宠你了。今天的事再也不能由着你任性，要照你爸爸说的办，否则从今往后你别叫我娘！”

坐在床沿上的陈丽莉抬起头望着父亲母亲，把手机放到裤袋里，说：“你们和客人说了半天，也没问我外面有没有男朋友啊！”

“你、你有男朋友你讲。”父亲结巴着。

“是啊，你有男朋友也要告诉父母啊。”母亲说。

“有男朋友要领进家门才算数，还不知道人好不好呢！”父亲敲钉转脚。

“是啊，现在外面的男人轧坏道的很多。”母亲装模作样地叹口气。

父亲高声说：“光人好不行，还得有本领赚钱。”

母亲说：“不过，有本领的人肯来我们这种人家当上门女婿吗？”

父亲想了想，说：“现在是十月份，以年底为限，到时候你不能把像样的男朋友领给我看，那么就只有喜宝，到时你同意也得同意，不同意也得同意！”说完威严地走出去。

“你要记牢你父亲的话啊。”母亲跟着也走了。

陈丽莉独自坐在床沿上想了会儿心事后，掏出手机给尉均发短信。

尉均连续几天约陈丽莉上梦天堂,陈丽莉均要脾气不肯去,看到了这条态度主动的短信自然马上回电。两人约定下午三点钟到梦天堂。陈丽莉准时抵达,掏出钥匙开锁的时候,先到的尉均已把门拉开。

两个人数日不见,又闹过别扭,免不了先亲热一番,然后坐在长沙发上携着手看MTV。荧屏上那对男女亲嘴拥抱好热烈,尉均模仿他们的样子又要和陈丽莉亲热。陈丽莉推开他说:"先商量商量事情吧。"

尉均读着陈丽莉的脸色,说:"什么事情?"

"家里逼我找对象了。"陈丽莉讲出上午那番经过。

尉均冷笑一声说:"水电工算个什么东西,配做你的老公。"

陈丽莉说:"他是不如你,我也不想和他结婚,只想嫁给你。所以你必须在今年年内去见爸爸妈妈。"

尉均说:"我怎么可能当上门女婿。"

陈丽莉说:"爸爸是个什么人我还不清楚, 看到你工作又好, 收入又高,还非得要你当上门女婿吗?他可是个不折不扣的实用主义者,只有妈妈才蠢兮兮地死记住招女婿的事,可她不过是爸爸的一条应声虫。啊,你别再有顾虑了,过几天就跟我去见爸爸妈妈吧。"说完在尉均脸上亲了一口。

尉均苦笑一下,说:"我现在还有老婆啊,她还没死呢,怎么可能。"

"那要等到什么时候,你和她离婚嘛。"

"这时候离婚,人家会怎么议论我?"

"那你就不怕爸爸妈妈逼我和喜宝结婚了,你舍得丢下我吗?"

"当然舍不得。"尉均做个姿态抱了抱陈丽莉。

陈丽莉双手钩住尉均的脖子说:"管人家怎么议论,你马上跟她离婚。她不是早就没有性功能了吗,这一条就是离婚的理由,谁也阻拦不了你。"

尉均心里嘀咕,她爸爸是卫生局的组织人事科长,跟她离了婚,别说副院长当不成,目前这饭碗也迟早会敲掉,嘴上说:"我看她也活不了多长时间,我们耐心等等吧。"

"哼,"陈丽莉扭过身子,"你要我等到何年何月,我查过资料了,患脑萎缩的病人有的能活几十年。你就让我这种不能见阳光的日子一直过下去,过到老太婆吗?"

尉均扳着她的肩膀温柔地安慰:“这种情况不能说没有，但那是个例外,一般活不了几年。”

“你还要我等几年呀,我连这个年都等不了啦!”陈丽莉转过身子双目瞪着尉均。

“你好好跟父母讲嘛。”

“怎么讲?就讲你是有妇之夫,等老婆死了才能娶我。他们听了真会以为你是骗子,不把我打得半死才怪！”

尉均半天没有吱声。

这天两人破例没有做爱。尉均是很想和陈丽莉亲热的,可是陈丽莉不肯,说:“你就知道发泄性欲。”尉均当然要说我是非常非常爱你,可陈丽莉说不要听你的花言巧语,而要你拿出实际行动,在此之前休想。尉均见她态度坚决,也就无可奈何了。

卢天敏在长途汽车站候到从扬州至江中的空调汽车上的陆筱曼时已是傍晚六点一刻了,他接过陆筱曼的提包,说:“我们先去吃点东西吧。”

“嗯。”陆筱曼含情脉脉地瞟着卢天敏点点头。

两人吃完晚饭还不过七点钟。走出饭店后卢天敏甜言蜜语说:“我们去开个房间怎么样?”

陆筱曼做出害羞的样子拨弄着指头没接腔。

卢天敏拉起她白嫩嫩的手说:“上次从荷园出来不是跟你讲定的吗?”

“你倒没有忘记。”陆筱曼冲他一笑。

“我们去吧。”

“嘿嘿……可是安全吗?”

“许多同学都这样做的,有的住夜,有的开钟点房,警察从来不管——不是卖淫嫖娼他们能管吗?”

“那我相信你啦。”

卢天敏听了高兴得像小狗衔到肉馒头似的说:“走！”

两人在离江大不远的地方找了一家街道办的旅馆开了个钟点房,其中碰到几对也是江大的学生,双方做出不认识的样子擦肩而过。在这里陆筱曼真的用不着提心吊胆,两人不仅都是未婚青年,她还是个不受学校管辖的自考生,确实什么都不用怕。这是她第一次在放松的心态下与异性睡觉。

陈丽莉、朱晓倩几乎同时回到宿舍的。模特儿带了许多好吃的东西,陈丽莉却是两手空空。由于与尉均怄了气,她晚饭还是上卫校同学家吃的。同学在江中医院当护士,相貌平平,已经与一名年轻的内科医生敲定关系了,两人虽未领结婚证书,却已公开住在一起过上小家庭生活,令校花陈丽莉羡慕死了。吃饭时候自然要讲到医院里的情况,年轻的内科医生和护士在评论本院的同事时都对尉均赞不绝口,特别提到他是个模范丈夫,那个病恹恹的老婆一年四季都是他服侍的,家里家外,从买菜、烧饭、洗衣服到拖地板也完全由他亲自干,连钟点工也不用,如果遇到老婆发高烧需要去医院,也都是由他亲自背上背下,如果评最佳丈夫,全医院的女同胞都会投他一票。陈丽莉听了却像吃到了一只苍蝇。那个曾同她一起实习的护士同学知道她在实习时分派在尉均手下,问,你最近见过尉主任吗?陈丽莉说,我忙着在大学里读书呢。那个护士同学就怂恿她有空去看看他,说尉主任外面路道粗,你毕业后想当记者,说不定还得求他帮忙。陈丽莉冲她笑笑不表态,女护士竟以为她清高。不过这么一来,陈丽莉倒也吃到了定心丸,她和尉均秘密同居的事,仍保密到外界一无所知,这对她来讲是非常重要的。重要在哪里她还没来得及多想。

朱晓倩用牙签叉起一块山楂糕给陈丽莉品尝,说:“这是我从杭州特意买回来给你吃的,你不是爱吃山楂吗?”

陈丽莉尝了一口说:“味道很好,可惜太甜了。多吃舌头会发腻,怎么,你去了杭州?”

朱晓倩说:“二号晚上就到了那里,和石韬一起去的,三号游西湖,把周班长也带上了。”

陈丽莉说:“去杭州就和石韬两个人吗?”

朱晓倩说:“难道还要带个第三者?”

陈丽莉笑着说:“你们睡在一张床上了吗?”

朱晓倩嘴一翘说:“废话,不睡一张床难道睡两张床?现在可是二十一世纪啦,哪像你,还傻傻地守住下面那层薄薄的膜不让别人破坏。”

陈丽莉听了只有低下头吃山楂糕。她对朱晓倩始终过分地相信她的谎言有点儿不好意思,模特儿多直啊,把这件被女人家视为秘密的事情又毫无遮掩地告诉了她。她真想向模特儿坦白自己早与处女揖首相别,然而不敢。

朱晓倩从自己床上跳下来,坐到陈丽莉旁边,神秘兮兮地说:“告诉你我在西湖边上发现了一件奇怪事情。”

“嗯?”

朱晓倩把全过程一丝不漏地讲了讲,最后仰着头说:“我打电话向卢天敏要小扬州的宅电,寿头却说这天上午与陆筱曼通过话。”

“嗯,手机可以转移的啊。”

“寿头说电话是她母亲先接的。不过,我看到的那身衣服,明明是我嫌太紧让给陆筱曼的,还有,那个矮胖老头的背影实在像袋鼠王——她怎么会与这个老色鬼在一起玩呢?”

陈丽莉想了想说:“穿的衣服和背影相似的情况倒是有的,寿头又打过了电话,照理不该怀疑。不过,我一直在奇怪,袋鼠王被我哄去了五千块钱,事后怎么再也不来找我,他是那种肯白吃亏的人吗?”

“对啊!”模特儿一拍大腿:“这条色狼,那天知道我是模特儿后,馋得想把我一口吃下去。照理后来也会想方设法揩我的油。嗨,小扬州回来了我们好好盘问她,不信讨不出一点口风。”

两人存心等待陆筱曼。

晚上十点钟左右,陆筱曼拎着提包走进308宿舍,放高了声音亲切地招呼:“你们怎么还没睡啊。”

陈丽莉说:“等你和周班长回来呀。”

陆筱曼一边放东西一边说:“大作家还没到?这时候汽车不会有了,要么乘火车,可从杭州过来的人一般不会乘火车绕上海的。”

她拉开包,把几袋扬州特产递给陈丽莉、朱晓倩吃。

陈丽莉吃了一块牛皮糖说:“味道不错。”

朱晓倩吃过后擦擦手,眼睛望着陆筱曼说:“你三号上午在西湖玩吧,我喊你你怎么不答应?”

陆筱曼说:“没有啊,那天上午有几个同学到我家里来,打了半天牌,后来讲好上南京去玩,你怎么可能在西湖看到我？”

朱晓倩说:“可是那个女人的背影和你一模一样，穿的也是上次我让给你的那身西装,所以我大声地喊你,后来还与周班长、石韬追你,结果没有追上。”

陆筱曼说:“所以你后来打寿头的电话,要我家里的住宅电话。可是我确实没去杭州。啾,我想起来了,要么你看到了我表妹,她长得和我十分相像,现在在杭州打工。”

朱晓倩、陈丽莉对望了一眼。

陈丽莉说:“我过去从来没有听过你有表妹在杭州,她在哪里做事,有空我去杭州玩也好找找她。”

陆筱曼说:“她还有好工作?在歌舞厅里当小姐呗,这也是我们扬州女人的可悲啊。哎,你们想看看她的照片吗？”说着从提包里拿出一本相册,抽出其中一张递给朱晓倩。

朱晓倩、陈丽莉凑在一起看着。这是两个靓女的合影,真像从一个模子里刻出来的,只是其中一个稍瘦一点。朱晓倩、陈丽莉不由得啧啧称奇。

陆筱曼说:“别人都以为我俩是双胞胎,不过实际上她比我小一岁。她妈妈和我妈妈倒是双胞胎。”

朱晓倩、陈丽莉于是深信不疑。袋鼠王嘛,他去杭州玩小姐,找上在色情行业做事的如花似玉的陆筱曼的表妹也是可能的——这个世界上一滴水滴进油瓶的巧事都有呢。陆筱曼见状暗笑用一张电脑加工的照片就把她们骗过了。

模特儿说:“我想要你的电话真的出于好奇，因为当初看到的女人真像你,边上的胖老头好像是袋鼠王。”

“死人,竟敢怀疑我和袋鼠王好？”陆筱曼做出嗔态捶了朱晓倩一拳,“我倒要问你,你怎么不和男模儿‘老公’在一起,会与石公子玩西湖的,是不是红杏出墙了？”

模特儿骄傲地一甩头发说:“我已经把那个阳痿的家伙踹了，现在石韬是我的新老公。怎么样,老娘这事做得有水平吧？”

“哟……”陆筱曼跷起了大拇指,“漂亮！”

模特儿说:“我还有更漂亮的呢……” 接着绘声绘色地把闯到杭州新

丝宾馆大闹天宫的过程讲了一遍。

这下把一旁的陈丽莉听得咂舌了，说："天下有那样的事，宾馆大老板会是石韬的老妈。女模儿八号倒霉倒到印度国里了。"

陆筱曼不紧不慢对朱晓倩说："你把温州大老板的儿子都花上了床，恐怕陈圆圆在世都不如你呢。"言语中暗藏讽刺之意。她内心对模特儿是记仇的。

朱晓倩却没有听出来，抬抬白藕似的富有肌肉弹性的大腿说："嗨，陈圆圆有我这样的腿吗？"

陈丽莉也没听出来，说："她当不上形象代言人，你可以去当啦。"

陆筱曼别有用心跟着说："对对，你是董事长未来的儿媳妇，也是名模儿，你不当形象代言人谁当！"

朱晓倩不知道陆筱曼这是赶鸭子上架，一下高兴得手舞足蹈，说："我这只笨猪，怎么没想到这一层，明天就向石老公去提！"

陆筱曼听了心里说，麻雀想吃天鹅肉，撒泡尿照照自己的脸蛋吧！她对石韬的为人早有风闻，巴望着发生情变。

大清早朱晓倩又去晨跑，她在英语声音很响的地方见到了石韬，说："走，到操场上去！"

石韬说："玩了一个星期，我要抓紧时间补英语，你一个人去跑吧。"

朱晓倩拉住他的胳膊说："就差这么一点时间啦，走嘛，就算陪我跑。"

"唯女子与小人难养也。"石韬嘀咕一声，卷起书本勉强跟着模特儿走。

朱晓倩边走边说："哎，要你老妈帮我一个忙吧。"

"你又想出新花头啦？"

"是宿舍里的两个女人提醒我的。我要去当杭州新丝集团的形象代言人。"

石韬立停下来，认真地审视着朱晓倩，说："你、你想赶热闹？"

"怎么，我不可以。我也是女模特儿。"

"可人家女八号是时装模特儿大赛的冠军。"

"那次我没有去，否则，这冠军可能是我。"

“但你终究不是,人家终究是。”

“嗯?”朱晓倩一时语塞。

她见石韬抬脚往前走,拉住他的胳膊说:“我比她差哪里啦。她的板刷还不如我呢,否则你会这么喜欢我,啊,对不对?”

“对对。”石韬的声音有点浪声浪气。

朱晓倩说:“那么你就跟你老妈讲,她一定会同意的。哎,要不要领我见见她,老话讲丑媳妇难免见公婆,我可是俊媳妇,你老妈保证会欢喜。”

“那就免了吧。”石韬想到老妈的训诫——再也不许你跟这个浪女人混在一起,叹了声长气,“老妈这个大忙人很难见到的,不过我打电话帮你讲是了。”

“好啊。”模特儿高兴地跳起来亲了富家子弟一口。

石韬却像庙里的泥菩萨似的没有表情。他只是搪塞,根本不会去打这种徒劳的电话。

到了大操场,模特儿跑得特别的疯狂,跑了两圈后,索性把运动衫都脱了,上身就只剩胸罩,其余全部是裸露着的细皮嫩肉。大概是这几天房事过度,石韬跟着她跑了一会儿就不跑了,喘着气立停下来,倒是几个非本校生的社会青年在陪跑,脸上浮着极不正经的笑容。石韬回忆着模特儿那些极厉害的床上功夫,有点儿恶毒地想,这几只公鸡一齐跟她干,一定治得了她的骚劲。

十三

长假结束后的第一天上午就有课。308宿舍已回江大的三颗星都认真走进教室听课。陈丽莉为了避免模特儿和她讲话，还单独找个位置坐下，由小扬州与模特儿坐一张课桌。她很想从糟老头嘴里听懂一些东西，可仍什么都不明白。是啊，这古代人的语言本来就难理解，糟老头的一口常熟普通话又蹩脚，她心里因此烦恼透了。偏偏这时候尉均发来短信，央求她中午上梦天堂一起吃饭。她立即不耐烦地回答：没空，我忙。抬起了头又聚精会神努力地听。片刻后手机又响起短信息的铃声。她以为又是尉均发来的，有心不看，想想不妥，还是拿起了手机。

这次却是喜宝的短信：亲爱的莉，我想请你中午到丽都饭店吃饭，好好谈谈我俩的事情。你的宝宝。陈丽莉看了差点气晕，正想揿键钮骂他一顿，可明白不是办法。这个家伙像吃人藤似的会缠绕，骂他打他都无济于事，还是见一面吧，义正严辞地与他谈，让他死了这条心，就回短信表示可以。这么几经骚扰，糟老头讲了些什么她一句都没有听进耳朵。

下课后陈丽莉叹了口气，对朱晓倩、陆筱曼说："我出去吃饭。"

"怎么，不带上我们？"朱晓倩开玩笑。

陈丽莉说："我要和喜宝谈清楚，这个家伙前几天竟托人上我家里来提亲，我得让他知道自己是谁，及早打消这个念头。"

陆筱曼一脸理解地说："快去快去，与这种人只有早点割断关系。"

"是的，你们帮我把书放到宿舍里吧。"陈丽莉走了两步回头对着朱晓倩说，"改日我请你们去吃自助餐。"

她故意拖拖沓沓，到丽都饭店时已经十二点半。喜宝在大门外翘首踮足，看见陈丽莉立即小跑着迎接，还想挽她的胳膊，被陈丽莉甩开了。她严肃地说："我和你只是一般同学！"水电工咽口唾沫。

两人走进小包间后，服务小姐马上进来递上菜单，喜宝浓情蜜意地请陈丽莉点菜。陈丽莉没有表情地说,你点什么我吃什么。喜宝就掼浪头朝服务小姐说:“给我配五百块钱菜,再来两瓶红酒。”陈丽莉说:“要喝你喝,我只喝饮料!”喜宝柔声说:“你也喝一点红酒嘛,女孩子喝点红酒好的。”陈丽莉说:“你别缠我,我只喝饮料。”喜宝说:“好吧好吧,那就只要一瓶红酒。”说着朝服务小姐做了个鬼脸,表示这是女朋友与他耍小脾气。服务小姐一笑走了。

冷盘热炒很快摆满餐桌,饭店里遇到过了时间的吃客上菜速度就快,一瓶红酒和一听橙汁很快也送来了。喜宝还想邀陈丽莉喝葡萄酒,被她瞪了个白眼只得作罢。

陈丽莉开头只是绷紧了脸默默地吃,不接喜宝的话,后来她把筷子朝桌上一放,厉声说:“喜宝,你实在是太无耻了。谁让你托人说媒的,你不撒泡尿照照自己的脸,配得上我吗?”

喜宝喉头打个噎,堆起笑脸说:“配得上啊,论家庭,我父母开小茶馆,你父母开小饭店,两家门当户对。年纪嘛,我只不过大你三岁。文化程度嘛,我也拿到了大专文凭,你呢,只不过是个混到大学里去读书的自考生,就算毕业也是野鸡文凭。”

“谁说野鸡文凭,自考生拿到大学文凭可以考研,国家还规定用人单位得与统招生一视同仁,不得歧视。不信你可以去打听,哼,自己野鸡文凭还说别人野鸡文凭!”

“好了,就算自考生的毕业文凭硬气。可是,可是我看你也毕不了业。我做过活的一户人家有个儿子也曾读过自考。他告诉我考卷非常难,要全部及格十年八年都办不到,所以读了一学期就乖乖离开,去厂里当了合同工。嘿嘿,你那点文化程度我还不了解,读卫校也是出了三万块钱的。”

陈丽莉脸上一红,但很快一甩头发说:“你算知道我的老底了?那是我过去偏科,现在我在读喜欢的中文,不仅散文登了报,我还当上了校报的编辑记者。”

“嘿嘿嘿嘿,说不定哪个新相好帮了你的忙吧?”

“谁,你讲出来!”

“说句玩笑嘛,何必当真。我看哪,酒是陈的香,朋友是老的好。那些个大学生算什么东西,今天海誓山盟,明天毕了业马上拜拜,找对象还是我这样老实的好，现在你父母都答应了，你何必不明事理呢。同意嫁给我吧，啊？”喜宝伸出手向陈丽莉的手摸去。

陈丽莉一甩手，虎着脸说：“去去去，告诉你，这是痴心妄想，以后你再敢派人找我父母提亲，我要对你不客气了！”

“你准备怎么不客气呢？”

“到时候知道！不过我劝你还是不要纠缠我的好，否则后悔莫及！”

“咦，你想吓我？总不见得有本领杀了我吧？”

“哼！”陈丽莉瞪着喜宝那张无赖的脸呼地站起来大步冲出包间。

喜宝愤怒地捏紧拳头站起来。他吐了口气，蔫着脑袋坐回原处，慢慢地呷着红酒，小包眼滴溜溜地转动着。

陈丽莉心情很少有这样差，夜里失眠厉害，早晨起来头就有点痛。她懒得去上课，一个人走进荷园对着池塘发呆。

她发现江旭东也进来了，想了想，踅到假山旁，假装浏览那一池残枝败叶。她知道小公鸡为她来的，心里想着如何与之交谈。

江旭东径直走到陈丽莉边上，招呼：“怎么一个人在这里？今天上午没课吗？”

陈丽莉说：“谁知道呢，可能没有吧。”

江旭东在她旁边立停，觑着她的脸说：“你气色不大好啊。”

“没什么，可能晚上没睡好。”

“是吗，你好像有心事。哎，千万不要把那天李玉兰讲的乱七八糟的话往心里去。”

陈丽莉惨惨一笑，说：“我记住干什么，我与她一点不搭界。”

江旭东说：“她一定要拉我出去旅游，我有什么办法，其实我和她玩一点劲都没有。”

陈丽莉说：“怎么会呢，恐怕是高兴都高兴不过来吧。”

“真的。”江旭东用极尽讨好的语调说着，“她这种女人有什么情调呢，我和她没玩满两天就各自回老家去了。嘿嘿，什么叫身在曹营心在汉，现在我算理解了。”

陈丽莉只顾凝视那几枝枯焦的荷梗。

江旭东目光扫了一下周围,把手搭到陈丽莉肩上,柔情地说:“自打见到你,她就在我心里渐渐淡漠了。”

“哼,”陈丽莉嘴角挂上冷笑,“何必骗我呢,你们不是好得要命吗。那天傍晚手拉手走出主编室,别人看着都羡慕死了,那个郭超然就差没叫你姐夫啦。”

“嘻,你吃醋啦?”

“你是我什么人!”陈丽莉拨开江旭东的手,“你们就算去领结婚证书都不关我的屁事。”

“唉——”江旭东叹口气,可怜巴巴说,“我现在没有办法才和她暂时保持那种关系的。你大概不知道,那天她看见我们在办公室里比较亲热,赶去向书记告了一状。组织上正在酝酿学生党支部改选后由我当书记,书记关照我暂时不要得罪她——他对你的印象也是非常好的。”

陈丽莉扯了一阵满篷也打算落帆了,她摆出优雅的姿态,眨动着美丽的睫毛静静地听着。

江旭东觑着,又把手搭到她肩上,温情脉脉地说:“像你这样的女孩子才是最让男人喜欢的,不仅江大找不到第二个,连整个江中市都可能不会有能和你比肩的人了,如果你早来一年,我根本不可能和她好,支部改选后,不管我当得上当不上书记,都会和她拜拜,把整个心思都用在你身上。”

陈丽莉瞅了江旭东一眼,说:“这是你的心里话?”

“我是讲假话的人吗?”江旭东接住陈丽莉的目光,“她本来谈好了男朋友的,那个复旦大学哲学系的学生如今还经常向她写信发短信。”

“那你是横刀夺爱?”

“不是,是她主动追求我的,我毕竟各方面条件还可以吧。”江旭东在陈丽莉肩上轻轻捏了捏。

陈丽莉感觉着,脸上泛起了红潮。

江旭东正想乘机吻她,听到有人进园子的声音,只得作罢,立即把手也放了下来,说:“我们走吧。我在江大是个公众人物,什么时候找个地方聚聚好吗?”

陈丽莉故作矜持,不吱声。

“聚聚有什么关系，答应吧，啊，亲爱的，算我求你了。”江旭东多情地瞥着陈丽莉。

他们往回走时，遇到一对工学院的学生边走路边接吻，根本不顾忌他们的存在。这可是光天化日之下，陈丽莉想到过去她与尉均那种偷鸡摸狗似的做法，一时神色黯然。她忽然生出一个念头，对江旭东说：“亲我一下。”

江旭东迅速四顾，以最快的速度往陈丽莉脸上亲了一口。

陈丽莉一时心里很满足。

走出园子时江旭东对陈丽莉说：“我还要和李玉兰敷衍一段时间，你不要吃醋。”

“你自己看吧，只要她不欺负我就行。”陈丽莉也敷衍。她有尉均，为了与李玉兰斗气才与这个学生会主席亲近的，至今还不想与他谈情说爱。

两人走到三岔路口，江旭东推说要去看望一个老教授，避开陈丽莉往另一条路上走了。

江旭东在一棵大槐树旁边立停下来，扭过脑袋目光欣赏着陈丽莉身段优美、婀娜多姿的走路的样子，心想，能和这样的女人睡上一觉是做男人多大的福气啊。现在她已经成了嘴边食，接下去要做的是如何吃到嘴里。这个上午，江旭东呆在主编室里，设想着下一步行动的具体方案。

中午江旭东与李玉兰一起坐在食堂里吃饭的时候，他带点愁眉苦脸地说：“老家有个远房亲戚跑到江中来看什么胆结石，这种小手术徐州也能做，真是吃饱了饭没事干，但知道了不去探望不好，我想吃了晚饭走一趟，你说买什么东西好？”

李玉兰说：“你在念大学，又不赚工资，我看拎一袋苹果去可以了。要我陪你去吗？”

“好啊。”江旭东先一口答应，想了想又说，“你就算了吧，他又不是什么大客人。”

李玉兰果然不疑，说：“那就你一个人去。在医院里别到处乱跑，那其实是最不卫生的地方。”

江旭东说：“知道。不过你放心，外科病区没传染病人的。”

周前八号上午与丈夫办完离婚手续，当天下午马上离家，搭上了回江大的长途汽车。她进宿舍后还没坐定，手机响了，见曾于青打来的，倒也一愣。自从那天闹了不愉快，著名青年文艺理论家再也没有与她联系过。她本不想理睬他，见手机响个不停，只得揿了通话键。

曾于青像什么龃龉都没发生似的亲切地说："小周你放长假回老家去了吧，所以那几天我没有打扰你。哎，你的个人简历和照片还没有交给我，能不能今天就送来？"

周前心里也是记着这件事情的，思索了一下用亲切的口吻说："照片我从家里拿来了，简历还没有写。"

曾于青说："简历很简单，只要把出身年月、籍贯、文化程度写上就行，到时凑也凑得出。怎么样，我们五点钟在学校附近新开的陆羽茶馆碰个头吧，那里不仅有茶喝，还供应各种小吃和主食。"

周前说："好的，我准时到。"说完挂断了电话。她希望经过那天的断然拒绝又冷淡了他后，曾于青能死了这份心，那么，双方还是可以做朋友的。

周前抓紧时间写好简历，又从箱子底下拿出早就准备好了的几张照片，对着化妆镜在嘴唇上抹了一些淡雅的口红，拎着坤包出发。她走到刚装修不久的黑墙黑瓦的陆羽茶馆时，茶馆小姐迎上来说："你是江大的一位老师约来的吧，他已经到了，在楼上三号包间。"周前就直接走上二楼，推开了三号包间的门。

曾于青笑容满面地站起来招呼："我们好几天没见啦。"伸出手向周前握去。

周前很大方地跟曾于青握了握手，然后在他对面坐下。服务小姐进来询问用茶种类。曾于青征求过周前的意见后，要了两杯十年藏的普洱茶。服务小姐退出后，很快又进来，先把杏仁、蜜枣、瓜子、开心果、金橘、西瓜片之类的放在桌子上，再送上两杯盖碗普洱茶及一个暖瓶，接着又把装在碟子里的鸡爪、酱鸭、牛肉串、小龙虾等等端上来，真是琳琅满目。

曾于青请周前喝茶吃零食，问："长假期间出去旅游了吗？"

周前摇摇头说："都呆在家里，你呢？"

曾于青说："我去山东跑了一圈，省里有个领导是我好朋友，要我为他们发展旅游事业出出点子。我建议你有空也去那里看看，我给你写张条子，吃、住、用车都没问题。”

周前说：“以后看机会吧。”

这时服务小姐把主食送来了，是两小碗牛肉面，几块拉糕、几只生煎馄饨及蛋糕等等。

周前说：“我们先吃点东西吧。”说完就吃面，倒不是饿，而是为的掩饰尴尬，两人之间毕竟有过那种不愉快的事情嘛。

把桌上的主食吃完后，周前又去拿了锅贴、糖藕等放到桌上。这里等于自助餐，只要肚子装得下，吃再多服务员也只能干瞪眼。

吃饱了肚子两人又喝普洱茶，已经第三开了，这茶仍很浓。曾于青说：“过去我喝碧螺春，只知道刚上市的新茶最好，却不知道普洱茶越陈越好。我曾在文化部一位副部长家里喝过清朝年间的普洱茶，喝时开头有股霉气，我还以为保姆拿错了茶叶呢，后来越喝越有味，从此知道也有跟茅台酒、XO一样越陈越好的茶叶，真是羞煞了读书人。下辈子投胎，我一定当官或者去当企业家。”

周前说：“当大学者、大作家也很好啊，没有人管束你，跑到各地都有人迎送，当官经商的都眼红你们呢。”

曾于青笑笑，说：“是吗，你这是抬举我吧。”

周前说：“真的，我就是想当作家当不成呢。”她又像老朋友似的与曾于青交谈了。

曾于青说：“书一出来你就是作家，我再写篇书评登在文学报刊上捧捧，再叫几个当记者的学生给你在报纸、电视上造造舆论，你很快就会成为当红女作家。不用拿到毕业文凭，你就可以到各处去参加笔会和作学术报告了，出版社更会争着向你约稿的。”

周前红了红脸说：“这本书能出来我已经非常高兴，岂敢得陇望蜀。我把照片和简历带来了，你看行不行。”说着把坤包里的一个信封递给曾于青。

曾于青一张一张地欣赏周前的照片，不时地啧啧赞叹：“真美。”“这张太好了。”“哎，这张可以做时尚杂志的封面。”弄得周前怪难为情的。

他把照片都放进信封，说：“在我看都是珠玑，难以挑选啊，让编辑去决定，剩下的，我都要珍藏起来，你不会舍不得吧？”

周前听了不便拒绝，说："被你夫人发现不会有麻烦吗？"

曾于青说："她不管我的私生活，我也不管她的私生活，我们都是思想解放型的。"

周前辨着这画外之音，笑笑说："你们是大知识分子，我们小老百姓可做不到。"

"思想解放是从知识分子开始的嘛，你能写出这么厚的书，已经是知识分子的一员啦。"

周前却不敢钻进这个光环，说："我算什么知识分子，只不过是个自考生，校徽、学生证都领不到，属于工人阶级吧。"

曾于青双目朝周前射着热焰，说："你是个人见人爱的工人阶级，是我们江大最漂亮的工人阶级。"

周前听了连忙打岔："曾老师，你还要吃什么吗？我去拿。"

曾于青嗯了一声，看看桌上的东西，说："再吃我要闹胃病了。"

周前说："那我们就结束吧，今天晚上我还要去看个人。"

曾于青说："好好。"招呼服务员买单。

周前抢着付账，曾于青说："以后再轮着你吧，今天我请你。"说完快速给了服务员一百块钱。

两人出了陆羽茶馆，并肩往江大走去。周前准备着曾于青干些拉手之类的小动作，曾于青却成了坐怀不乱的正人君子，没有任何不良举动，路上只谈一些文学界的趣事逸闻，周前倒也爱听。

朱晓倩、石韬吃了晚饭后上体育馆去听周华健的演唱会。离那里只不过几百米距离时，宝马撞倒了一个从横弄堂里窜出来的骑自行车的女孩。石韬连忙下车，对女孩说："对不起，对不起。"

女孩长着一张白嫩得可以掐出水来的鹅蛋脸，说："你把我的车子撞坏啦。"

"我赔我赔。"石韬笑容可掬的，"没有把你撞伤吧？"

"喏，这里痛。"女孩摸着腰部。

"是我不对，我带你上医院去。"石韬表过态后对坐在副驾位置上的朱晓倩说，"你一个人先去听歌吧，这张票给你，我把她送医院后马上回来。"

这时已经有了一些围观的过路人，朱晓倩也怕引来警察，开了车门从石韬手里接过票，横了女孩一眼袅袅婷婷地走向体育馆。

石韬把女孩的自行车放到路边，让她坐到副驾位置上。

女孩说："车子还没锁呢。"

石韬说："不是撞坏了吗，我赔你辆新车得了。"

"我这辆车可是五百块钱买的。"

"我给你六百块钱可以了吧。"石韬马上从皮夹子里掏出一沓钱给她。

女孩数了数，说："不用这么多。"

"剩下的就算给你的营养费。"石韬说着开动了新款宝马。

女孩侧头偷偷地瞅着这个用钱大方的男孩，石韬也正用眼睛觑她，双目之间不由得撞出了火星。

女孩转过头正襟危坐，说："你们开车上哪里去啊？"

"去听周华健的演唱会。"

"门票很贵啊，听说要八百块钱一张呢。"

"小意思，嘿嘿。你喜欢听他的歌吗？"

"太喜欢了，不过我们买不起。"

"那我送你票。去医院后我马上陪你听歌。"

"你不是要陪你爱人吗？"

"没事，她只不过是我的同学。你不信？我给你看证件。"石韬伸手从车匣子里掏出学生证。

女孩翻了翻还给他，说："原来你还是大学生。"

"你以为我是什么人？"

"我以为你是老板呢，不过，当时我就觉得你太年轻了些，不像个老板——这宝马是你父亲的吗？"

"自己的。老爸用奔驰，老妈用法拉利。怎么样，要不要看车子证件？"

"我相信。"女孩侧头朝石韬放了个电，"你是大款学生。"

"就算是吧。"石韬心里像吃了蜜糖，"被撞上的地方痛得厉害吗？"

女孩揉揉腰部说："好像不痛了。"

"那么我马上带你去体育馆吧。"

"可是……你手里真的有票？"

“不能从黄牛手里买吗？多出几个小钱是了。”石韬说完观察路面情况，吃准机会迅速调过车头。

宝马驶达体育馆时，石韬看到朱晓倩正随着人流走进检票处。他放心地泊停汽车，让女孩坐在车里面，自己走了出去。很快有黄牛向他兜票。他出一千块钱买了两张后排的。

女孩从小车里出来后，他把这两张位置比较差的票给她看，说：“我们还是坐在后面比较稳妥。”

“我明白的。”女孩莞尔一笑，露出了好看的瓷似的牙齿。

石韬乘机盯着女孩的脸细细地读，这么水灵灵的白得似乎透明的脸，这么两颗像黑宝石似的大眼睛，这么优美的雕塑家塑出来似的小巧的嘴巴，这么高挺的富于性感的鼻子，这么浅浅的充满了迷人的魅力的小酒窝……他从来没有看到脸蛋这么漂亮的女孩。他低下头又读她的胸脯、三围曲线分明的颀长的身材，一时喉咙有点干燥。

女孩送个媚笑，挽住石韬的胳膊说：“我们先进去吧。”

“嗯，好好。”

两人进体育馆坐到位置上后，手拉手情侣似的亲昵地看着台上的演出。石韬看到坐在前排的朱晓倩几次向崇拜得差点自杀的偶像挥手欢呼，他心中暗笑。每当剧场里因歌迷们的兴奋差点沸腾起来的时候，他就乘机向可爱的小白鸽搞小动作。小白鸽一直没有拒绝，这使富家子弟欣喜不已。

石韬直到快散场时才落落大方地坐到前面去，神情专注的模特儿甚至没有发觉到他的到来，在富家子弟把一只手放到她大腿上时才侧过头问：“你什么时候来的呀？”

“你说什么时候？”石韬眨眨眼睛。

“唔……”朱晓倩眉飞色舞地，“刚才几首歌你听到了吗，那才是人唱的！”

石韬又心中暗笑，几次回首与后座瓷娃娃似的女孩对眼、飞吻。

过了一天，傍晚时陈丽莉接到江旭东打来的电话，两人约定七点钟在城中公园的小石桥旁碰头。临出发她的手机响了，这次是尉均打来的，尉均要她上梦天堂去。陈丽莉说,你与那个女人手续办完了?尉均可怜巴巴地说,没有,可是我太想你了,我们已经好多天没有……陈丽莉说,你就知道这件事情,断然关上手机。她倒不是水性杨花,而是要逼尉均与原配离婚。

陈丽莉到达小石桥边迟了十分钟,江旭东早在那里守候了,脉脉含情地瞅着她的脸说:“我还以为你不来了呢。”

“我会不来吗?”陈丽莉对着他的眼睛。

“你真好。”江旭东挽起了陈丽莉的胳膊,“我们散散步吧。”

两个人开始在公园里漫行。这时候散步的人很多,有年轻情侣,也有上了年纪的,还有顺便遛狗的,谁也没有注意到他俩。

陈丽莉问:“李玉兰没有发觉你出来吗?”

江旭东说:“我骗她去看望一个住院的老乡,开头还假装带她去,他就相信了。”

陈丽莉调皮地一笑,说:“原来你是使阴谋诡计的老手。”

江旭东说:“从古至今有出息的男人没一个老实的。”乘机亲了陈丽莉一口。

陈丽莉说:“当心被同学看见。”

江旭东说:“离开江大那么远,他们会来吗?”

“可是,如果也有像我们这样故意跑远路的人呢?”

“对对,不怕一万,就怕万一。”江旭东做出规矩的样子,手松脱了陈丽莉的胳膊。

陈丽莉笑了笑。

江旭东说:“长假你是在家里过的吗?”

“我命苦啊,哪像人家李玉兰有人陪着旅游。”

“你又来了,”江旭东忍不住拍了拍陈丽莉肥大的臀部,“以后我会陪你的。”

“希望有这一天吧。”陈丽莉睨着江旭东。她想起了父母逼婚的烦恼事,脸上堆起愁云。

江旭东瞅着问:“你有什么不高兴的事情?”

陈丽莉叹口气说:“回家痛苦死了。爸爸妈妈非要我嫁给一个初中时的笨同学，我只能推说有男朋友了。他们听了就下通牒令，要我在年前把人带回去。我哪里去找呢？”

江旭东清楚自己实际上不可能与李玉兰断的，听了一时无言。

“到时我只能去跳楼啦！”陈丽莉又长叹一声。

江旭东揣摩着她的心思，说：“离元旦只剩下三个月了，党支部改选也得拖到那个时候，我可能还得应付李玉兰。”

陈丽莉怏怏地低下了头默默走路，走着走着她脑海里忽然跳出一个主意，拉拉江旭东的胳膊说：“你能帮帮我的忙吗，只要你肯帮忙，以后即使不和我好也没关系。”

“你、你要我帮什么忙？”

“到时你冒充我的男朋友和我回家去，他们见你是大学生，又一表人才，保证满意。你肯不肯啊？”

江旭东考虑了一下，说：“可以，反正我迟早要成为你的老公的。”

陈丽莉听了信以为真，说：“完成任务后我一定好好请你吃一顿。”

“那我合算啦。”江旭东一脸高兴地搂着陈丽莉的腰。

陈丽莉触电似的身上涌起一股热流。她边走边想，尉均如此拖泥带水，又处处表现出是个模范丈夫，看来当上副院长后也下不了离婚的决心，而脑萎缩病人能活几年、十几年、几十年又都有可能，与他结婚渺茫得很。倒是这个学生干部有指望，凭自己这么好的相貌，只要多使点功夫，不愁不能把他从李玉兰手里夺过来。于是她也用手搂住了江旭东的腰。

江旭东说：“我们找个地方坐坐吧。”

“去哪里呢？”

“出去看哪里能休息就进去。”江旭东见陈丽莉没有异议，拉着她转身往公园外走去。附近弄堂里有爿旅馆，以前他与李玉兰曾去开过钟点房，到了那里，他想陈丽莉是不会拒绝的。他不相信这个自考生是个生活作风严谨的女孩子，也自信自己有征服她的魅力。

两人手挽手出了公园，到达弄堂口，他照例出于谨慎回首逡巡。他看到了黑暗中有人跟随着。会是盯梢的吗？他故意挽着陈丽莉一路往前，穿过弄堂口，直到走上另一条大马路。那人始终跟随在后，于是江旭东证实了自己的猜测。前面有爿点心店，江旭东对陈丽莉说：“我们去吃点东西吧。”陈丽莉小鸟依人地说：“随便。”两人就走了进去，江旭东买了两碗馄饨。

在等待点心端上来的时候，江旭东找个理由走了出去。一个站在对面杂货店门口的人立即隐身而去，肯定是个盯梢的人啰。他心中有数，回到店里后没有与陈丽莉讲，这样做会增加她的疑虑，以后不敢跟他出来。

那个人是谁呢，是李玉兰派来的吗？吃馄饨的时候江旭东始终想着这个问题，以致把东西送到了鼻子上。

陈丽莉问：“你怎么了。”

江旭东说：“我在考虑学生会里的一件事情。”

陈丽莉不肯去梦天堂让尉均陷入了困境。“三十如狼，四十如虎。”他正值精血旺盛的年龄，老婆脑萎缩前就割掉了子宫，他与她起码两年没有性生活了，是陈丽莉满足了他的生理需要，可是从九月底到如今，他已有十多天没有与她在一起了，加上酒席应酬中甲鱼、鳗鲡，甚至鲍鱼、鱼翅之类的东西吃得多，他下面始终有一种要烧起来的感觉。他必须发泄，可是这次陈丽莉真的跟他较劲了，他总不能把心里的全部想法跟她说，那么她真会认为他嘴上说的爱她其实是出于生理需要。

他在马路上独自踯躅，脑海里反复考虑着要不要与妻子离婚，结论都是否定的，所有计划都已走到了这一步，他绝不能功亏一篑，但这是不能与他人言的(包括陈丽莉)，为此他非常地苦恼。路过一爿小饭店，他无聊地走进去，要了几个菜，一瓶半斤装的古井贡酒，独自喝起了闷酒。酒喝光后他的脑袋异常的兴奋，生出了马上找个女人发泄的欲望。呔，陈丽莉你不肯，老子去寻小姐，老子有钱怕什么哩！他拍了拍裤兜里鼓鼓的钱包。

他朝美容院走去，一个妖冶的按摩小姐马上笑脸相迎：“老板你好，要敲背吗？”

“当然要。”他舌头有点大。

这个小姐与另外一个正在给客人洗头的小姐使了个眼色，领着他往里面走。

里面有两小间，前面一小间用布帘拉着，后面一间关紧了门。小姐掀开布帘让尉均进去，要他躺在按摩床上。尉均吐着酒气照小姐说的躺了下去。小姐先捏他的肩膀,再把手伸进他的内衣抚摩他的胸脯。尉均被她惹得难受起来,捉住了小姐的双手。

小姐说:“你想要吗?”

尉均粗声大气说:“要、要!”

“打洞、打飞机还是吹喇叭?”

“我听不明白,你讲得直接点。”

小姐就直言相告。

尉均手一挥说:“打洞!”小姐把尉均扶下床。两人走出外间,小姐推开里间的门,两人进去后小姐随即关上了门,并顺手开亮了电灯。那里地上放着一张席梦思大床,小姐让尉均躺上去,帮他脱下了裤子,手指拨了拨尉均坚挺如戟的小弟弟嘻嘻嘻笑着说:“好大啊。”她从口袋里摸出安全套往尉均的小弟弟上戴。尉均说:“不要。”小姐说:“为了大家的安全嘛。”尉均见她好言抚慰,只得挺尸似的让她把套子戴上。小姐夸奖一声“乖”,俯身亲了一口。她迅速脱下内裤,把裙子往上一撩,躺到尉均身旁,说:“你强奸我吧。”尉均就迫不及待爬上去。这时,墙壁上的电灯突然炽亮。小姐急忙把他推开,说:“快穿裤子,警察来了。”她匆匆地穿上内裤下床。尉均急得头上冒汗,脚怎么也伸不进裤管。小姐给他帮忙,使尉均好不容易穿好裤子,在他束皮带的时候,传来了敲门声。小姐镇静地开门。

一个中年警察威严地走进来,目光扫视着两个人,喝道:“你们竟敢卖淫嫖娼,跟我走!”

小姐嘴硬:“我们没干什么违法事情。”

“怎么,想顽抗?”警察拿出手机威胁,“要我喊人来吗?”

小姐乖乖低下头。

尉均吓得差点站立不住。

警察一脸讥讽地盯着尉均,说:“还不走?”

“我、我……”尉均言不成腔,身体筛子似的抖。

警察目光在尉均脸上盯着盯着堆起了笑容,说:“真的是你,好了,这次就算了,以后可不能再干啦!”

尉均如逢大赦,连连说:“谢谢,谢谢。”

警察侧过脑袋朝小姐说:“你乘这位先生喝醉了酒想干坏事,你难道不知道公安部门的有关规定吗？这次只当我没看见，如果下次再被我抓着，坚决严加惩处！”

小姐说：“以后我再也不敢干了。”

“再会。”警察客气地与尉均握握手抬腿而去。

尉均喘了一口气，伸出五指梳梳头发，把衣服穿穿整齐往外走去。

他走出美容院的时候小姐追了上来，喊：“你停停！”

尉均心又往下沉去。

小姐说：“你敲背的钱还没付呢。”

“嗯，你要多少钱？”

“照理敲背五十块够了，可是你已经看了我的东西，起码得加五十块钱。”

尉均立即掏出一张大票给她，心里像吃了一个苍蝇似的。

他走出去没多远又见到了那个中年警察，此人显然故意等他的，很友好地对尉均说：“尉主任，今天你幸亏碰到我，否则就麻烦了。”

“知道，谢谢你。你要我怎么报答你呢？”

“我不是这个意思。去年我做肚子里的一个瘤，是你打的麻醉针，后来手术十分顺利，我还没有谢你呢。”

尉均说：“我倒忘了，为你们公安服务是应该的嘛。”

警察说：“当时你们硬是不肯收红包，我真的很感动。不过尉主任，以后这样的地方你再也不能去了，警方的扫黄力度愈来愈大，万一出了乱子，是要双开的。”

“是是，我一定接受教训。不过，谢你还是要谢的。”

“再说这种话就不是自己人啦。”警察迅速转身，蹽开了大步。

尉均怔怔地望着警察的背影在路灯光下消失，也迈开了沉重的脚步。是啊，就这一时糊涂，差点断送掉大好前途。

这种事情从此割他头他也不会干。不过生理上的需求只是受到惊吓暂时消失。他回家躺到床上后欲望又非常的强烈。如何解决这个现实问题呢？他苦苦地思索着。

十四

由卢天敏捉刀的散文在这一期《朝阳》报上登出来后，傍晚首先由陈丽莉把它拿到308宿舍。朱晓倩、周前都做出高兴的样子向陆筱曼祝贺。模特儿甚至很谦恭地说："你们写书的写书，登文章的登文章，就剩我是个白板啦。丽莉，你也是大编辑，帮我登一篇啊。"

陈丽莉说："我可没这么大的本领，要么请寿头帮忙。嗨，你不如让石韬请客祝贺陆筱曼发表作品，到时叫上寿头，酒席上把事情敲定。筱曼你说对不对？"

陆筱曼也有心请卢天敏吃饭，又不愿意自己掏腰包，马上附和："好呀，我们已经好长时间没吃豪华宴啦！"

陈丽莉捅捅朱晓倩说："已经五点多钟了，你快打电话吧。"

模特儿也就一时来兴，给石韬打手机说出了意图。

石韬在手机里愁眉苦脸地说："我不是胃痛吗，在养胃呢，改日吧。"

这两天清晨，石韬都推说胃痛没有陪朱晓倩晨跑，晚上也都以此为理由没有陪模特儿吃饭。但今天这事是全体宿友的愿望，朱晓倩说："胃不好你可以少吃点，陪大家坐坐嘛。"

石韬仍以养胃为理由不肯出场。

另外三人在一旁听他们磨嘴皮，陈丽莉说："这只小公鸡，把我们的模特儿花到手就摆架子啦！"

周前说："是啊，他胃有什么问题，昨天傍晚几个老乡请我吃饭，在饭店里我还碰巧看见他与一个靓妞在一起，吃得满面红光呢。"

陆筱曼正想看模特儿的笑话，故作认真地说："真的吗？那他不是有意欺骗晓倩？"

女孩子都是爱打听的，陈丽莉问："这个女人长得怎么样？"

周前说："我当时不好意思多看，印象中她特别白，瓷娃娃似的。"

朱晓倩马上明白是谁了,脸红到耳根,立即又打石韬的手机,接通了破口大骂:“你这只死猪,这两天和谁在一起?给老娘老实交代!”

她以为石韬会赖, 富家子弟却直言不讳:“那天我不是把人家给撞了吗,我总得陪陪她啊。”

朱晓倩气得手都抖了,吼道:“你在哪里,老娘马上过来和你算账!”

那边却关机了。模特儿恼火地把手机掷到床上。

陆筱曼幸灾乐祸说:“唉,算我们没吃福。这富家子弟看来是最不能傍的。”

模特儿瞪着她说:“这话什么意思?”

陆筱曼说:“没什么意思啊。噢,是我说错了,你没有傍他,你们是两情相悦,天长地久。”

“你讽刺我?”朱晓倩向陆筱曼冲去。

周前急忙隔在两人中间,说:“怪我多嘴,或许我看错了人。”

“哼,”朱晓倩向陆筱曼翻了个白眼,“老娘是与几个男人睡过觉,但从来没有与老头子上过床。”

陆筱曼听了有点心虚,为不示弱反唇相讥:“与男人睡得多就光荣啦,你怎么不写篇文章登到报上去呢?”

“靠卖×发表文章,老娘才不稀罕哩。”

“噢,丽莉也在《朝阳》报上登过文章,她也卖×啦!”

陈丽莉清楚今天陆筱曼为什么会对模特儿这种态度, 她才不会受她的挑唆,说:“你们别吵了,被隔壁宿舍的人听到多不好。有人本来就看不起我们这些自考生,我们可不能青竹棒淘茅坑——越淘越臭。”

周前说:“好啦好啦,大家上食堂吃晚饭吧。”

陆筱曼总是做了见不得阳光的事情的,乘机下坡,拿起了自己的饭盒说:“我听你周班长的,去吃晚饭啰。”昂首走出宿舍。

周前、陈丽莉都对朱晓倩说:“我们也上食堂去吧。”

朱晓倩说:“我不吃,今天气饱了。”

周前说:“那么我把饭带给你。”

“用不着,要吃你们自己吃。”模特儿不耐烦地挥挥手。

两人理解她的心情,不声不响走了。

朱晓倩用力推上宿舍门，和衣躺到床上。她回忆着这几天石韬的变化，意识到，肯定“陈世美”陪那只小母鸡去医院看病时，两人就勾搭上了，从此他就疏远自己，这是多么可恨的事情。最可恨的，是当初他对自己的信誓旦旦，如今过了国庆长假才几天，他就把自己蹬了。难道老娘是这么好耍的吗……她已经被男模儿八号耍过一次，这次要坚决干到底。哼，小王八蛋，老娘倒要看看是你厉害还是我厉害！

她开始酝酿报复计划。

周前在食堂里吃晚饭的时候接到了曾于青发来的短信，约她晚上在茶室一聚。她考虑了一会儿，回宿舍的时候回短信，好的。曾于青马上打电话，与她约定七点钟在位于江大附近的名典茶室碰头。

周前进宿舍的时候见朱晓倩坐在小书桌前写东西，说：“快去吃晚饭吧，别把胃饿坏了。”

“哼，我跟他没完！”模特儿没头没脑地说着，拉开抽屉拿出信封。把写的东西塞进去，昂首拿着信封走出宿舍。

周前以为模特儿写的是一封骂石韬的信，就没有多想。她对着化妆镜化了点淡妆，见时间差不多了，拿上坤包去名典茶室。

曾于青照例先到，照例潇洒地穿着一身名牌。他们在楼上找个包间坐下来。

两人开头默默地喝茶。周前不知对方今天约自己来有什么企图，不愿先搭讪，她一条胳膊按在茶桌上，侧起了头，眨动美丽的眼睛做出思考的样子。于是她就像一尊雕塑，显出了静态的美。其中那白净的羊脂玉似的脖子格外诱人。曾于青开头只注意周前的脸，当发现她的脖子有超乎常人的美丽时，不由得怦然心动，久久地凝视欣赏，他真想凑上去吻一口，好不容易才克制住了这股欲望。那天他事后检讨，觉得自己的行为卤莽了一点。周前不是轻薄女人，是一个有思想、有志向的女子，怎么能够你想同她做爱她就会同意做爱，所以节后与她再度见面时，他就又表现得规矩本分。俘虏一个有品位的女人，是既要有手腕和耐心，而且还要有机遇的。譬如，他与一个很美丽也很骄傲、在官场地位不低的女郎有过一夜情，这件事情他本来想都没敢想。那天傍晚，一位抓文艺工作的副部长路过本市地界，计划在某县级市的一个风景宜人的宾馆下榻，遂令秘书打电话，约他与那位女官晚上在那里谈情况。由于他没有车，就搭上了那位女官的奥迪，路上两个人倒也谈得热烈。到了该宾馆，那位秘书来电话，说副部长要在目前考察的地方等候本省的省长，让他俩自行用餐。他们就在一间很静谧的包间里一起吃晚饭，喝了法国红酒，品尝了几道山珍海味，随后一起在环湖大堤上散步，心与心之间就有了一种亲近的感觉。恰时秘书又来电话，说副部长要留在那里与省长打桥牌，明天上午才能到这里，今晚上没有活动。他俩本来准备住宿，房间早开好了，女官的司机也开车回家去了，加上宾馆方面又热情地请他们观看菲律宾女孩们的歌舞表演，这样使他们打消了回家去的念头。他们被安排在最好的位置并肩坐着，演出的场面又十分火爆刺激。回客房时已很晚，女官仍非常兴奋，坐在他的客房沙发上对一些敏感问题发表自己的见解，他也经常地插话。渐渐地，女官目光中有了那个意思，他在目光中也大胆流露出那个意思，于是女官突然抓住了他的手，他随之也一不做二不休。两人一番云雨之后，女官坦诚地告诉他，每当经期中的这几天，她就特别地需要。当然他们不能像社会上的小青年那样放纵，很快就在各自的客房里入眠。第二天上午向副部长汇报工作时也都是一本正经的。下午女官陪副部长视察本市的先进单位，他一个人回江大，此后两人见面时只不过互相点点头而已，形同陌路人一般。总结那次意外收获，他觉得机会是关键，而且都是环环相扣，才使剧情最终进入高潮，促成了令他一生都会暗自骄傲的艳遇。

周前发觉曾于青在注意她的脖子，红了红脸低下头喝茶。

曾于青终于开腔了：“小周，你与爱人离婚了吧？”

周前点点头，说：“你也知道了。”

曾于青说：“你那位前夫有个同事是我大学同班同学，昨天几个校友在一起时，他说你们学校有个女自考生长得很漂亮，丈夫却吃醋了，长假一结束两人就办了离婚手续。我想这个人一定是你。”

周前说：“是他不讲道理，生活作风也很不检点，所以我们好聚好散。”

曾于青说：“这种事情现在已经很平常了，我也希望自己有这一天啊。”

周前说：“曾老师你开玩笑了，师母这么好，可能吗？”

曾于青说:“本来确实不可能的，可是自从见到你后，早就变成可能了。真的,在阅览室里见到你的第一眼起,我就深深被你吸引住了,晚上也总是难以入睡,这就叫一见钟情吧,要不,我也不会那么关心你的创作。我确实想乘机接近你,博得你的好感。”

周前没想到他敢于大胆袒露当初的那种动机,心头倒也一动,说:“谢谢曾老师的厚爱,小女子何德何能,担当不起。”

“不,你是我的真爱,我知道我已不能自拔,只有在妻子回国后与她分手,永远地和你在一起。现在你已经没有任何心理上的阻碍,我也应该同样如此。”

周前想了一下,说:“曾老师,这是不现实的。我从来没有想过爱你,我怎么可能和一个不爱的人在一起生活呢?”

曾于青摇了摇头,说:“这不是你的心里话,我很清楚自己在文学青年心目中的分量,你过去怎么可能一点不爱我呢。”

“过去我是尊敬你的，但不是爱，曾老师你难道不知道那是两码事吗?”

曾于青又摇了摇头说:“这不是你的心里话。我都坦诚实言,把心底的秘密袒露出来了,你为何还要隐藏呢?”

周前笑了笑,说:“曾老师,过去我真的只是尊敬你、钦佩你,而不是爱你。大概你对女人还不是都了解,女人与女人不一样的,有的女人容易感情冲动，随随便便就会爱上一个人，有的女人的心却像石头似的冥顽不化,永远死守在一个地方,我想我就是后一种人。过去追我的男人确实不少,也不乏才貌双全的,但我除开爱过我的前夫没有再爱过第二个人,这真的是我的心里话,我想,像我这样的人在地球上也不会绝无仅有的。”

曾于青低下头,他拿起一颗海棠慢慢地吃着,搜肠刮肚了一会儿,说:“好吧,我们先不讨论这个问题,就算你不爱我,但我是爱你的,爱得死去活来的。老实向你坦白,这些日子我一篇文章都没有写出来,整天眼睛面前就只有你的影子,长此下去,我的事业就完啦,因此,你一定要同情我,理解我,也可以说救救我吧。”

周前没有接腔,她又侧起了头,神情是漠然的。

曾于青觑觑她的脸，可怜巴巴说:“我今天求你了，你就帮帮我的忙吧！”

周前望着他说：“怎么帮你呢？”

“和我一起上我家里去好吗？”曾于青见周前不吱声，捏住了她的手，“爱情的火焰是可以把岩石融化的。”

周前把手抽了回去，说：“曾老师，这是完全不可能的。你是精英阶层，你怎么能想出这种念头。如果没有其他事情，今天就结束吧。”

她站起来拉开门招呼：“小姐买单。”

服务小姐马上走进包间，周前如数付出钞票，笑着对曾于青说：“我先走啦。”拿起坤包出门，把曾于青一个人掷在包间里。

周前走到马路上后，回想刚才茶室里的一番经过，心头涌起了胜利者的感觉。什么妻子回国后马上离婚，什么永远在一起，这都是男人的陈词滥调，目的是引诱你上床，以满足他的兽欲。男人啊，都不是东西，石韬不是东西，袋鼠王不是东西，曾于青更不是东西，作为女人，只有把全身裹得紧紧的，永远不让他们得逞。她嘴角浮上了一丝冷笑。

江旭东事后曾观察过李玉兰的表情，在她脸上看不到丝毫可疑之处，于是，觉得那天晚上可能是自己多虑了，是啊，李玉兰只不过是学生会的宣传部长兼《朝阳》报的副主编，又不是特务机关的头头，她能派谁盯自己的梢呢？这么一想，他的贼胆又生出来了，决心尽快把渴望已久的女孩搞到手。他瞅李玉兰不在主编室时与陈丽莉商量：“我们去吃顿饭好吗？”

陈丽莉说：“上哪里去呢？”

江旭东说：“城东有爿川菜馆蛮好的，去不去尝尝？”

陈丽莉说：“好的，我们什么时候走呢？”

江旭东说：“李玉兰很坏，我们要躲过她的眼睛，六点钟在店门口碰头怎么样？”

陈丽莉又小鸟依人地说：“我听你的。”

这样讲定后，江旭东就又向李玉兰撒谎：“几个在江中打工的老乡请我去吃饭，他们好像想开什么店，不去不好。”

李玉兰说：“你去啊，酒少喝点。”

江旭东说：“和他们不会多喝的。”

他回宿舍做好一应准备后,给陈丽莉发了条短信:我出发了。

江旭东尽管安慰了自己,对李玉兰还是有所提防,因为那天晚上毕竟有可能被人跟踪。为此他学电影里地下工作者摆脱特务盯梢的办法,先搭公共汽车往城西,注意上车时有没有人跟踪,再搭公共汽车往城南,见均无异常情况,才乘上去城东那爿川菜馆的公交车,别说根本没有尾巴,即使有,也被甩得干干净净了。

陈丽莉先他而到,隐在一爿音像店里装模作样浏览碟片,看见江旭东后,马上笑眉笑眼地迎上去。两个人只用眼睛说话,走进那爿川菜馆,要了个小包间坐进去。这种饭店的菜都是既便宜又量大。他们要了酸菜鱼片、辣椒鸡丁、麻辣豆腐等几样菜和一瓶啤酒,像情侣似的对酌起来。

江旭东说:"丽莉,我非常非常地想你。"

陈丽莉说:"可是,在学校里你还是天天和李玉兰在一起亲热,学校里的人都知道你们是一对。"

江旭东说:"我知道你心里不好受,可这是暂时的,你就忍一忍吧。"

陈丽莉想,尉均也总是劝我忍一忍,为什么我尽碰着这样的男人呢?她苦笑了一下。

江旭东理解错了,说:"支部改选后我就与她一刀两断。到时候我把她的副主编撸了,你当主编助理,专跑赞助,坐到我的办公室里来。"

陈丽莉说:"你有那么大的权力叫她走?"

江旭东说:"你难道不知道她只有郭超然这条跟屁虫,到时大家都不听她的话,我向书记反映,让她走还不是小事一桩——我和书记可是铁哥们儿。"

陈丽莉又相信了,不说自己能当主编助理,光冲着让冤家对头的李玉兰滚蛋,就是全世界最开心的事。她美丽的脸庞浮上了笑容。

江旭东一只手搭到陈丽莉肩上,嘴凑了上去。

陈丽莉用嘴巴相迎。

他们互相吮吸了好长时间。

江旭东不忘正事,与陈丽莉亲热了一阵后说:"我们今天去开个钟点房好吗?"

陈丽莉在出来之前就估计到江旭东可能会提出这件事情,她本来打算拒绝的,此刻心里高兴,那句煞风景的话怎么也说不出口。

江旭东见状拉住了陈丽莉的手，温柔地说：“别怕，江大许多学生都开钟点房的，从来没人查。”

陈丽莉瞅着江旭东说：“你不是有李玉兰吗？”

江旭东说：“别说我已经不爱她，就算爱她，也可以与别的女人在一起，现在已经是二十一世纪了，谁还从一而终。”

陈丽莉想，尉均已经有了老婆，还经常和我幽会，而且保不准他不与别的女人搞，我为他守什么贞操呢，于是心里的疙瘩解开了，羞答答地笑着说：“上哪里去？”

江旭东说：“只要小旅馆大都肯开钟点房，如今一男一女开房间又不用带结婚证了，我们就近找一家吧。”

这些情况陈丽莉也是听到过的，她说：“我听你的，以后你可要对我好啊。”

“你是全世界最靓丽的女人，我为什么对你不好呢？”江旭东在陈丽莉脸上亲了一口。

他们很快把杯中酒喝光，又吃了主食，买单后，手拉手从川菜馆里出去。

江旭东其实早就知道附近有爿街道开的小旅馆，与陈丽莉只走了几分钟就到达。在旅馆门口他也曾回首四顾，没见到可疑之人，遂大胆地挽着陈丽莉的胳膊走进去，拿出身份证开钟点房。女老板索要陈丽莉的身份证，江旭东说：“今天她没带，以后我们再来时补上。”老板见能做回头客生意，就把钥匙给了他。

两人走进客房后，陈丽莉说：“你很老练啊，与李玉兰经常干这事的吧？”

江旭东说：“有过几次。她和我好的时候已不是处女了。”

陈丽莉笑谑：“那么我是处女吗？”

江旭东猥昵地笑笑，说：“你难道不老练吗？嘿，我从见到你的第一眼起，就知道你已经不是处女。”

“你真坏！”陈丽莉捏着小拳头捶了江旭东一下。

江旭东却把她的手腕捉住。陈丽莉挣脱不了，被江旭东抱在怀里。江旭东即要解她的裤子。

陈丽莉忽然想到一个问题,说:“慢、慢,我还没买套子哩。”

“我早准备了,喏。”江旭东从裤袋里拿出一个安全套给陈丽莉看。

陈丽莉说:“好啊,你原来蓄谋已久,还是学生会的大主席呢,以后我就叫你大流氓。”

“今天我就要你尝尝流氓的厉害!”江旭东说着又去解陈丽莉的裤子。

陈丽莉怕被他扯坏,说:“我自己来。”

恰在这时传来了敲门声。

尽管不属于卖淫嫖娼乃至轧姘头,这两个人听到了还是有些紧张。江旭东眼睛凑到猫眼儿前一瞧,立即神色大变,朝陈丽莉说:“是李玉兰。”

喜宝那天被陈丽莉抢白了一顿后心里非常恼火, 他不相信她没有相好,也不相信她会规矩行事,晚上没事就到江大校门外转悠,以期瞎眼鸡吃到饱谷子。陈丽莉与江旭东去城中公园时,恰被他盯上了,后来由于江旭东警觉,他没把柄可抓,只得把这件事打手机告诉李玉兰。李玉兰问清了那男的高矮瘦胖,明白此人即江旭东。哼,他还骗她去看亲戚,她关照喜宝今后继续留意,自己则对江旭东曲意周旋,遂使江旭东失去警觉。今天江旭东又借口外出,李玉兰当时装出毫不在意的样子,事后立即通知了喜宝。喜宝很快赶到校门口监视,陈丽莉一出来就被他盯住。那两个人进川菜馆时,他已把李玉兰叫了出来。喜宝与李玉兰一直盯着这爿旅馆。喜宝心里还想得到陈丽莉,就由李玉兰独自做恶人。

李玉兰敲了几下没见动静,喊:“江旭东,狗日的你给我开门,否则我可要踢门了!”

江旭东怕事情闹大,只得把门拉开。

李玉兰走进客房,目光扫了扫陈丽莉,讥道:“勾引男人的本领不小啊。”

陈丽莉刚才倒是心虚,被李玉兰这么一激,反而上火,也冷笑道:“向你学习嘛。不过我是自考生,不受江大校规的管束。女大学生与男生睡觉,学校一旦知道可要处分。”

“你!”李玉兰像被呛了一口海水,“你勾引男人还有理由!”

陈丽莉怪怪地一笑,把目光投向江旭东:“你说,是我勾引你的吗?”

江旭东一直耷拉着脑袋,这时一个激灵说:“我不管你们的事!”丢下

那两个女的冲出了客房。

李玉兰已经尝到陈丽莉嘴巴的厉害，清楚占不到便宜，一跺脚追江旭东去。

江旭东只想逃走，见一辆出租车开过来，马上招手，钻进了车门。李玉兰望着一溜烟开跑的小轿车，大骂了几声。她等了几分钟，拦住一辆的士，要司机追赶，然而还是让江旭东先回到了学校。她得注意政治影响，不敢公开在校园里大吵大闹，打手机要江旭东出来。江旭东却把手机关了。李玉兰清楚，他要赖要到底了，心里恨恨地骂了一百遍。

第二天上午，李玉兰上团委办公室向书记告状，又是一把鼻涕一把眼泪的，像受了天大的委屈似的。

书记皱着眉头默默地吸烟。文学院党委也快换届了，他是作为提拔对象考虑的，不说江旭东和他关系亲密，就算寻常的上下级，作为他主管的学生会出了这么大的问题，也必然会影响到政绩，有名落孙山之虞。他把烟蒂揿到烟缸里后愤愤地说："小江昏了头啦，竟然干出这种事情来！"

李玉兰说："书记，我和他的事你都清楚，为了他我和以前的男朋友都断了，人家各方面条件一点不比他差。他却做陈世美，继续和这种女人搞在一起，胆大妄为到竟然去开房间。我要是迟到一步，他们就上床了，不过，谁能保证他们以前没有干过这种事情呢。他这样做对得起你和组织上的培养吗？"

书记叹了口气，想说英雄难过美人关，话到嘴边改成"是有点儿不像话。"因为眼前这一位也长得不错，自己能娶这样的老婆心满意足了，可江旭东这小子偏偏有艳福，得到了一个美人又得到一个更美的美人。

李玉兰见书记的口气忽然变缓和，只得强硬地说："书记，你一定要对这件事严肃处理！"

"嗯，你说怎么处理呢？这种事情能公开吗？要么我再劝劝他。"

"你不是已经劝过他了吗？他现在鬼迷心窍了，光靠劝是没有用的，组织上一定要采取点措施。"

"你要我处分他？"

"不是，我要你下指示，把姓陈的狐狸精开除出《朝阳》报，这样他们就没有经常见面的机会。”

“这……”书记抽出了第二支烟，吸了一口望着李玉兰凄美的脸，“这倒可以考虑，但必须有证据，否则我怎么能够说服小江，把陈丽莉赶出《朝阳》报。”

李玉兰说：“昨天的事情还不是证据？”

书记说：“我们是要泼掉洗澡盆里的脏水，而不是连孩子一起泼掉，明白吗？”

李玉兰点点头，不是明白人的话昨天她就冲进江旭东的宿舍大吵大闹了。她想了想说：“可是，我就只有这么一个证据……”

书记说：“思路可以宽一点嘛，你是文科生，难道不知道政治是怎么一回事吗？”

李玉兰闪动着淡淡的睫毛用心想着。

书记说：“好吧，我还要到院党委去汇报工作，先谈到这里，刚才讲的事情你回去后还可以继续考虑，该怎么干就怎么干，用不着向我请示的，明白吗？”

李玉兰又点点头。

李玉兰出了团委书记办公室就认真考虑证据，渐渐有了眉目。中午同宿舍的人都去吃饭了，她借口胃不好留在宿舍里，关紧了门先给喜宝打手机，说：“我已经向校领导反映了，要求把陈丽莉从《朝阳》报开除出去，校领导很支持，不过要她的女流氓证据，否则不好办。”

喜宝说：“你、你怎么说她是女流氓？”

李玉兰说：“只有这样，领导才会开除她，否则拿她没办法。”

喜宝在手机里想了一下，说：“我听你的，你要我做什么？”

李玉兰说：“我要你给我们领导写封举报信，说她是伤风败俗的坏女人。”

喜宝说：“你这不是把我往火坑里推吗，陈丽莉知道我写这种信，我永远别想沾她的边啦！”

李玉兰说：“你这个人真笨，难道不能写匿名信吗？”

喜宝想了一下，说：“如果你以后讲出去呢？”

李玉兰说：“我会这么笨？我讲出去后，人家会问我‘你是怎么知道的’，我不成了幕后指使者。因此这件事情永远只有天知地知你知我知。”

喜宝说：“好吧，我听你的。可是、可是、我文化水平不高，你能教我怎么写吗？”

李玉兰早估计到喜宝那点墨水，就在电话里简单讲了讲。喜宝说，我明白了。李玉兰遂关上手机。接着她向郭超然发了条消息。

郭超然收到短信，见李玉兰约他到校外的咖啡馆商量事情，马上丢下手里的书本。

两人在包厢座里坐定后，待服务员送上饮料走开，李玉兰向郭超然讲了在旅馆里抓到江旭东与陈丽莉的事，又讲了书记要她寻找证据的事。

郭超然说：“玉兰姐当初你不能迟一点进去吗？揿牢了他们的屁股，陈丽莉不开除也得开除。”

李玉兰说：“你倒聪明，这样一来生米煮成熟饭，我等于在帮狐狸精的忙哩。”

郭超然搔搔头皮，说：“对的，还是你水平高。可是，除开这件事，我们再没有别的证据了。”

李玉兰说：“不能造吗，我已经关照陈丽莉以前的同学写信了，说她在外面乱搞的。”

郭超然十分惊奇，说：“你连她以前的同学都认识？你真有本领。”

李玉兰说：“我没这点本领还叫李玉兰吗，不过这件事情你不要跟别人讲。现在我要你也写一封举报信，说她在《朝阳》报办公室里曾经多次跟男同学暗示，只要给她两百块钱，她就可以提供全方位服务。”

郭超然听了低下头一时无语。

李玉兰说：“怎么，叫你做这点小事都不敢？”

郭超然抬起头说：“万一查出来，属诬陷罪的呀。”

李玉兰说：“谁会查你？就是查也查不出来，电脑里打出来的字谁也无法查笔迹，再说，她只不过是个自考生，有那么大的能量？你放心干就是了，结果只有她走人。”

郭超然喝了一口咖啡说：“我回去就写，写好了要不要给你看一下？”

李玉兰说：“用不着，你只要贴上邮票丢到邮筒里就行——我对你的水平还不相信吗？”说完向郭超然瞟了一眼。

郭超然不敢看她的眼睛，一口喝光杯子里剩余的咖啡站起来。

十五

这两天晚上都只有周前一个人睡在宿舍里。陆筱曼、陈丽莉前天傍晚出去后再没回来过。朱晓倩人倒在学校里，但一到晚上就去上网，天亮才回宿舍，钻到被窝里整天睡大觉。周前理解她的心情，加上自己心情也不佳，就没加劝慰。上午没课时她不能赖在宿舍里看模特儿死睡，正不知该上哪里去，有人打她的手机，接通后知道是团委书记要她去一趟，她不敢怠慢，立马就走。她与团委书记并不熟悉，只知道他抓学生工作，很有点儿权势。会不会曾于青性骚扰的事被人揭发了，书记要了解当事人？她一路走一路思考着答辞。

周前走进书记办公室后，书记热情地请她坐在沙发上，给她泡了一杯茶，然后习惯性地在与人说话前把一支烟叼在嘴上，悠悠地吸了一口。周前也用喝茶掩饰尴尬。

书记抬头看了周前一眼，说："周班长，今天把你找来，主要是了解一些情况。"

周前以为所猜无差，倒也正襟危坐。

书记说："你们中文自考班现在还有多少学员？"

周前说："昨天上课点到名的是六十二个人，估计还有几个缺课的，总共七十个左右吧。"

书记说："开学的时候是一百零五人，才一个多月就跑掉了三分之一。不过这也属正常，有的人明白再读下去也跟不上，趁早走掉，也算化被动为主动吧。那个那个，上海来的模特儿朱晓倩在你班上吧？"

周前说："我们同班同宿舍。"

书记说："朱晓倩学员在信中指控财经学院的石韬同学是流氓，他与她发生了性关系后把她甩掉，说这件事情你清楚。"

周前这才明白模特儿那天原来在写控告信，淡淡一笑说:“他们两人以前是比较要好的,这个情况我们宿舍里的人都知道,至于那种事情,外人怎么清楚呢。”

书记说:“照理如此。可她说,他们两人在杭州开房间,你知道房号,情况是这样吗?”

周前想了想,说:“有这件事。”

书记耸肩一笑,说:“那么你俩关系不错啊。”

周前说:“我和宿舍里的人关系都挺好的。”

“这我们了解。”书记点点头,“你在原单位工作时还是团支部书记,要不,我们就不会把班长的重任让你挑了。这次首先和你商量,也是组织上充分信任你。”

周前注意到了“商量”两字,侧着头听他说下去。

书记说:“大学生中发生两性关系目前在别的高校都是很普遍的事,我们江大也不是个别的。照理校方对这种控告信可以不予理睬。可是石韬同学不仅是班干部,而且各科成绩也出类拔萃,每次都拿一等奖学金。我们本来是把他作为建党对象培养的。他爸爸还是我们江大的校董,对我们学校贡献很大。当然,我们培养他并不是因为他爸爸是校董。鉴于这个情况,学校领导认为,为了不产生负面影响,双方还是协商解决矛盾的好。当然,我们也不怕朱晓倩闹,这样对她没什么好处。”

周前听了心里想,模特儿在信中大概以此威胁的,所以书记才把我找来——他们要我干什么呢?

书记已经把烟吸完。他喝了一口茶,说:“你既然和朱晓倩学员关系不错,她在信中也把你当作证人,那么这样行不行,由你来协助我们组织上,一起把这件事情处理好。”

周前笑笑说:“我可没有那个本领。”

书记说:“你别谦虚啦。我想这样,你回去后好好做做朱晓倩学员的工作,好聚好散嘛,闹是不要闹了。”

周前说:“我想,她既然写了这种信,不是我几句话能劝得了的吧。她不像有的女生,脾气很躁的。”

书记说:“这个我也知道,换了别人会写控告信吗?她是在社会上混了几年的人嘛。因此我想,必要时你可以问她要些什么经济补偿,我们可以向男方反映,尽量满足她就是了。”

周前说:“她会要钱?不可能吧。”

书记用目光鼓励周前:“试试嘛,实践是检验真理的唯一标准啊。”他站了起来。

周前知道自己可以走了。

她回到宿舍见模特儿正在死睡,有心不打扰,却想到书记还在等回音,只得推醒她。

朱晓倩揉揉眼睛说:“人家正睡得香呢。”

周前说:“我听到你在打呼噜。哎,谁叫你向校领导写信,书记找上我啦。你快去洗个脸清醒清醒头脑,我们好好商量商量。”

模特儿听了立即上盥洗间去。出来后她在书桌前的凳子上坐了下来。

周前拉张凳子坐到朱晓倩旁边,把与书记的谈话过程一字不漏告诉了她。

朱晓倩说:“呔,老娘谁稀罕那几个臭钱!”

周前说:“我就跟他讲你不会要钱的。”

“但我不是没有条件。”

“唔?”

“我要当杭州新丝集团的形象代言人。”

“这……胃口可能太大了吧。你现在不是石韬的女朋友了,还闹了矛盾,人家能接受?”

“哼,”朱晓倩咧嘴阴笑,“他老娘敢不答应?你告诉那些走狗,不答应我就闹到省教育厅,闹到中央教育部去,是他睡的我,不是我睡的他,是他是这个学校的大学生,不是我是这个学校的大学生,看到时候谁被开除!”

“这……”周前想了一下,“你这样讹诈尽管赢的可能性不大,但也有点道理,真闹到省里部里,石韬即使不被开除,影响终究不好的,而且他爸爸妈妈都是知名度挺高的企业家,伯伯更是省里的厅长,对他们的名声也不利啊。”

朱晓倩说:“还有这里的头头,他们不把小杂种的马屁拍圆,以后还能掏到大老板口袋里的钱。”

周前不便与模特儿一样发牢骚,沉默了一下,说:“我去把你的要求告诉书记。”说完走出了宿舍。

杭州新丝集团形象代言人不是一个寻常的头衔,朱晓倩虽说是个时装模特儿,可从来没有获得过什么大的奖项,周前觉得这件事情可能很渺茫。她向书记讲时心里有点虚,以为他必定会面有难色。书记的表情却很平静,说:“我去向领导汇报一下。你先在这里看看报纸。”说完走到隔壁打电话。过了约摸一刻钟时间,书记回来了,说:“石韬的妈妈同意聘请朱晓倩学员为杭州新丝集团的形象代言人。你叫她马上上我这儿来,撤回这封控告信,写一个书面保证书,马上可以上杭州去拿聘书。”

周前觉得这是在理话,就马上离开。心里想,校方和石韬的母亲看来早已密谋过了,否则事情哪有这么快的,如今就连最神圣的高等学府也拜倒在孔方兄的脚下了。她觉得很不是味,一时生出舍弃了工作和家庭来这里念自考是否值得的想法。偏偏的,在走到女生宿舍大门口时,看门阿姨又给了她一个特快专递。她脸一红把它拆开,见果然是退稿,却用的出版社的名义,言尊作不宜放在丛书出版云云。她冷笑一声把它撕得粉碎踩在脚下,引得那个阿姨很是惊讶了一阵。

周前走进宿舍后把书记的意见告诉了朱晓倩。朱晓倩得意地说:“怎么样,我赢了吧?哼,我算把这个世界看透了,要真理是没有的,只有利益驱动。”

周前说:“好了,算你有本领,你马上上书记那里去吧。”

“老娘马上去!”模特儿雄赳赳、气昂昂地走出宿舍。

陈丽莉回到了江大,尽管与江旭东通过电话,江旭东安慰她什么事情也没有,但她走在通往宿舍的路上心里还是有点不踏实。李玉兰好不容易伙同喜宝把自己与江旭东在旅馆里捉住,她怎肯善罢甘休(江旭东在电话里告诉她那天在城中公园发现过跟踪者后,她就吃准喜宝是李玉兰的同谋了)。从内心里她再也不想踏进江大校园,可是总不能长住在同学那里。再说江旭东分析的也有道理,李玉兰“捉奸”只是为的抓到证据,迫使他们断绝往来,否则她在学校里怎么至今不吵不闹呢?她希望是后者,遂大起胆子回校。

陈丽莉与朱晓倩在宿舍外面的人行道上相遇。模特儿高兴地大喊大叫:“死人,这两天你躲到哪里去快活啦,我正要打电话给你,喊你回来吃散伙饭呢!”

陈丽莉问:“谁又要走啦?”每当一个自考生念不下去离开江大时,总会请上几个平时关系较好的人聚在一起吃顿饭,这样的散伙饭她已吃过好几顿。

朱晓倩说:“本人。好了,我马上要去办手续,周班长在宿舍里,你问她吧。”

与模特儿的这番遭遇使陈丽莉悬着的半颗心回到了原处。她装作一脸自在地走进宿舍。

周前看到她也很高兴,说:“这两天你到哪里去了,宿舍里就我一个人睡,好寂寞。”

陈丽莉说:“怎么,模特儿和小扬州也不在?”

周前说:“陆筱曼与你前脚后脚出去后再没见她的踪影,模特儿又情绪不好天天上网包夜。”

陈丽莉说:“我在路上碰到她,她很快活呀,还说要和我们吃散伙饭。我想细问,她要我问你。”

周前苦笑了一下把经过讲给陈丽莉听。

陈丽莉不无佩服地说:“模特儿真厉害,吃了亏硬是被她扳回来。”

周前叹口气说:“是啊,做女人的都像她就好了。”

陈丽莉说:“你也不错,老公起花心,就跟他一刀两断。”

周前脸上却出现黯然神色。

陈丽莉意识到不该提别人的伤心事,想找个话题扯开,她看到了摆在周前书桌上的特快专递,说:“样书出来啦?”

周前的脸更变成了黄霉天,说:“书不出了,这是退稿。”

陈丽莉一愣,说:“曾于青不是向你打包票的,难道吹牛?”

周前低垂脑袋说:“那倒不是。”

“那怎么会退稿的?”

“你说呢?”周前凝视着陈丽莉的脸。

陈丽莉想了一会儿也没想出答案,摇摇头说:“实在弄不明白了。”

周前一字一顿说:“他想用我的身体作交换，我不干，他就不给我出书。”

陈丽莉殊出意外,说:“想不到他也是衣冠禽兽,我本来还想请你引见引见呢。”

周前说:“那我是把鸡往黄鼠狼嘴里送啦。”

陈丽莉长叹一声怏怏地坐到床沿上,说:“著名学者都是色狼,做男人的还有几个不是色狼呢?”

周前说:“小女子们在这个世界上行走,只能处处小心啰。”

书记办完了朱晓倩的事抬腕看看手表,见时近中午,拿起电话打了江旭东的手机,说:“中午我们一起到‘梦巴黎’去吃点东西吧。”江旭东说:“好的。”

两天中李玉兰一直没有兴风作浪，使本来准备横下一条心破罐子破摔的江旭东有点儿沉不住气了。他知道这个凶女人肯定又会向书记去哭诉的,书记怎么没像上次那样立马找他谈呢。飓风刮来之前会有一段平静时间,他希望飓风快点到达,他听到书记来电话召唤,作好了充分的心理准备去赴约。

开“夫妻老婆店”的那对工学院学生看见江旭东到达一齐迎接,说你们书记已经坐在包间里了。老板娘还亲自把他领进去,转身时不忘飞个媚眼。

江旭东走进去看见书记在抽烟，坐到餐桌对面搭讪:“你来了多长时间啦?”

“刚到。”

“嘿嘿,我好几天没上你那里去了。”

“所以我让你来这里聚聚。”

他们说话间老板娘亲自把几只冷盘和一瓶长城干红送了来。

书记关照:“你把菜也快点端上来。”

江旭东估计这是为的尽快关门谈话。

他的估计一点没错。菜上来后书记就起身推上了包间门,他与江旭东碰杯,又招呼江旭东吃菜。这样过了一会儿,他说:“知道我为什么约你上这里吃饭吗?”

江旭东苦笑笑说:“我怎么知道呢。”被李玉兰在旅馆里捉住的事由书记说出来应该比自己说出来好。

书记却拿起放在椅子上的公文包,掏出两封信,说:“你看看。”

江旭东先从面上的信封里抽出信笺。信上的字歪歪斜斜,揭发自考生陈丽莉是个卖淫女,本人曾受其引诱与她开房,却被她在熟睡时乘机偷去拎包里的一千多元人民币,现在知道她混进江大念自考,决心揭露她的真面目,使善良的人们不再上当……落款一市民。他又看第二封信,那是电脑体,文笔流畅,自称《朝阳》报编辑记者,揭发陈丽莉几次暗示他,只要肯花两百块钱,她就愿意全方位服务……

他把这两张信笺塞进信封后交给书记。

书记说:“谈谈你的看法吧。”

江旭东说:“都是有人授意写的。”

“是吗,他是谁?”

“你难道不知道,除开李玉兰还会有别人吗?”

“唔,就算是她指使的吧,可领导上拿到这样的信,会怎么看待陈丽莉?”

“凭这种匿名信当然不能诬人清白。”

“可她在江大的表现事实上也有问题。”

江旭东听了低下脑袋。

书记瞅着他的脸,说:“前天晚上发生的那件事情李玉兰已经向我汇报了,是我做了她的工作,她暂时没向院党委反映。现在又有了这两封举报信,加在一起,院党委会怎么看她呢?你与这种女人搞在一起,领导又会怎么看你呢?”

“可她不是卖淫女!”

“就算她不是卖淫女,院党委凭摆在面前的事实和这两封举报信,仍会认为他是卖淫女的,领导也会认为你此举属于嫖娼。”

江旭东张嘴一笑:“不见得吧。”

“老弟,你太幼稚了。”书记端起酒杯与江旭东一碰,“院领导不是公安局,当然不会给你定这个性,但心里会有这种印象。印象这个东西最是厉害,今后你在江大还会有前途吗?”

江旭东翕动着鼻翼不吭声。

书记说:“你还能提学生会主席吗?你还能在学生支部换届改选时当

上书记吗?老弟,你该悬崖勒马了。你是学生干部,成绩好,组织能力又强,有了这三个条件,就能成为今后社会上渴求的人才,否则李玉兰未必会丢掉原来的哲学系对象与你好,否则今天也不会死死地吊在你这棵树上。如果你不听我的劝,你可以打电话问问你父亲。他是干部,我想,他也会这样跟你说的。"

江旭东双手捧住了额头,说:"现在我脑子很乱,你让我想想。"

书记说:"好吧,那你就想想。"

朱晓倩、周前、陈丽莉的散伙饭吃得很悲壮。三个人本来也要上梦巴黎的,得知书记与江旭东在里面,不肯进去了,在校外找到一家以江大学生为对象的小饭店落座。由于是周前做东,模特儿虽与小扬州有龃龉也不便反对陆筱曼参加,然而周前打了她几次手机都是关机,三人只得作罢。周前说:"这个陆筱曼,大概又到什么地方玩去了吧。"

朱晓倩觉得那天在西湖边上自己没有走眼,说:"要么那个袋鼠王,这条老色狼在丽莉身上丢掉五千块钱要捞回来啊。"

陈丽莉说:"如果照你说的,那他们才出去旅游过,现在又泡在外面,难道不做生意了?"

另外两个人听了倒也觉得在理。周前吐口气说:"但愿她不要出事。"

班长所指的出事,陈丽莉、朱晓倩心里都明白,一个人要完全掩饰自己的行为是很难的。陆筱曼父母都是种田的,也没听到她有什么海外富商亲戚,从衣着到化妆品却都很奢侈,680元一瓶的兰蔻粉底液,900元一瓶的香奈儿香水,她都随便用,她哪来那么多钱?

吃这种散伙饭本就没劲,何况这三个人心里都有创痛,实在提不起精神。但像老和尚吃斋饭似的总不好,朱晓倩忽然想到一个人,说:"把寿头喊来吧,毕竟他和我们也都来往过的。"对此周前没有意见,自觉有点儿对不住卢天敏的陈丽莉更没有意见。

卢天敏已经在食堂里吃过中饭了,听308宿舍的三颗星邀自己赴宴,马上一口答应。他已经好几天没与陆筱曼通上电话,正想乘机打听打听她的情况。

寿头走进包间看见三位女将笑嘻嘻地说:"你们很乐观啊。小陆呢,她怎么没来？”

朱晓倩说：“我们找不到她呢，是你把她藏在哪里了吗？”

寿头说：“我，嘿嘿，哪有这种事情。怎么你们会找不到她？”

陈丽莉说：“她就像从人间蒸发了，打手机总是关机。哎，你别隐瞒她的情况哟。”

卢天敏本来心里就在担忧，听陈丽莉也这么说，就急在脸上了：“这是怎么搞的，嗯，我再打她的手机。”

手机里的回答仍是：您所拨打的用户已关机……

他只得快快地坐到空位置上。

308宿舍的花朵们都不想冷淡客人。周前迅速在卢天敏的酒杯里倒上啤酒，接着三位小姐一齐举杯，欢迎大主任光临。

卢天敏喝了一杯啤酒后情绪有所稳定，笑着说：“你们怎么想到在这里吃饭的？”

周前说：“我们这是散伙饭，晓倩马上要去杭州新丝集团担任形象代言人了。”

卢天敏说：“啊，那可是件大喜事。”拿起酒杯单独与模特儿碰杯。

朱晓倩煞有介事地说：“今后希望你们多来杭州啊，我还要你写我的吹捧文章呢。”

卢天敏说：“一定一定。”

寿头毕竟是寿头，他忽然想到一个问题，说：“小朱，你不是与石韬关系挺好的吗？怎么不把他请来。嗨，要不要我打电话喊他？”

朱晓倩脸上一阴，说：“我把他蹬了。”

寿头倒也懂察言观色，马上说：“嘿嘿，你们这是新潮嘛。来，我借你们的酒，敬江大三位最漂亮的小姐一杯。”

四个人干了酒后就吃菜，但毕竟没有一点儿可供高兴的谈资，不一会儿就散席了。

周前、陈丽莉送模特儿上火车。朱晓倩在去杭州前要回老家一趟。在车站入口处外互道珍重时，三人的眼睛都湿润了。入学还不到两个月，四个人中已经走了一个，接下去呢？她们强忍泪水挥手告别。

陈丽莉、周前回宿舍时还不到四点钟，周前心里没劲，想找个地方消遣消遣,她照例上图书馆阅览室去。

在阅览室里她看到了教《古代汉语》的被同学们唤为糟老头的老夫子,他站着看杂志。周前对他还是很尊重的,走上去喊了声“老师”。

老夫子垂下拿杂志的手,瓮声瓮气地说:“你也来看杂志?”

周前说:“我有空经常来的,你好像不来的啊。”

老夫子说:“我听说我的学生主编的那本杂志不错,就跑来翻翻。”说完扬了扬手里那本《大河》。

周前说:“原来是你的学生在当那本杂志的主编,上面登的作品,尤其是长篇小说很精彩的,我每期必看。”

老夫子听了很高兴,说:“听说你也写了部长篇小说,马上要出版了。”

周前说:“不出版了。”

“为什么?”

“嗯……是没搞好关系,临到出书前退回来了。”

老夫子摇摇头,说:“我知道,又是向你要钱吧?书稿还在吗,我寄给我的学生怎么样,他是不要钱的。”

周前是一朝被蛇咬,十年怕井绳的人,说:“算了,我又没有什么名气,他们怎么肯登呢。”

老夫子说:“不一定,我这个学生从来不以人论稿的。明天上午不是有我的课吗,你拿来吧。”

周前想想说:“好的,谢谢你了。”

陈丽莉在宿舍里翻了一会模特儿留下的时尚杂志后打江旭东的手机,她知道他下午有课,现在该下课了。

手机接通后那边很快响起挂机信号,陈丽莉估计江旭东在找适合讲话的地方,果然过了几分钟他主动打来电话。

江旭东说:“你在哪里?”

陈丽莉说:“回江大了,中午与模特儿、周班长还有卢天敏一起出去吃了散伙饭。朱晓倩不读书了,上杭州去当新丝集团形象代言人了。”

江旭东说:“她与石韬不是分手了吗,人家怎么还要她?”

陈丽莉说:“你真的不知道里面的故事?”

“不知道。”

陈丽莉就把情况简单讲了讲。

江旭东说:“那朱晓倩占便宜啦,她过去在模特儿队里只是一般角色,论名气根本排不上她。”

陈丽莉说:“谁叫她儿子睡了她,这是等价交换嘛。”

江旭东说:“对对。你找我有什么事情?”

陈丽莉说:“我们一起去吃顿晚饭吧。”

“这……现在这种时候合适吗?”

“一起吃顿饭犯什么法了,我都不怕喜宝,你难道还怕李玉兰?”陈丽莉住在同学那里与江旭东通电话时,江旭东曾表示了要和李玉兰断绝关系,和她好的打算,陈丽莉也就有了与他好的想法,约他吃饭是想敲钉转脚。

江旭东却被书记谈话警告过了,刚才上大课时他整整思考了两个小时,觉得李玉兰虽凶,不是理想中的妻子,但与陈丽莉好更有害无益,一旦学生会、《朝阳》报的职务都被撸掉,毕业后凭什么找好单位大展鸿图?因此决定打退堂鼓。他笑了笑说:“朱晓倩刚闹过,如果被李玉兰发现,她也闹的话,你我都会有麻烦的。”

陈丽莉说:“她敢吗,她还想往上爬哩。屁股后面也不是没有屎,要不这两天她早闹了个天翻地覆了。哎,一点没事的,我们晚上见面吧。”

江旭东说:“我们还是不要见面了吧。我是学生会干部,这事传到领导耳朵里,我会受处分的。”

“你……”

“丽莉,你年轻漂亮,一定会找到更好的男朋友。有人过来了,我们暂时谈到这里吧。”

陈丽莉听了肺都差点气炸,她一直以为江旭东是个有情有义的优秀青年,没料到这样窝囊。可是,她差点和他上床呢,她伤心地流出了眼泪。

手机响了。

陈丽莉一看来电号码,知道是尉均打来的。他们之间已经好几天没有联系了,他要谈什么呢?她按了按通话键。

尉均在手机里低沉地说:“丽莉,那个女人已经死了,我们去梦天堂马上见一面好吗,因为我得装足样子为她办丧事。当然,今后我们就永不分离啦!”

还是尉均好。陈丽莉胸口涌出一股热浪，她大声说：“我马上去！”

十六

陈丽莉与尉均先后到达爱巢。陈丽莉见尉均左臂上系着黑布，明白那个患脑萎缩的女人确实死了，然而不知怎么的她却高兴不起来。

“我好想你啊。”尉均声音有点凄苦，激情地紧紧抱住陈丽莉。

陈丽莉吻着尉均脸颊上的泪珠，说：“我现在不是在你身边吗？啊，笑笑。”

尉均听话地笑了笑，拉住陈丽莉的手说：“我们到房里去。”

陈丽莉知道他要干什么，顺从地跟着他走，心里有点内疚，她这些日子太冷淡他了，而且差点做出了荒唐事。进房间后，她主动脱衣脱裤。

尉均顾不及在做爱前先温存一番，立即爬到了陈丽莉身上，把多日积聚在身体内的那股火炙火燎似的力量疯狂地向陈丽莉冲击……

尉均倒是很满足，躺在陈丽莉边上抚摸着那张艳美的脸蛋说：“刚才我太渴望了，以后再让你高兴吧。”

陈丽莉问：“她什么时候死的？”

“下午，死了就死了吧。”尉均显然不愿深谈这个话题，他捋着披散在陈丽莉额角上的秀发，“我都是为了你啊，以后我不论处境如何，你都要对我好。”

“我当然会对你好，你是我的男人嘛。”陈丽莉靠在尉均胸脯上，耳朵听到了他“怦怦”的心跳。

温存了约摸十分钟，尉均坐起来说：“我得走了，我是借口上商场给她挑皮鞋才溜出来的。”他匆匆地穿上衣服，又到盥洗间去仔细洗了个脸，不使陈丽莉的一丝口红遗留在脸上。

陈丽莉把他送到门边上，问：“我们什么时候再见面？”

“等丧事结束后，目前我们要更加谨慎。你手机一天二十四小时都不要关。到时我会给你打电话,但你不要给我打手机。我马上要换卡了。”

陈丽莉见他像做地下工作似的,觉得未免小心过头,但还是听话地点了点头。

尉均向陈丽莉深情地看了一眼，探视了一下猫儿眼，迅速拉开门出去。他在离这幢楼房较远的地方钻进“帕萨特”,缓缓地把它开出梦天堂小区。

他这么小心完全应该。都怪老婆患妇科病查出了子宫癌,尽管手术做得很成功,却从此丧失了性功能。他正是如狼似虎的年龄,长期下去如何能忍受,于是有了与实习护士陈丽莉之间的事情,面对着那么美奂美轮的青春女人的身体,那么热烈那么活跃那么柔情万种的媚态,他很快意识到再也不能没有她。但妻子的存在是个巨大的障碍,事实上,每当想到要与这个没有子宫的、形同尸囊的女人过上几十年他总会感到恶心。经过好几个不眠之夜,他下定决心要不露痕迹地把她送上西天。当然除此之外还有离婚之路可走,然而这样他就会成为当代陈世美,被医院的领导和同事所鄙夷,更严重的,手握卫生局组织人事大权的岳父大人会采取严厉的报复措施，那么他就永无出头之日——他多么希望自己有朝一日能当上江中医院的院长!作为一个肯钻研的麻醉师,他早就知道长期服用某种麻醉药的人会导致脑萎缩。他想方设法偷偷弄到这种药,利用每次亲手为妻子喂药的机会,把这种药掺进去。妻子终于脑萎缩了,由于她已患过子宫癌,吃药多,又接受过激光治疗,谁也没有怀疑有问题。他又在多方面创造模范丈夫的形象,因此提升副院长指日可待。是陈丽莉的频频逼迫,使他不得不加快速度,于是加大了剂量,本来只想让妻子死得快一点,谁知道立马就断气了。一个长期患病的人忽然死去是可以理解的,他立即装出无比悲痛的样子通知包括岳父大人在内的方方面面,为处理善后事而忙碌奔走。但他毕竟有心病,所以不敢与陈丽莉相聚太久,所以一切都小心翼翼。

尉均还是被一个人盯上了,这个人是喜宝。

在梦天堂小区为一家住户安装水电的喜宝发现陈丽莉纯属偶然。他正去水暖店买零件,见陈丽莉从出租车里钻出来,心想她傍晚到这里来干什么,悄悄地跟在后面,在陈丽莉进屋后记住了门牌。长时间蹲在这里监视会引起上楼下楼的人怀疑,他当时只得下去,打算先上水暖店,走过两幢楼后看到一辆漂亮的“帕萨特”在路边停下来，走出一个佩丧志的中年男子。他本来不怀疑，见他下了车熟练地一直往前走，而不是就近走进楼，心里遂产生了疑问，又悄悄地跟踪，看他走进了陈丽莉进去的那个单元。呔，看来她除开李玉兰的男朋友还有别的野男人啰，水电工绝不能等闲视之，于是走到附近地方监视——他相信他们一定会出来的。

出来的只是那个男的，不管他，盯住再说，他就骑着摩托车跟在后面，一直跟到尉均的住宅楼外，又跟到了住宅外面，看到了“谢绝吊唁”的木牌子。本来就好管闲事的水电包工头这下兴趣大了。他在这里打听了办丧事的人的情况，知道死者为江中医院麻醉科主任长期患病的妻子。又去梦天堂小区向周围住户了解，人家说这是一个中年男子租的房子，好像有一个女孩子经常和他在这里，可能是小蜜吧。够了，姓甚名谁已不重要。那爿医院能有第二个死了老婆的麻醉科主任吗？他立即向卫生局打了举报电话。

陈丽莉上午与周前一起去上了《古代汉语》课，下课时遇上了特意过来的书记，书记对她说：“陈丽莉学员，我们谈谈好吗？”她估计为江旭东的事，就跟他走了。谁知道这一走竟走到了保卫科，两个穿便衣的警察在屋里恭候她的到来。

书记向陈丽莉介绍：“这两位是市公安局刑警大队的王队和李警官，你要好好地配合他们。”

陈丽莉心一下像沉到了海底，她勉强与两位便衣握了握手，在他们对面坐下来。

书记适时退了出去，随手关上门。

年长的王队说：“陈丽莉同学，我们是来向你了解一些情况的，请你如实回答。当然你也不用紧张，对今天的谈话内容，我们是绝对保密的，连刚才出去的书记也不会知道，因此你完全可以放心。”

陈丽莉低下头掰弄着手指头。

王队说：“据群众反映，你与江中医院的尉均关系比较密切，是吗？”

陈丽莉偷偷瞥了瞥王队威严的脸，出气不匀地默不作声。

王队说：“你是个有文化的大学生。应该知道，我们没有证据，是绝不会找上你的，我想，你还是自己谈出来的好。”

是啊，公安没有证据怎么会找上门来呢，陈丽莉只得点点头："是的。"

年轻的李警官迅速记录。

王队又问："你们密切到什么程度？"

陈丽莉又沉默。

"譬如说，有没有在某一处地方租了房子秘密同居？"

陈丽莉又掰起手指头。

王队犀利的目光盯着她的脸，说："只要你配合我们的工作，我们一定会保护你的隐私权。当然，如果你不配合，我们也有办法把事情弄清楚的，到时一切都不是现在的样子。"

陈丽莉感受到了压力，她抬起头求援地望着王队："你们真的能给我保密？"

王队肯定地点点头。

陈丽莉遂说："有的。不过，我们是非常要好的朋友，我们之间的感情非常好。"她可不能把事情往卖淫嫖娼上靠。

王队嘉许地说："你能如实回答问题，很好，接下去详细谈，当初两人怎么认识的，后来怎么发展到同居关系的。"

陈丽莉喝口茶，仔细想了一会儿，把经过大致讲了一遍。与事实稍有出入的是，她强调是自己主动追尉均的。

王队瞥了一眼作记录的李警官，问："你和尉均最后一次见面是什么时候？"

"昨天傍晚五点半左右。"

"什么时候分手的？"

"大约六点钟吧。他先走，后来我也走了。"

"这次你们怎么在一起的时间很短？"

"他爱人死了，他在料理丧事时抽空和我碰头的。"

"你们在半个小时内做了些什么？"

"这……一定要讲吗？"

"为了弄清问题，必须讲的。"

"是、是，我们先做爱，后来在床上躺了一会儿。"

"尉均和你讲了些什么？"

“他说今后我们可以永不分离。”

“你们讲了他爱人死的事情吗？”

“我问他什么时候死的，他讲‘下午，死了就死了吧。’”

“就这么简单的一句话？”

“是的，因为我早就知道他爱人患了不治之症，要不，我也不会和他发展到那种关系的。”

“你知道他爱人是怎么患上脑萎缩的吗？”

“我怎么知道，这种病有的人患上，有的人没有患上，这是很自然的，就跟患癌症、患心脏病一样。”

“你可要老实交代哟！”王队敲了一下。

“她患脑萎缩是她的事，叫我怎么交代！”陈丽莉顶撞。

王队看了一下陈丽莉的脸色，没有继续追问，说：“你和尉均昨天在一起时还讲了些什么？”

能把尉均那些过分小心的话告诉他们吗？不能！陈丽莉尴尬地笑了笑说：“我们就讲了一些亲热的话。”

王队想想，说：“你有没有要向我们举报的情况，因这样对你的个人前途是有好处的。譬如，譬如，尉均爱人的死，会不会尉均从中做了什么手脚？”

陈丽莉抬头瞅着王队说：“怎么可能呢！尉均是医院的培养对象，对患病的妻子一直都是精心呵护，单位和邻里都称赞他是模范丈夫。十月一号我和他本来在外面玩，当他从电话里知道爱人发高烧，马上就赶回去了。你们可不能听那些造谣污蔑的话，冤枉他哟！”

王队听了朝李警官看了看，说：“那我们就谈到这里，你态度很好，我们会对今天的谈话保密的，请你放心。怎么样，都快一点钟了，我们一起去吃饭吧。”

陈丽莉笑笑说：“不麻烦你们了，学校里小饭店随时都供应的。要么，要么我请你们吃饭吧。”

“谢谢，我们赶回局里去了。你有什么困难随时可以请我们帮忙。”王队友好地给了陈丽莉一张名片。

李警官接着也给了陈丽莉一张名片。

开门后陈丽莉先走了，看着名片上两位公安的姓名、职务，她心里倒也升起一种亲切感。她真的认为是那些嫉妒尉均的人利用他爱人的死造谣中伤、惊动了公安。然而，他们怎么会找上她的，难道又有人盯梢，会是喜宝吗？盯就盯吧，反正她与尉均的爱人关系很快也会公开的。于是她心里很坦然，在小饭店里菜和饭都吃得很多。

她走出小饭店时遇到卢天敏，两人客气地打了个招呼。

下午卢天敏、郭超然等几个编辑记者没事跑到编辑部办公室吹牛聊天的时候，李玉兰走了进来，昂着头得意地说："知道吗，陈丽莉被叫到保卫科去啦！"

有个男生说："你别老是臭人家，保卫科叫她去干什么呀。"

李玉兰只是听保卫科的人这么跟她说，却不知所谈何事，然而她有她的想象逻辑，瞪着那个男生说："你以为我造谣吗，要不要打个赌，一千块钱怎么样？"

那个男生不敢再置疑了。

郭超然故意发问："她犯了什么事情被保卫科叫去？"

李玉兰说："不是被保卫科叫去，而是被叫到保卫科去，是公安局的人审问她哩。"

卢天敏忍不住了，说："我刚才还在饭店门口看见她的，她笑嘻嘻地跟我打招呼，怎么会有被公安审问这种事情。"

李玉兰瞪着他："你看见她是几点钟？那时谈话谈结束啦。不信我陪你到保卫科去证明怎么样？"

卢天敏耸了耸肩，说："听，听，审问变成了谈话！"

李玉兰说："公安人员找你谈话与审问你有什么本质区别？哼，哪有像你这样被她甩了还拼命帮她的寿头！"

郭超然又故意问："陈丽莉犯了什么事情被公安人员审问的？"

李玉兰说："做女人的能有什么事情，要么卖淫呗。"

几个男生同时摇头，说："不会吧。"

李玉兰乘机指着他们发雌威："你们哪，全都喝了她的迷魂汤。哼，这种从社会上跑来的自考生会是好东西，当心等会儿保卫科的人把你们一个一个叫去交代,有没有……下面的话你们自己说吧。”

这几个男生倒也有点怕了,纷纷表态没与陈丽莉干过什么。

卢天敏是这些人中与陈丽莉接触最多、关系也最深的人,从自身的经历他相信陈丽莉不是那种人,他正想替她辩解,突然觉得腹下奇痒,连忙偷偷地伸手去搔,就没顾得上说话。

李玉兰目光得意地扫着这些小公鸡,鼻孔一声“哼”,腆着胸脯走出去。

她在主编室里等江旭东来。哼,你还不认输,看看吧,你的新相好是什么货色。如今该不该和他继续保持情侣关系她倒要重新考虑考虑了。

编辑部办公室里的那几个男生在李玉兰离开后继续议论陈丽莉被公安局的人叫去谈话这件事,他们冷静下来后都觉得陈丽莉不可能是卖淫女。郭超然此刻成了孤家寡人,嘴上不敢争辩,心里以为是自己那封诬告信发挥了作用,一时倒也觉得有点儿对不住陈丽莉。

卢天敏痒得越来越难受了,他忽然想到了一个问题,嗯,会不会……他说声:“我出去有点事情。”急急地奔往校医院去了。

医生诊断,卢天敏得了尖锐湿疣。那可是性病。他从入夏至今还没洗过盆浴,要么与陆筱曼做爱时被传染的,那么陆筱曼也该有这个病。他找个没人的地方打她的手机,可仍是关机。他想了想转打陈丽莉的手机,问:“陈丽莉,你知道陆筱曼现在在哪里吗?”

陈丽莉在手机里有气无力地说:“我怎么知道呢,你打她的手机自己问她吧。”

“她一直关机呀。”

“那就没办法了,抱歉。”陈丽莉挂上了手机。

卢天敏本来还想问问她被公安局叫到保卫科去谈话究竟是怎么回事,耳朵里传进忙音,就没法了解了。不过,从陈丽莉的声音,他估计到这个女人可能真的出了问题。那么陆筱曼会不会也出问题呢,他不寒而栗,很快又为得了那个没脸见人的性病而恐慌起来。

陈丽莉内心只是短暂的平静,她回到宿舍里后,见周前不在,就一个人坐到凳子上回想与公安人员的谈话经过,觉得尽管尉均叮嘱她不要给他打手机,如今出了意外情况,还得告诉他一声,同时问问他那边有没有什么大麻烦。她拨他的手机听到的是停机信息。他果真换卡了,那么只能等他主动打电话来了。她呆在宿舍里有点心神不宁,甚至胡思乱想起来。总得听到一些有关他的消息呀,后来她想到一个迂回曲折的办法,就打那个目前在江中医院工作的卫校同学的手机,对方也关机了,再打电话,电话倒通了。同学说,你还要住到我们家里来吗?陈丽莉说,暂时不来,接着迅速问,你在医院里工作很好吧。同学说,我们小老百姓能有什么不好吗,不过,你认识的那个尉主任出事了。他妻子死了,老丈人不让尸体火化,要求验尸,化验结果是服用过量麻醉剂致死,他老婆除他之外没有别人喂药的,他马上被公按局拘留了……陈丽莉心一下沉到海底,瘫痪似的躺倒在床上。但她仍不相信尉均是杀人犯,这么一个温文尔雅、学有所专的人,这么一个积极要求上进的人能干那种事情吗?可是人家已经掌握了他的婚外情,他能洗刷得了清白吗?万一人家怀疑她与他合谋杀死他的妻子呢?那……她不敢再想下去,紧紧地闭上了眼睛。

不知过了多长时间手机又响了,陈丽莉以为又是卢天敏打来的,有心不接,最终还是揿了通话键。电话是那个刚才在编辑部办公室帮她说话的男生打来的,告诉她,李玉兰在报社里放空气,说你被公安人员叫到保卫科去谈话了,有这回事吗?她想,消息传得倒真快,回答,是有这么回事,李玉兰还说什么了?那个男生吞吞吐吐说,李玉兰说是卖淫的事,但我们都不相信,所以打电话问问你。陈丽莉眼前又发黑了,但她能把事实真相告诉他吗?那么很快全校的人都会知道她是二奶,她无力地说,她高兴造谣就让她去造谣,事情最后总归能弄清楚的。男生听到这样的答复就有点儿相信李玉兰的话了。

现在陈丽莉最担心的已经不是被诬为鸡,而是被诬为同谋杀人犯。她眼泪扑簌簌地流了又流。

当周前走进宿舍,坐在床旁问陈丽莉出了什么事情时,陈丽莉再也无法自控抱住了她,说:“周班长,我没有杀人,我没有杀人啊……”

周前以为陈丽莉疯了——她还一点不知道去保卫科那件事情,说:“你这是怎么啦,谁说你杀人了。嗯,你是不是在发烧。”她摸了摸陈丽莉的额角,却一点不烫。

陈丽莉放纵地号啕大哭。

周前让她哭了个够才细细询问。陈丽莉断断续续把一切都倾倒出来。

周前想不到在这个近乎天真无邪的女孩子身上会有这么多事情，她想了一会儿说："公安人员不是没有追究下去吗，不是还想请你吃饭吗，那么证明他们是相信你的，你用不着胡思乱想，把屎盆子往头上扣。"

"可是，可是尉均怎么可能会杀他的妻子。你没有见过他，不知道他是个多么优秀的男人……"

"这……他的情况我不了解，没法给他打包票。"

"我了解他，他绝不可能是那种人。"陈丽莉喃喃地："他不会杀人，他不会杀人……"

周前站起来摇了摇头，绞了把湿毛巾给陈丽莉揩面。为了使陈丽莉分心，她打开了模特儿留下的电视机。

电视机里正播放着本市简明新闻——

> 昨天下午，本市一中年妇女突然死亡，医院初定为长期患脑萎缩所致。后死者亲属力主验尸，化验结果系服用过量麻醉剂猝死。死者丈夫、本市江中医院麻醉科主任尉均以杀人嫌疑被警方拘留。经审讯，他供认，在死者因病切除子宫后他有了外遇，为求长期结合，他从今年年初开始，即在给妻子喂药时掺入麻醉药物，致使该妻子出现脑萎缩症状。昨天中午，为了促使妻子早死，他丧心病狂地加大剂量，妻子因此毙命……

陈丽莉听着一阵天转地旋昏厥过去。

周前慌忙掐她的人中把她救醒。陈丽莉喃喃地说："怎么会出这种事情，怎么会出这种事情……"

周前无言安慰，长叹了一声。

周前把晚饭拿了进来，陈丽莉一口都不想吃。周前独自吃完后，陪她坐了一会儿，看看到晚自习时间了，拿上书和笔记本往教室里去。天上淅淅沥沥下起了雨，她走到楼下后，只得踅回来拿上雨伞，顺便对陈丽莉说，你想吃什么东西打我的手机，我给你从夜排档上带回来。陈丽莉摇摇头说："我什么都不想吃。"周前就又叹口气出去。

陈丽莉一个人呆在宿舍里又胡思乱想起来，她觉得有点口渴，起来拿了个苹果，坐到凳上操起水果刀将皮削去，慢慢地吃着。手机响了，从来电号码知道是喜宝打来的，她马上揿掉。

吃掉苹果后，陈丽莉拉开抽屉正懒懒地整理东西——书是念不下去了，忽然听到推门之声，回头发觉竟是喜宝，手里拎着把花阳伞。她立即本能地站起来，说："你怎么进来的？"

喜宝贼忒嘻嘻说："你不肯接手机，我只能混进来看你了。"

"你马上给我出去！否则我要喊了。"

"哎，何必激动，我只讲几句话，讲完就走，一秒钟也不多呆。"

陈丽莉说："那你讲吧。"

喜宝拉张凳子背对宿舍门坐下，他穿的也是花衬衫，头发又长，即使不打伞，看门阿姨黑头里也很难认出他是男的，同样，从走廊里走过去的人也会把他当成女孩子。

喜宝瞅着陈丽莉的脸说："你本领真大啊，过去我只知道你把学生会主席花到手，没想到还做江中医院那个著名麻醉师的二奶……"

陈丽莉迎着他的目光说："是又怎么样。"

喜宝歪歪嘴巴说："你承认啦。"

陈丽莉想到可以乘机从他嘴里摸点底细，说："你本领真大啊，盯我的梢，把李玉兰引来。你还盯到我外面住的地方吧？"

"是啊，"喜宝得意地跷起了二郎腿，"如果不是我发现了你和尉均的秘密，把电话打到卫生局检举揭发，他老丈人未必会生出疑心要求验尸。"

"你……"陈丽莉气红了脸。

喜宝觉得她这种发怒的样子很可爱，不由心旌摇动。他站起来迅速把门推上。

陈丽莉喝道："你想干什么，你……"她的嘴被扑上来的喜宝捂住了。

陈丽莉拼命挣扎，张嘴咬喜宝的手。喜宝的手一松一展，索性把陈丽莉的嘴叉住了。他又抓住陈丽莉的一只手腕把她的胳膊反转过来，笑嘻嘻地说："你不知道我小时候学过武术吗，我要制服像你这样的女孩子易如反掌。乖乖跟我睡觉好吗，只要你肯，那么我不仅不会把你做的丑事告诉你父母，在镇里镇外张扬，还照样愿意做上门女婿，我只欢喜你的漂亮面孔，别的什么都不计较。”

他见陈丽莉一声不吭，以为她驯服了(其实陈丽莉无法开口)，松开了双手。

陈丽莉缓过一口气，眼睛狠狠地瞪着喜宝。

喜宝涎着脸说：“别这样看我，我们先接个吻放松放松。”把嘴凑到陈丽莉嘴上。

陈丽莉情急中拿起书桌上的那把水果刀往喜宝胸口扎去。

喜宝一声惨叫，右手捂住水果刀把它拔出来，血马上喷射而出。他颓然倒地。

陈丽莉急忙摸他的鼻孔，却已断气。她吓得全身发抖，忽然狂叫着拉开宿舍门冲出去。

“我杀人啦——我杀人啦——”江大校园里响起了她的可怕的尖叫声。在许多大学生从教室里奔出来围观时，她仍这样大喊大叫。

人们知道她疯了，几个保安好不容易把她制服，急送精神病医院。

随后发现的308宿舍凶杀案更使全校师生员工震惊。

从此这间宿舍再没有人住进去。陈丽莉、陆筱曼的东西也长时间放在里面。小扬州没有回来过，就像从人间蒸发似的，也没有人知道她究竟怎么了。周前倒是向她家里打过电话，家里人用扬州土话不耐烦地说声“不知道”挂上了电话。

十七

来年初夏的一个阳光明媚的上午,周前又去精神病医院探望陈丽莉。

周前搀着陈丽莉走到医院一角那点缀得十分漂亮的花园内，两人在长椅上坐下。她照例又要对目光呆滞的陈丽莉说上一番话。

周前说:“丽莉,你这是正当自卫,一点不负法律责任,对此,门卫阿姨和隔壁宿舍当时感冒卧床的同学都已经向警方作了证明，你完全没有必要背思想包袱。你父母都希望你早点康复出院,班上坚持留下学习的四十多位同学也希望你早点康复出院,你还能参加自学考试,毕业后当记者,干别的适合你的工作。”

周前拿出一本书,又说:“上次不是给你看了我发表在《大河》上的那个长篇吗,现在单行本也出来了,你看,封面印得不错吧。我接着要写关于自考生题材的长篇,省作协已列入重点作品扶持计划,等出版后我再送给你。还有,我告诉你,在四月份的考试中,所有的专科课程我都考及格了,不久就能拿到大专毕业证书。接下去我就要攻读本科。我想,依我的情况,到明年这个时候也就差不多了。我打算回杭州去当报社记者。你说,念自考不是很有前途的吗？”

周前说着流出了激动的眼泪。她忽然发现,陈丽莉美丽的眼睛也湿润了,落下一滴晶莹的泪水。

她无比喜悦地紧紧抱住了陈丽莉。